20世紀ジョージア短篇集
(グルジア)

児島康宏
編訳

未知谷
Publisher Michitani

20世紀ジョージア（グルジア）短篇集　目次

地図１　ジョージアと本書に登場する諸都市など

地図２　ジョージアの伝統的な地方区分（一部）

20世紀ジョージア（グルジア）短篇集

ミヘイル・ジャヴァヒシヴィリ（一八八〇～一九三七）
Mikheil Javakhishvili

მიხეილ ჯავახიშვილი

一八八〇年、ロシア帝国統治下のジョージア南部ツェラクヴィ村に生まれる（「無実のアブドゥラ」の物語の舞台であるボルチャロ郡）。ヤルタの農業学校で学ぶが、強盗に母親が殺される事件を受け、学業を中断して一九〇三年にジョージアに戻る。

一九〇三年に短篇小説が初めて新聞に掲載された。その後、作品の執筆を続けるかたわら、新聞「イヴェリア」「農民」などの記者を務め、当時の政府を厳しく批判した。

一九〇七年、政府の迫害を逃れてヨーロッパに渡り、二年後に帰国（「悪魔の石」はその間にパリで書かれた作品である）。帰国の翌一九一〇年に逮捕され、三年間ロストフ・ナ・ドヌに送られた。一九二三年より作品の発表を再開。

一九三七年、自殺した詩人パオロ・イアシヴィリを擁護したことがきっかけで粛清の対象となり、銃殺される。作品は約二〇年間発行を禁じられていたが、一九五〇年代後半から再び公刊されるようになった。

長篇小説に「クヴァチ・クヴァチャンティラゼ」、「マラブダのアルセナ」などがある。短篇小説や随筆なども多数残した。

悪魔の石　ეშმაკის ქვა

我々はさまざまな話題について語り合っていた。男女の平等、一九〇五年の革命の嵐、その後の反動、英雄的行為や臆病さ、天候と収穫、アジアとヨーロッパ。そして最後に、話題は群集心理に行き着いた。ある老人が話し始めた。

これはトビリシの近くの村であったことだ。私はその村の地主で、学校を卒業したばかりの娘ソフィオが夏に村に帰っていたときだった。村に帰ってきてから一ヶ月もしないうちに、若いソフィオは村じゅうの憧れの的になった。

あんな娘はなかなかいない。心優しくて繊細で、背中に翼が生えているかのようだった。善意や温情が人の姿をしてこの世に舞い降りてきたのを見たい者がいれば、我が家に来なければならなかった。それで、うちは朝から晩まで客が引きも切らなかった。男も女も、農民も寡婦も、孤児も病人も貧しい者もみんな娘に会いにやって来たものだ。

ソフィオはみんなの医者で、判事で、不幸を慰め合う家族で、助言者で、励まし役だった。農民たちは、地代や年貢の減免、あるいは薪の切り出しといったことで私に用があると、まずソフィオのところに行ったものだ。願いをきっと聞き届けてくれると信じていたからだ。そんなわけで、ソフィオは私の仕事の一部を引き受け、私の財産を篤志の源としたのだった。我々はそれについて何も言わなかった。一人娘のやることに口を挟むことはなかった。

昼食や夕食のときに誰かがやってくると、ソフィオは家に招き入れ、隣に坐らせてたらふく食べさせ、願いを聞き入れてから帰したものだ。馬車での移動中に道を歩く女や農民に遭遇したならば、馬車に乗せて送っていった。よそへ行くところだった者を、天気が悪いなどと言っては家に連れてきて、食事をさせ、休ませてから次の日に帰したこともしょっちゅうだった。

朝に出かけたきり夕方まで戻らないこともあった。朝に上の地区から回りはじめ、夕方にようやく下の地区に移る。ソフィオの後を子供や女たちが始終ついて歩いたものだ。

あるとき誰かがソフィオのことを天使と呼んだものだから、それからは村じゅうがそう呼ぶようになった。みな口々にこう言ったものだ。「我らが天使様のところへ行ってくる。助けてくれるお方は天使様しかいない」。あるいは、「天使様が生きていてさえくれれば、あとはどうにかなる」、「神様が我らの天使を長生きさせますように。天使様がいなかったら、俺たちはどうなっていたか分からない」と。

ソフィオが村の中を歩くと、あっと言う間にそれが村じゅうに広まった。誰かが「天使様が村の中を歩いているぞ」と言えば、その言葉はたちまち上の地区から下の地区へと伝わった。村の女たちは「天使様だ、天使様がやってくる」と言い合いながら表をきれいにしたものだ。ソフィオがやってきて挨拶し、励ましの言葉をかけたり、助言をしたり、手を貸すのを誰もが待ち望んでいたのだ。しかし、同じ年頃の若者たちは、ソフィオを陰で笑いものにして悪口を言った。面と向かって、「なんだ、お前はガキたちをはべらせて。人の手助けなら俺たちだってやるが……」とにやにやしながら文句や忠告を浴びせる者もいた。

そう言われたソフィオは何も言わずにはにかみ笑いを浮かべ、次からは親切を誰にも知られないようにしよう、誰にも見られないようにしようと心に思うのだった。

あるとき、村で熱病が起こり、一週間のうちに村じゅうに広まった。病人のいない家は一軒もないほどだった。ソフィオは慌ててトビリシから医者を呼び、医者とともに朝から晩まで家々を回り、病人たちを見舞って励ましたり優しい言葉をかけてやった。我々はソフィオが病気にかかるのを恐れて何度も注意し、一度や二度は叱りさえしたが、ソフィオが考えを曲げることはなかった。

それからまもなくしてソフィオが倒れた。私や妻、医者、親戚たちみんなが集まって、やっとのことで命を助けた。

その夏、我々の村で泥棒がよく出るようになった。最初は卵や鶏だったのが、しばらくすると羊や豚が狙われるようになり、牛や水牛を盗まれた者まで出たかと思えば、しまいには家の中にまで押し入られる始末だった。村では毎日こんな会話が繰り返された。

「昨夜はミハ・ナスキダシヴィリの牛が『狼の仔』にやられた」

「昨日は羊飼いのゴドラシヴィリがアゼルバイジャン人たちに襲われて、羊二十頭を奪われた。『狼の仔』もいたらしい」

「今朝、夜明け頃、カイシャウリの後家のところに盗賊が押し入って、何もかもすっかり盗んでいった。『狼の仔』の仕業に違いない」

農民たちは私にもたびたびこぼしたものだ。

「ごろつきたちのせいでさんざんだ。鶏も馬も牛もみんなごっそり持っていかれちまって何も残っていない。ああ、もうどうしたらいいか」

すると別の農夫が低い声で言う。「誰の仕業かは分かっているんだが、逃げ足が速くて尻尾をつかめない」

「秘密どころか、知らない者はいない。でも、『狼の仔』に何をされるか分からないから、みんな怖がって捕まえられない」

『狼の仔』と呼ばれていたのは、私の近所に住んでいたダタだった。いつも従弟のソロとつるんでいて、二人とも若い男だった。ダタは粗暴な荒くれ者で、執念深く、狡猾で冷酷な人間だった。『狼の仔』と名付けられたのは、外見も性格も本当に狼を思わせたからだ。ダタの顔に笑みを見たことのある者は誰もいなかった。いつも俯き加減で表を歩き、額の下から陰険そうな黒い目をちらちらさせていた。

ソロは心優しい青年だったが、ダタがその気の弱さにつけこみ、忠実な子分にしてしまった。ダタもソロも幼い時分からよく知っていた。二人とも、働きもせず、畑を耕すこともなければ種を蒔くこともないにもかかわらず、この辺りの多くの貴族にだって劣らぬ暮らしぶりだった。腰に銀のベルトを締め、足にはブーツやアゼルバイジャン風の脚絆をはき、頭には羊革の縁なし帽やつばのついたしゃれた帽子をかぶっていた。上着や高価な絹の肌着は月に一度は新調した。村にいれば、朝から晩まで酒場で飲んで騒いでいた。時には町から手回しオルガン弾きや女たちを連れてくることもあった。誰とも付き合いを持たなかったが、アゼルバイジャン人たちとだけは仲良くし、互いの家をしょっちゅう行き来していた。

村人たちは腹に据えかね、何度もダタたちをこっそりと見張ったが、徒労に終わった。狼はよく訓練されており、慎重に獲物を狙うのだ。

あるとき、私も庭に繋いであった雄牛二頭と雌牛一頭を盗まれた。村じゅうが立ち上がった。泥棒の足跡をたどり、その日のうちに、十キロメートルほど離れた森の中に牛が繋がれているのを発見した。ダタとソロはその近くで眠っていた。村人たちは二人を縛り上げ、刑務所に送った。ところが、誰も二人の犯行を証明することができなかったため、一か月後には釈放されることになった。二人が戻り、村には更に大きな災難が降りかかった。先頭に立って二人を捕まえた村人たちは、何もかも奪われ、一文無しにされてしまった。頭を割られた者さえ出た。

二週間後、村人たちは二人を再び捕まえたが、裁判所はまたも無罪を言い渡した。村人たちは、「国はあいつらの味方だ。俺たちが自分で何とかしなければ」と話し合い、二人に見張りをつけた。

ある日の明け方、村で騒ぎが起こった。男たちは下の地区に駆けていき、女たちは悲鳴を上げ、子供たちは泣いていた。騒ぎは瞬く間に村じゅうに広がった。私が使いに出した少年が何があったのかを教えてくれた。

下の地区の村の端に寡婦が独りで暮らしていた。村ではこの女が壁の中に金銀を隠していると噂されていた。その噂は当然ダタとソロの耳にも届いていた。その夜、二人は寡婦の家を訪ね、扉を壊して無理やり中に押し入ると、短剣を突きつけて金銀を差し出すよう脅した。女ははじめ拒んだが、暴力を振るわれたため、串で隅の土を引っ掻き、土のなかから掘り出した小さな箱を二人に渡した。箱の中には十コペイカ貨と二十コペイカ貨が詰まっていた。その場で数えると全部で十八ループルと六十コペイカであった。二人はその場を立ち去ろうとした。二人とも頭巾で顔を覆い隠していたのだが、寡婦は正体を見破り、叫んだ。しかし、それが命取りになった。

「待ちなさい、ちんぴらども。あんたたちが誰だか分からないと思っているのかい。狼の仔め！」

二人は立ち止まってひそひそと相談すると、引き返し、哀れな寡婦を短剣でめった刺しにしてから家を出た。しかし、気配に気づいた村人たちが表に立ちはだかった。ダタは大きなかごの中に身を隠した。甕の中に隠れたソロは村人たちに引きずり出された。ソロはすぐに白状したが、ダタはいつものように目をぎらつかせ、頑として犯行を認めようとしなかった。

病み上がりのソフィオもその話を聞きつけた。ソフィオは二日前に起き上がれるようになったばかりで、まだ歩くのもやっとだった。間もなく、「狼の仔」の年老いた母親が悲鳴を上げながら家に飛び込んできた。母親はソフィオの足にすがって泣いた。

「助けてください。お願いです。不埒な息子ですがどうかお助けを！」

ソフィオは慌てて答えた。

「今すぐに行きます……心配しないで。大丈夫ですよ。私が助けます」と呟きながら、ソフィオは身支度を整えた。

ソフィオはまだ外出できるような状態ではなかった。しかし、何を言っても無駄であるのは分かっていたので、私は引き止めず、一緒について行くことにした。

我々は大声で泣き喚く老母の後をついていった。私とソフィオは腕を組み、早足で歩いていたが、ソフィオは更に私を急き立てた。

寡婦の家は河原と道の間に立っていた。狭い庭は人でいっぱいだった。大人も子供も、男も女も、老いも若きも、村じゅうの人々が集まっていた。あらたにやってきた者たちは帽子を取って家の中に入ると、しばらくの後に顔をしかめ、目に涙を浮かべて庭に出てきた。女たちはまだ庭に入ってこないうちから大声で泣き叫んでいた。その声は家の中からも聞こえていた。寡婦の親戚の老婆が家のすぐそばの丸太に腰掛けて叫んでいた。

「お前たちの手など動かなくなってしまえ……どうしてこの世に生まれてきたのか、ごろつきどもめ……」

男たちはいくつかの集まりをつくり、大きな声で話していた。

「もう我慢ならない。国に引き渡したらまた釈放されるだろう」

「その通りだ。また釈放されるに決まってる！」

ダタに頭を割られた男が怒りをぶちまけて言った。

「みんな、聞いてくれ。今すぐに俺がこの短剣で二人を豚のようにぶっ殺してやる。その後どうなろうが知ったことか。放っておいてあいつらに殺されるくらいなら、シベリアに送られるほうがましだ」

「来たぞ！」と、誰かが叫んだ。

「来たぞ、来たぞ！」あちらこちらから声が上がり、人々は道のほうに目を向けた。

ダタの母親はずっと我々にくっついていた。ソフィオが絶えず声をかけていた。

「心配しないで……安心して……心配することはないわ」

棒や短剣を手にした十人ほどの若者たちが、縛られた二人を連れて庭に入ってきた。二人とも後ろ手に縛られていた。人々がその周りを取り囲んだ。そこかしこから罵りや脅しの文句が聞こえていた。

「おい、狼の仔、ちんぴらども、この人でなしめ！」

六十歳くらいの老人がダタの前に立ち、目に涙をためながら震える声で「恥を知れ！」と言うと、二人の顔に唾を吐きかけた。

村人たちは二人の人殺しに近づき、代わる代わる顔に唾を吐きかけ、「人でなし！　鬼畜！」と繰り返した。

一人の女性がダタの顔にとびかかり、目を引っ掻いた。罵声が大きくなった。棒や細枝が飛び交い、人々は二人ににじり寄った。

「みんな、待て！　どうせ逃げられないんだ。まずは言い分を聞こうじゃないか」と誰かが言った。

人々は後ろに下がった。

「よし、始めるぞ！」と、誰かが言った。

すると、すぐに別の誰かが叫んだ。

「遺体を持ってこよう。遺体の前で話させようじゃないか」

「持ってこい、持ってこい！」方々から賛成の声が上がった。

数人の男が家の中に入っていった。二人の人殺しは脇に立たされ、その背後に武器を持った若者たちがついた。ソロの顔には生気がなく、目に涙が光っていた。一方、ダタは狼のような目つきできょろきょろと周囲を見回していた。ここからいかに逃げ出すかしか頭にない様子だった。

女たちの泣き声が一層大きくなった。四人の男が遺体を庭に運び出し、その後を女たちがついてきた。人々は二つに分かれて道を空けた。家の中から出してきた絨毯がダタとソロの足元に敷かれ、その上に遺体が寝かされた。

一人の女が遺体を覆っていた布をまくり、胸の刺し傷を露わにした。人々は黙った。重苦しい沈黙が流れた。男たちは帽子を取った。あちらこちらから低いため息が聞こえていた。人々はソロとダタを見つめていた。

ダタの表情は変わらなかった。遺体から目を逸らし、脇のほうを眺めていた。

ソロは寡婦の遺体から目を離さなかった。しばらく首を伸ばして死に顔をじっと見つめていたが、急にまるで心臓が止まったかのように体をこわばらせ、息を呑んだ。その体は次第にぶるぶると震えだした。顔が歪み、唇や眉毛がぴくぴくと小刻みに動いた。ソロは立っていられないようで、少しずつ前のめりになり、膝をつくと、遺体の胸の上に倒れこみ、しゃくり上げて泣いた。

「ああ、おばさん!」

その言葉はまるで熾火のように人々の胸を熱くした。

「この不孝者!」と一人の女がつぶやいた。

「可哀想に」と別の女がため息をついて言った。

「なんて可哀想に……」と言う声がそこかしこから聞こえた。人々は感じていた。今や可哀想なのは遺体の胸の上で泣いているソロだと。

ソフィオは私の腕をつかみ、私にぴたりとくっついた。ソフィオは全身をひどく震わせていた。顔は真っ青で、下唇がわなわなと震えていた。呼吸は荒く、何度も口にたまった唾を飲み込んでいた。ダタの母親は相変わらず恨み言を漏らしながら小声でソフィオに懇願していた。

「お願いです、どうかこの通り。お願いです……」

ソフィオは何も言わなかった。先ほどのように母親をなだめることもなかった。

「ソフィオ、行こう」と私は言った。

「いえ、待って」と、ソフィオは弱々しい声で返事をし、ソロと遺体をじっと見つめていた。ソロは遺体の胸の上で泣きじゃくっていた。体を震わせ、切れ切れに何度も「ああ、おばさん……おばさん……」と繰り返していた。

「手を解いてやれ」と誰かが言った。

五人の男がすぐにそばに寄り、縛られていた手を解いてやった。

「立たせろ!」と別の誰かが言った。

再び五人の男がソロを立ち上がらせた。

「二度とこんなことをするんじゃないぞ。さもなくば……」一人の老人が優しい声で言った。

「二度としないだろうよ!」とあちらこちらから声がした。

それ以上は誰も何も言わなかった。人々はソロの罪が許されたと感じていたのだ。

ソロの姿は群衆に紛れ、見えなくなった。

次はダタの番だった。

「ほら、この狼の仔の目つきを見てみろ！」と一人の若者が言った。

「罠にかかった狼みたいじゃないか」と別の男が言った。

ダタは背中を丸め、首をすくめて縮こまっていた。本当に罠にかかった狼のようだった。

「おい、ひざまずけ、狼の仔め！」と誰かが怒鳴った。

人々は再び憤り、鼻息を荒くした。

「ひざまずけ！」と、方々から声が上がったが、ダタはぴくりとも動かなかった。

「ひざまずかせろ！　力ずくでひざまずかせろ！」と人々が叫んだ。

何人かがそばに寄り、手をかけて無理やりひざまずかせようとしたが、ダタをひざまずかせることはできなかった。ダタは抵抗した。その強情さが人々の怒りに油を注いだ。

「こいつを見ろ！　まだ観念してないぞ！」と、誰かが言い、ダタの首を小突いた。別の男が細枝で打ち、更に別の誰かが頬をひっぱたいた。年老いた女が再びダタの目をめがけてとびかかった。

「みんな、聞いてくれ！」と老人が大声で叫ぶと、人々は静まり返った。

「みんな！」老人は繰り返した。「この狼を生きたまま放したら、村じゅうがやられるだろう」

「その通りだ！　村じゅうがやられるぞ！」怒声が巻き起こった。

「放しちゃだめだ！　絶対にだめだ！」人々は叫んだ。

老人は言葉を続けた。

「政府に引き渡したら、また釈放されて、我々はもっとひどい目に遭うだろう」

「そうだ、そうだ！」

「放しちゃだめだ！」

「俺たちで決着をつけるしかない！」

人々の叫び声と騒ぎの中、不意に一つの言葉がはっきりと聞こえた。それは、全員の口に出かかっていながら、誰もが言うのをためらっていた言葉だった。

「石打ちだ！」

すると、人々は一斉に叫んだ。

「石打ちだ！　石打ちだ！」

怒りにかられた群衆の素朴な裁きが噴水のように噴き出した。抑えがたい怒りや憤りが復讐心の箍《たが》を外し、煽り立てた。

ダタの母親は髪を振り乱し、雷に打たれたような様子でおろおろと右往左往しながら、人々にぶつかってはかすれ声で懇願するのだった。

「みなさん、許して……みなさん、私を許して……」

返ってくる答えは一つだった。

「石打ちだ！　石打ちだ！」

蒼ざめた顔で怯えているダタの周りを村人たちが取り囲んだ。拳や爪で威嚇する者もいれば、棒を振りかざす者もいた。その一つの言葉がずっと割れんばかりに響いていた。その言葉にはどこか秘密めいた、目に見えぬ恐ろしい力があった。先ほど目にした、心を痛めて後悔しているソロとは対照的なダタの不遜な強情さ、冷酷さ、反抗的な態度、頑なさ、ふてぶてしさは私の心まで憤怒と復讐心でいっぱいにした。その感情は次第に強くなり、私の神経を逆なでし、鼓動を激しくさせ、体を締めつけ、理性を曇らせた。あの一言、すなわち、逆上した人々が下した短い判決が初めて発せられたとき、私は恐怖を感じなかった。いや、それどころかむしろ、私の心の中で何者かが嬉しそうに囁いたのだ。「当然の報いだ！　いい気味だ！」と。それから人々が興奮して、怒号を上げるのが聞こえると、復讐を求める野獣のような欲求が私にも伝染した。周囲と足並みを合わせ、群衆の渦に交ざり、人波の中に私自身の意思や人間的な感情、人格、理性を紛れさせることが義務であるかのように感じていた。

私はソフィオのほうを見た。ソフィオは指をせわしなく動かしながら、蒼ざめた顔をわなわなと震わせ、ダタを見つめていた。私には分かった。目に見えぬ謎めいた力にソフィオも支配されていた。人々の叫び声がソフィオの心を操り、「石打ちだ！」という一言がソフィオを盲目にしてしまったのだ。残酷な判決もソフィオにとっては全く正当なものであり、執行を妨げる理由はなかった。もはやダタの年老いた母親への約束を果たし、息子を救い出すことはなかった。

人々は再び騒いでいた。互いにけしかけ、煽り合いながら、誰が口火を切るのか待っていた。

ダタは身をよじって逃げようとしたが、村人たちがそれを許さなかった。しばらくしてダタは再び逃げ出し、二人の若者の手をすり抜けて群衆の中に紛れ込んだ。

機は熟した。ダタは図らずも自ら村人たちにきっかけを与えたのだ。

「捕まえろ！　捕まえろ！」とあらゆる方向から声が上がった。

「ほら、逃げたぞ！」

人々はダタを追いかけ、捕まえた。誰かが叫んだ。

「河原に連れていけ！」

他の人々も繰り返した。

「河原だ！　河原だ！」

河原はすぐそばだった。群衆は動き出した。互いに押し合い、棒で追い立て合いながら河原の方へ向かっていった。五人ほどの男が人々の周りを走りながら叫んでいた。

「許さないぞ！　ついて来ずに裏切る者は許さないぞ！」

私はソフィオの姿を見失った。人々の波にのまれ、私も河原のほうへ流されていった。首をつかまれ引きずられていたダタは、噛みついたり、とびはねたり、頭や手足を振り回して抵抗し、唸りながらぶつぶつと何かを呟いていた。しかし、その言葉に耳を傾ける者はなかった。

先頭を進んでいたのは女たちだった。人々は蟻のように河原に群がり、それから広がって石を拾いだした。

私の背後からまだ脅し文句が聞こえていた。

「逃げたら許さないぞ！」

一人の老人が私の手に石を押しつけて言った。

「持ちなさい。あなたも村の一員だ」

そのとき、私はたしかに彼らのうちの一人だった。石は私の手の中に残った。

誰かが「放せ！」と叫び、人々は一斉にそれを繰り返した。

「放せ！　手を放せ！」

ダタをつかんでいた者たちが手を放し、人々の輪の真ん中にダタを置き去りにした。

「今だ、やれ！」と、旗振り役の農夫が叫んだ。

その瞬間、ダタが身を屈めて群衆のなかに飛び込んだので、人々は慌てふためいて入り乱れた。

「おい、逃げたぞ！　逃げたぞ！」

ダタは人々の輪を突き抜け、川のほうへ駆け下りていった。村人たちは地響きを立てて、叫びながらダタを追いかけた。まず石が一つ空を切り、それから二つ目、三つ目と続き、幾つかの石が同時に投げられたかと思うと、しまいには石の雨となった。

ダタはよろめき、地面にくずおれた。それから再び体を起こし、腰を上げて這い進もうとしたが、群衆に取り囲まれてしまった。人々の叫び声は途絶え、石のぶつかる音だけが響いていた。

大きな石や棒や細枝が飛び交った。

不意にソフィオの姿が目に入った。ソフィオは体の後ろで手を組んでおり、その手に石を一つ握っていた。年寄りの女が興奮した様子でダタのほうを指さしながらソフィオに何かを言っていた。私はソフィオに駆け寄ろうとしたが、間に合わなかった。

ソフィオは遠くから手を振り上げ、下のほうに向かって駆け出した。群衆の中に飛び込み、姿が見えなくなった。一分ほどして、ソフィオは人々の中から走り出てきた。私を見つけたソフィオは、両手で顔を覆い、駆け寄ってきて私の胸に顔を埋めた。

全てが終わった。人々はしばらくその場に留まった後、散り散りになった。みな押し黙ったまま、まるで泥棒のようにこっそりと立ち去った。上のほうに走っていく者もいれば、下のほうに向かう者も、左に行く者もいれば右に行く者もいた。たいていは、あたかも誰かに追われているかのように走り去っていった。互いに気まずく、誰も目を合わそうとしなかった。

河原には四人だけが残った。石に埋もれたダタ、そのそばで気を失って倒れているダタの老母、そして私とソフィオ。

ソフィオは私にしがみつき、私の頬に口づけしながら、早口に、途切れ途切れに赦しを乞うた。

「私は……私は嫌だった……嫌だった……あのおばさんが……あのおばさんに……唆《そそのか》されて……」

それ以上は何も言えず、ソフィオは泣き出した。泣き声に笑い声も混じった。私の頬に口づけしながら、何度も繰り返した。

「私も……石を一つ、たった一つだけ投げたの……石を一つ……一つだけ」

気絶せんばかりに苦しそうなソフィオを私はなんとか家に連れ帰った。

その晩、ソフィオは再び床に臥せった。

翌日になって、ソフィオの熱病がぶり返したことが分かった。我々の一人娘は十日間苦しんだ。

ソフィオは私や母親や医者に、あるいは小間使いであろうが使用人であろうが、誰彼かまわずあの石について話した。そして、自分が決して酷い人間ではなく、人に唆されて分別を失ってしまったのだ、盲目にされてしまったのだ、誓ってもいいと訴えるのだった。その石をどうやって手に取り、どのようにダタに投げつけたのかすら覚えていないと。ソフィオは熱にうなされてうわごとを言った。

「石を一つ投げてしまった……一つだけ……悪魔が私に投げさせた……私が投げたんじゃない。違う……違うの！」

長い沈黙の後、老人は低い声で言い添えた。
「一週間後に娘は亡くなったよ」

（一九〇八年）

無実のアブドゥラ　აბრამელი ახალაძე

1

「アブドゥラ・ケリム！」裁判長はアブドゥラのほうを向いた。「分かりますね？　あなたには荷車夫に対する強盗の嫌疑がかけられています。ジャンダリ村の付近で、武装したあなたはヴォロンツォフカ村のモロカン派*住民を待ち伏せし、町より持ち帰るところだった金品を強奪した。その際、短剣で男を一人傷つけ、また、もう一人を殺したのだと」

＊　ロシアで生まれたキリスト教の一派。異端視され、十九世紀前半に信徒がコーカサス各地に送られて定住した。

「アラーの神よ！」アブドゥラは嘆息した。

「あなたがたは三人組だった。ほかの二人の名はまだ明かしていないようですね。翌朝、足跡をたどったところ、サルヴァニ村に行き着きました。あなたはサルヴァニ村に住んでいますね？」

「そうです。私、アブドゥラはサルヴァニ村の者です」

「足跡はあなたの家の玄関に入っています。どうしてこんなことになったのか、さあ説明してください」

「知りません。ああ、知りません！」たくましい体つきのアブドゥラは真剣に叫びながら、脂ぎったこぶしを広い胸に打ちつけた。「ああ、知りません！」

「よろしい。その日、奪われた品々の一部があなたの家の軒下に置かれた籠の下にあるのを、警官が発見しました。これがそこにあった木綿の生地、手拭い、新品のロシア帽です。どうしてあなたの家にあったのでしょう？」

「本当に知りません！　分かりません！」アブドゥラは再び叫びながら、絶望した面持ちで傍聴人のほうを見やり、人々の目に不信の色を見てとった。

「よろしい。では、アブドゥラ・ケリム、強盗にあったモロカン派の人たちは、あなたの顔を見て、犯人はあなたに間違いないと言っています。これについて何か言うことはありますか？」

「見間違えたのです！　嘘だ！　コーランに誓って嘘です！」

「アブドゥラ・ケリム、その日、その夜、あなたはどこにいたのですか？」

アブドゥラはたどたどしいグルジア語を話し、言葉に詰まるとアゼルバイジャン語を交えながら通訳に助けを求めた。「その日の朝、私、アブドゥラは畑に水をやりました。その時、年老いた母ゾヴラが――ほら、あそこに、チャドルと帽子をかぶって人々の間に坐っています――畑にヨーグルトを届けに来ました。その後、家に戻ってから、妻ファトマを叱りました。というのも、私が大切にしている馬にファトマが水を飲ませるのが遅くなったからです」

「私には下男が一人います。名をアリ・クルバンといいます。その日、アリは夏を越させるためにレルヴァリの山々へ送った家畜に伴って牧草地に行きました。私がファトマに馬の世話を言いつけたのもまさにそのためでした（ファトマはそこ、ゾヴラの隣に坐っています）。普段なら決してファトマにそのようなことを頼んだりしなかったでしょう。私は自分の目のように馬を大切にしているのです」

「馬に水を飲ませに妻をやるのが恥だとでも？」裁判長は微笑しながら尋ねた。

「いいえ、恥ではなく、危険なのです。美しい妻と美しい馬をいっぺんに失うことになりかねません。金が金の世話をすることはできません。両方ともさらわれてしまいます」

法廷に笑い声が起こった。

「それから？」

「それから妻と仲直りし、口づけして、小さなトルコ石を渡してから、用水路に水を通すためにフラミ川に出かけました。家に戻ったのは夕方です」

「野原から牛の群れが帰って来ましたが、若牛が一頭見当たらなかったので、棒を持って出かけました。その晩、私は若牛を捜してあらゆる場所を歩き回りました。アルゲティ川やフラミ川の川辺を走り、ジャンダリ村の周りも一通り歩き、マルネウリ村まで足を運び、サフカル・トゥタニの丘まで行ったのですが、結局若牛は見つかりませんでした」

「一晩じゅう雨が降っていました。私はずぶぬれになって、夜明け頃に家に戻りました。母親が戸を開けました。ファトマもその晩は一睡もしませんでした。私の母親と妻にお尋ねください。二人ともここにいます。ほら、隅に坐っています。二人が真実を、嘘偽りのない真実を話すでしょう」

「というのは、おお、神よ、アラーの神よ、二人ともこれまで嘘など一度だってついたことがないからです。次の日、警官がやって来て私を捕まえました。しかし、ああ神よ、私は決して罪を犯していません。私、アブドゥラは何も知りません！」

アブドゥラは言うべきことを言い終えると黙り込んだ。

「このアゼルバイジャン人には証人はいないのですか？」

「いいえ。私に証人はいません。その晩はずっと一人で野原を歩き回っていたのです。だいたい、証人がどうして必要なものですか。アブドゥラはもう十回も誓ったのです。お望みならコーランに誓いましょう。導師を呼んで、コーランも持ってきてください。私、アブドゥラは無闇に誓ったりはしません。アブドゥラは誠実な男です！　サルヴァニ村の導師に訊いてください。あるいはサルヴァニ村の村長にも、ボルチャロの人々にも」

「証人を呼びなさい」と言って、裁判長は再びこの毛むくじゃらのアゼルバイジャン人を眺めた。アブドゥラは雄牛のような目を光らせ、白い歯を輝かせて、露わな胸にこぶしを打ちつけながら、グルジア語とアゼルバイジャン語とロシア語で叫んでいた。

「誓って私じゃない！　私は無実だ！　神よ、私じゃない！」

アブドゥラは広い法廷を見渡して、押し黙った人々が何の反応も示さないのを見てとると、力なく椅子に腰を落とし、長い腕を振り回して膝を叩いた。それから小声でこう言った。

「アラーの神よ！　法律につかまるのも、水に落ちるのも同じようなものだ」

モロカン派の三人はアブドゥル・ケリムが犯人だと断定し、全員がきっぱりと証言した。

「この男です。間違いなくこの男です！　よく憶えています……はっきりと憶えています」

「よく見てください。間違いのないように」裁判官はそのロシア人たちに何度も確認させた。「濡れ衣を着せることのないよう、あなたがたの良心を損なうことのないよう」

「この男です。間違いなくこの男です」モロカン派の三人の考えは変わらなかった……「この木綿の生地も私たちのものですし、この手拭いも、この帽子も……どれも町で買ったものです。家に持ち帰るところでした。ほかにもたくさんのものを奪われたのですが、どこにあるのでしょう」

「おお、神よ！　違う、違う！」アブドゥラはそのロシア人たちのほうを向いて叫んだ。しかし、証人たちは同じ証言を何度も繰り返した。

検察官や弁護人がたくさん話した後、最後にアブドゥラに発言の機会が与えられた。

アブドゥラに他に何を言うことができるだろう？　言うべきことはすでに言った。証拠もない以上、アブドゥラは誓いを叫ぶしかなかった。

「誓って私じゃない！　私は無実だ！　神よ、私じゃない！」再びそう叫んで胸を叩き、椅子に坐った。

裁判官たちは会議室へと立ち去った。

チャドルをかぶった二人の女――ゾヴラとファトマが、柵に近づいて、白い歯を見せながら小声でアブドゥラに話しかけた。ゾヴラは背中に青い布の包みを背負っていた。その包みからは一歳になるアブドゥラの息子の黒い頭がのぞいていた。その頭は猿のようにきゃっきゃと笑い、仔豚のような甲高い声を上げ、今にも包みから落ちんばかりに父のほうに身をよじる。アブドゥラは息子をまるで仔猫のように取り上げ、十回ほど口づけした。それから赤ん坊の体を揺らし、ぎゅっと胸に抱きしめて微笑みかけた。

二人の女とアブドゥラは長い間話していた。笑って体を撫でては、互いを元気づけ、励まし合った。

「大丈夫だ、大丈夫。心配するな。今日にもすぐに自由になるから」と、アブドゥラは最後の言葉を残して立ち上がった。

裁判官が法廷に出てきた。裁判長は時間をかけて判決を読んだ。判決の末尾はこう締めくくられていた。

「……ということを考慮に入れ……なぜならば……であるからして……ゆえに、アブドゥラ・ケリムには十年の禁錮を言い渡す」

裁判官たちは再び後ろを向いて出ていった。アブドゥラは身じろぎもせず裁判官たちの背中をじっと見つめていた。それから後ろを振り返って人々を見渡すと、絶望の笑みを浮かべながら震える声でつぶやいた。

「ああ、神よ、なんということだ！」

ゾヴラは帽子をかぶった頭を両手で抱えて呻いた。ファトマは悲鳴を上げて夫のそばに駆け寄った。幼いワリの泣き声が広い法廷に響いた。アブドゥラは雄牛のような目をいたずらにきょろきょろと動かしながら、裁判官たちが消えていった扉を見つめていた。裁判官たちがもう戻ってこないことを悟ると、守衛たちのほうを向いて、こぶしで胸を叩きながら必死に叫んだ。

「私は知らない！　誓って知らない！　私じゃないんだ！　ああ、神よ！」

2

一時間後、アブドゥラは二人の守衛に付き添われ、両腕を大きく振りながら通りを歩いていた。

「アラーの神よ、これはどういうことか？」と、アブドゥラは何度もつぶやいた。

ファトマとゾヴラは無言のまま悲嘆に暮れ、後について歩きながら、時折励ましの言葉をかけていた。とうとうオルタチャラの監獄の前までやってきた時、アブドゥラは振り返り、守衛の手をすりぬけて、母親と息子と妻をその広い胸に抱きしめてぶつぶつと何か言った。

このボルチャロのアゼルバイジャン人は舌が絡まり、唇が震えた。うなだれて、大きな頭を二人の女の肩に乗せ、まるで彼の息子のように泣き出した。女たちもアブドゥラに抱きついて泣き叫んだ。慌てた守衛が囚人を女たちからやっとのことで引き離し、大きな建物の鉄の口の中に放り込んだ。

アブドゥラが女々しい振る舞いを見せたのは初めてだった。アブドゥラは生まれて初めて人前で泣き、初めて人に涙を見せたのだった。アブドゥラは男の中の男、真のアゼルバイジャン人の男である。アブドゥラが女のように泣いたと誰かに知られたりしたら、ボルチャロじゅうで面目を失い、監獄の中で居たたまれなくなったことだろう。監獄ではボルチャロよりももっと男の名誉が重んじられることをアブドゥラは知っていた。そのため、通路で持ちものを検査された時には、彼はすぐに涙をぬぐい、無理をして平然を装った。

大きな庭に出ると、あちらこちらから囚人たちの声が聞こえてきた。

「アブドゥラ、よく来た！　元気だったか？」

アブドゥラは黒い髭の奥から白い歯を見せ、顔に苦しげな笑みを浮かべた。それから、両手を挙げて十本の指を広げ、割れんばかりの声で叫んだ。

「十年！　十年だぞ！」

たちまち囚人たちの声は消え、監獄じゅうを一瞬の静寂が包んだ。

囚人たちはみなアブドゥラの知り合いで、まさか十年の刑とは思ってもいなかった。この屈強なアゼルバイジャン人が、監獄の建物のごとく巨大な十年もの歳月をその日から背負おうとは。

アブドゥラはうつむいたまま庭を横切ると、五階に駆け上がり、大きな窓にはりついた。アブドゥラの房はそこだった。窓からは、ナフティアニ・サムゴリの草原やソガンルギの界隈、シャヴナバダの山々、ミルゾエフ家の昔の庭園や屋敷が手に取るように見渡せた。

すぐそばにはオルタチャラの野菜畑や、蛇のように曲がりくねったムトクヴァリ川も見える。遠くには鉄橋やボルチャロへ続く道も見える。その道は監獄のそばを通り、シャヴナバダの山々のふもとへ消えていく。

ゾヴラとファトマはこの道を通るはずだ。二人は牛車でサルヴァニ村に帰るだろう。アブドゥラは鉄格子をつかんだままじっとしていた。ボルチャロの村人たちの牛車が何台か通った。最後にアブドゥラの牛車が現れた。アブドゥラは彼の赤牛や、背の高い下男アリ・クルバン、黙り込んだ妻と母親の姿を認めた。

牛車が監獄のほうを向いた。ゾヴラとファトマはこちらを見ている。おそらくアブドゥラを探しているが、見つけることができないのだろう。囚人は窓台によじのぼって、鉄格子の間から腕を伸ばし、まだら模様の手拭いを振りながら力強い声で叫んだ。

「おうい、母さん！　ファトマ！」

女たちは牛車の上で立ち上がって叫んだ。

「アブドゥラ！　アブドゥラ！」

「元気でな！　元気でな！」囚人は必死に喚いた。

「元気で！　元気で！」悲鳴にも似た返事が聞こえた。

外から守衛が怒鳴っているが、アブドゥラの耳にはもはや何も聞こえない。赤いぼろ切れを振りながら、鉄格子を揺らし、絶叫する。

「母さん、元気でな！　ファトマ、元気でな！　元気で！」

監獄の塀の下で銃声がし、アブドゥラの顔に崩れた壁の破片が降りかかった。

危険を感じて、アブドゥラはますます激昂した。両手で再び鉄格子を揺らし、守衛たちに向かって喚き散らした。

「ええい、犬め！　豚め！　撃て、俺を撃て！」

駆けつけたほかの囚人たちがアブドゥラを力ずくで鉄格子から引き離し、やっとのことで床に降ろした。しかし、アブドゥラはますますいきり立ち、怒り狂った。獅子のように暴れ、深い傷を負ったかのように呻き、叫び、怒鳴り、囚人たちをまるで子供のように蹴散らした。そして熊のように窓台に這い上がり、守衛に向かって叫んだ。

「豚どもめ！　撃て！」

守衛よ、撃て。もう一度撃って、哀れなアゼルバイジャン人を撃ち殺すがいい。何をじっとしているのか。何を呆然と不幸なアブドゥラを眺めているのか。口を開けるな！　撃て、撃つがいい。アブドゥラ・ケリムはいずれ死ぬ運命だ。いっそのことここで撃ち殺してしまえ。

「母さん！　ファトマー！　ワリー！」

囚人たちよ。友らよ。兄弟たちよ。お前たちはどうしたのか。お前たちの同志になぜ付きまとうのか。なぜ取っ組み合って闘うのか？　なぜ放っておいてやらないのか。哀れなアブドゥラを放してやれ！　守衛に殺されることを望んでいるのだ。四つの壁に囲まれて、母親からも、妻からも、息子からも引き離された、死んだも同然の命など、アブドゥラは要らないのだ。

十年！　終わることのない重苦しい十年！　いったい誰が妻子の面倒を見てくれるだろう。誰が家畜の世話をしてくれるだろう。誰が畑を耕してくれるだろう。誰がアブドゥラの家族を救ってくれるだろう。哀れなアゼルバイジャン人の住み処は崩れ、荒れ果て、財産も家畜も消えてしまうだろう！　アブドゥラ・ケリムは破滅だ！　アブドゥラの壮年も、人生も終わったのだ！

アブドゥラは再び窓に上り、外を見た。もうゾヴラも、ファトマも、ワリの姿も見えなかった。牛車は皮革工場の陰に隠れてしまった。アブドゥラは力なく床に降り、丸太のように長椅子に倒れこむと、まだら模様の脂じみた手拭いで顔を覆った。

3

アブドゥラの未来のように長く、暗く、悲しい日々が過ぎゆき、週が移っていく。

アブドゥラは悲しみを労働で紛らわす。早朝から晩まで厨房で働き。薪を割り、火をつけ、肉を切り、鍋を磨く。夜は早く床に就くが、夜半までなかなか寝つけず、深いため息をついては苦しそうに息をする。絶えず寝返りを打ち、眠りながら何か奇妙な言葉を叫ぶこともある。

アブドゥラはひどく寡黙になり、ほとんど何も話さなくなった。胸の内を打ち明けるのはシャクロだけである。

シャクロは古株の囚人だ。監獄で生まれ育ち、おそらく監獄で一生を終えることだろう。シャクロはアブドゥラの親友で、真の男で、ボスの中のボスである。囚人たちはみなシャクロの手下だ。囚人たちはシャクロを兄貴と呼んで仕え、貢ぎ、あらゆることについて服従し、いつも顔色をうかがっている。

アブドゥラとシャクロが親友となってもうずいぶん経つ。ときには一緒に散歩したり、長椅子に二人で腰掛けて長話をしたりする。

「胸が苦しくてしようがないんだ、シャクロ」と、アブドゥラがこぼす。「誓ってもいい、アブドゥラは無実だ！　潔白だ！」

シャクロは親友の無実を信じていて、その苦しみもよく分かる。そのため、シャクロはアブドゥラを囚人らしく励まし、いつか自由になる時が来ると元気づける。

「アブドゥラ、心配するな。二年も経てばきっと外に出られるさ」

その励ましは、静かな歌で締めくくられる。

嗚呼、愛しい女よ！
嗚呼、私が摘んだ慰めよ、悲しみよ！

人は悲しみの種を植えて、バラの花を摘んだのに、
私はバラの種を植えて、悲しみを摘んだ……

アブドゥラの歌は泣き、呻き、絶望的な調子で悲しみにくれる。アブドゥラはため息をついて歌い出し、声をしぼり出すように歌を終える。ときには途中で歌うのを止め、太い指でこっそりと目をぬぐう。また、ときには頭に血を上らせてこう口走る……

「誰のせいでこうなったかは分っている。俺は知っている！　でも……」

しかし、アブドゥラは今のところ黙ったままだ。親戚を売ることは恥なのだ。そうでなくとも、アブドゥラには証拠がない。他人の罪を証明することができなければ、いたずらに恥をかくことになる。そのためアブドゥラは何も言わないのである。そうして胸の中で悲しみを押し殺し、運命の裁きを待っているのだ。

アブドゥラは運命を、そしてその情け容赦ない正義を信じている。もうアラーの神は信じていない。十年の刑を科される以前、アブドゥラは一日に五回小さな絨毯を広げては、メッカのほうを向いて祈りの言葉をつぶやいていた。しかし、今やアラーの神とアブドゥラはお互いに背を向け合った。アラーはどうしてアブドゥラを救ってくれなかったのか。どうしてその力と正義を示さなかったのか。アラーはどうして人の好い、哀れなアブドゥラを苦しめるのか。アラーの神がこれほど残酷な罰を与えるほどのいったいどんな罪をアブドゥラが犯したというのか。

いや、アラーはもはや天におらず、ここでは力も失ってしまったのだ。

アブドゥラは、心の憂いを思い出し、シャクロに胸の苦しみを打ち明ける時、ため息の最後に激昂して脅し文句を述べる。大きなふいごのように息を荒げ、胸にこぶしを打ちつけては、脂ぎった指をボルチャロのほうに向け、熊のように独りごつ。

「ムスタファめ、よくもやってくれたな！　大したもんだ！　待っていろ……このアブドゥラを待っていろよ！　アブドゥラはお前の妻子の血を吸い、お前の肉を犬に食わせてやる……豚め！　犬め！」

アブドゥラが黒い悲しみに沈んでいるとき、ほかの囚人たちは足音を忍ばせて歩き、話しかけることさえも遠慮する。しかし、皆がアブドゥラの性質を弁えているわけではない。ときには囚人の誰かが折悪く食って掛かり、気まぐれに衝突することもある。アブドゥラは煩わしい者を相手にせず、低い唸り声を上げて、胸の奥に怒りの泉を閉じ込める。しかし、ときにその泉がおのずから噴き出すと、このボルチャロのアゼルバイジャン人は爆弾のように爆発する。そうなれば、普段は大人しく温和で寡黙なアブドゥラを誰も止めることはできない。

不意にどこかで雄叫びや唸り声が響く。アブドゥラはまるで山猫のように跳躍する。何かが割れる音やぶつかる音が、アブドゥラの叫び声とともにまるで霰のように聞こえてくる。

「ええい、豚め！　犬め！」

寝台や椅子や食器が割れ、歯や肋骨が折れる。囚人たちが蜜蜂のように周りを取り囲み、アブドゥラの手にかかった犠牲者をなんとか引き離そうと試みる。アブドゥラはもうこの世のものではなくなっている。何も目に入らず、囚人たちの声も耳に入らず、噛まれてもぶたれても手をひねられても気がつかない。

アブドゥラを正気に戻すすべを知るのはシャクロだけだ。シャクロはどうにかしてアブドゥラのそばに寄り、耳もとでこう叫ぶ。

「アブドゥラ、もう十分だろう！」

アブドゥラはシャクロの声を聞くやいなや、鉄のブレーキを利かせ、ぐったりとした血まみれの生贄を放してやる。それから床にうつぶせになって、自分の罪も、他人の罪もすべて悔い詫びるのだった。

4

アブドゥラは窓に這い上り、窓から外を眺めれていれば、飲むことも食べることも忘れてしまう。窓の外には果てしなく広い世界が見える。

ナフティアニから出てきた列車が蛇のようにするすると進んでいく。いったいどこへ行くのだろう。バクーか、それともボルチャロのほうだろうか。列車はときどき右に曲がり、橋を越え、シャヴナバダの岩山のそばでまるで穴に吸い込まれていくように消え、アブドゥラの悶え苦しむ心と昂った魂を連れ去っていく。

二時間後、その列車はアルゲティ川を越え、サルヴァニ村のそばを通り過ぎる。もしかしたらゾヴラとファトマもこの鉄の「悪魔」を目にするかもしれない。その列車にしばしば託す心からの挨拶を、どうにかして二人が受け取ってくれないかとアブドゥラは思う。

ああ、あの車両のどれかが今アブドゥラを連れ去ってくれたなら。ジャンダリを過ぎたらば、アブドゥラは走る列車から飛び降り、サルヴァニ村へ駆けていく。そして妻と子供を力いっぱい抱きしめるのだ。ちょうど今、鉄格子にしがみついているように強く。この鉄格子を引きちぎり、狭い房から遠くの列車に飛んでいくのだ。

アラーの神よ！　アブドゥラに塀を越えさせたまえ！　塀さえ越えれば、アブドゥラはサルヴァニ村へのほかの道だって見つけるだろう。ほら、あの道も向こうへ続いている。ボルチャロの村人たちの牛車も向こうへ進んでいくではないか。マルネウリ村の者たちの牛車も……ジャンダリ村のアゼルバイジャン人たちも……マラブディ村のグルジア人たちも。アブドゥラは皆を知っている。ボルチャロの者なら一人残らず知っている！　だいたい、アブドゥラには牛車も道も要らない。アブドゥラは、監獄から百歩ばかり離れたシャヴナバダの山々を伝い、クミシの湖のそばを抜け、そこからヤグルジャの丘を越えて真っ直ぐにサルヴァニ村にたどり着くことだろう。

すぐそこに見える野菜畑で男が三人働いている。工場の扉のそばでは若い男女がいちゃついている。道を子供が走り、その後ろを犬が追いかけていく。ソガンルギのほうへカラスが三羽飛んでいく。ああ、なんて幸せな者たちだろう！　野菜畑の男たちよ、若い男女よ、子供よ、お前たちは自由だ！　ボルチャロへ向かう牛車の馭者たちよ、お前たちは今晩家族のもとに帰って、妻や子に贈りものを届けたりするのだろう。尻尾のない犬よ、黒いカラスよ！　お前たちもアブドゥラより幸せだ。十倍も、百倍も。お前たちの脚と翼は縛られておらず、左に飛ぼうが右に曲がろうが、歌おうが、鳴こうが、吠えようが、逆立ちをしようが、転がり回ろうが自由なのだ。

それに比べてアブドゥラは……

アブドゥラは心をこめて歌うことさえ禁じられているのだ！　悲しみが胸に迫ったアブドゥラは、心の嘆息を自分にもやっと聞こえるくらいの小さな声で吐き出し、呻く。

　嗚呼、悲しみよ！
　人は悲しみの種を植えて、バラの花を摘んだのに、
　私はバラの種を植えて、悲しみを摘んだ……

5

　百人ほどいる囚人に、親戚や友人が会いに来たり、うまい食べものを届けたりしない日はない。しかし、アブドゥラだけはアラーの神にも、親戚たちにも、友人たちにも忘れられてしまった。アブドゥラにはこれが堪え難い。しかし、誰にも腹を立ててはいない。ボルチャロは決して近くなく、ボルチャロの人々も忙しい。ただアブドゥラに会うために三日も無駄にするわけにはいかないのだ。

　アブドゥラの母親ゾヴラと妻ファトマは、三、四ヶ月に一度会いに来る。鉄格子のこちら側と向こう側に、四十人ばかりの囚人とその親族がはりつき、互いの話もまったく聞こえないほど騒がしく声を張り上げる。

　アブドゥラはゾヴラとファトマの姿を見ると、今にも根元からなぎ倒さんばかりの力で鉄格子にとりつき、自分の声以外は誰にも何も聞かせようとしないかのように大きな声で叫ぶ。どうにか鉄格子から身を離し、房に戻ってくると、アブドゥラは差し入れられたものをシャクロにも分け、再びぶつぶつと話し出す。

「おいらの馬を売っちまったようだ……盗賊に羊を六十頭もやられたらしい」

あるときは、

「牛が二頭死んだんだ……おいらの家族はもう終わりだ。シャクロ、もう終わりだ」

町のムスリムたちはイスラムの教えに忠実に従い、寄付を集めて日曜日ごとにアゼルバイジャン人の囚人たちに食べものを送ってくる。アブドゥラは自分の分をシャクロにも分けてやる。

「食べろ、シャクロ。アラーの神はもういないけれど、このひどい世の中にも心優しい人たちはまだたくさんいるんだ」

一年が過ぎた。十月になって、アブドゥラは呼び出され、根掘り葉掘り尋問された。それから、刑期が三年短くなったと聞かされた。

アブドゥラに残されたのは六年だ。たった六年！　冬が六回来て、夏が六回来たら、晴れて……晴れてアブドゥラはあの道に立ち、サルヴァニ村へ向かい、ムスタファの家へ……

アブドゥラはムスタファに何を言うのだろう？　どうやって借りを返すのだろう？　いや、こんなことは誰にも話せまい。話せるのは親友シャクロだけだ。

ムスタファはしばらく生かしておけばいい。六年など、アブドゥラに耐えられない年月ではない。少しの辛抱だ。人でなしのムスタファには待たせておけばいい。待たせてやれ！

アブドゥラ自身も辛抱して待っている。

そしてまた長い長い一年が過ぎた。十月にアブドゥラはまた呼び出され、刑期を更に三年短くすると言い渡された。今やアブドゥラに残されたのは二年だけだ。二年ぽっち。たった二年！

アラーの神よ、あなたはアブドゥラ・ケリムを救った！

アブドゥラが家族の誰の顔も見ず、その消息も聞かなくなってから、もう半年になる。そして、待ち焦がれたその日はもう一度やってきた。アブドゥラは面会所に呼び出された。

「ファトマ！　元気か？　ああ、かわいいファトマ！」

ファトマ、お前はどうして一人でやって来たのか？　ゾヴラはどこだ？　アブドゥラの母親はどうして来なかったのか？　何？　何だって？　病気だって？　もしや……ファトマ、隠し事をするんじゃない！　本当のことを話すのだ。ゾヴラは……

「ああ！　ゾヴラが死んだって？　いつ？　どうして？　息を引き取るときに、ゾヴラはアブドゥラの名前を口にしたって？」

アラーの神よ、アブドゥラの家族の窮地を救いたまえ。二年ばかりの間なんとか持ちこたえさせたまえ。たった二年でいい！　その後のことはこのアブドゥラに任せればよい。自らファトマとワリの世話をして、敵にも友にも借りを返すだろう。

「ファトマ、元気でな！　二年間なんとかがんばってくれ。たった二年だ！　耐え忍び、夫アブドゥラに心を尽くしてお前の貞潔を貫くのだ。下男のアリ・クルバンがお前を助けるだろう。売れるものがあればすべて売ってしまえばいい。ただアブドゥラ・ケリムの家族だけは守り通してくれ。アブドゥラに恥をかかせることのないよう。お前がいなくては、アブドゥラはどうして生きていられようか！」

「ファトマ！　家に独りでいるんじゃない。アリ・クルバンも男だ……お前のことは信じているけれど、分かるだろう？　村の者たちは口さがない。アブドゥラの叔母さんを連れてくるんだ。家のことも手伝ってくれるだろう」

「何だって？　もう連れてきているって？　もう一緒に住んでいるのか？　よくやった。ファトマ、でかした！

何？　もう帰る時間か。守衛さんよ、あと少し待ってくれないか！　アブドゥラは親を亡くしたのだ。母親が死んだのだ！　まだ話が終わっていない。まだ言いつけることが、言わねばならないことが山ほど残っているというのに」

「待ってくれ、おい。待ってくれって言っているのに！　ちくしょう、豚め！　犬め！　愛しいファトマよ。ワリ、元気で！」

鉄格子から引き剥がされたアブドゥラは、その水牛のような首にまるで大きな鉄のくびきをかけられたかのようにのっそりと房に戻っていく。

6

アブドゥラの家は大黒柱を失ったのか？　アブドゥラの家の囲炉裏にはもう火が燃えていないのか？　アブドゥラの家はもはや崩れていくだけなのか？

ファトマはできた女だ。それでも女であることには変わりない。この世は善人ばかりでもない。主のいない隙につけこんで、アブドゥラの財産を少しずつ掠めていく。そう、今日もファトマは言っていた。羊十頭に仔牛が一頭、ほかにも細々としたものがたくさんなくなったと。アブドゥラにはあと何が残っているだろう？　水牛が一頭、その仔が二頭、牛が一頭に仔牛が三頭、ロバが一頭、それに……計り知れない心の憂い。囚人の家に災厄がとりついてしまったことは疑いない。アブドゥラが自らの手で追い出さねば、それは家を離れることはないだろう。

「アラーの神よ、もしもどこかにいるのなら、今こそその力を示したまえ。アブドゥラを助けたまえ！」

時はアブドゥラの心の重石を引きずりながら、蟹の歩みのごとくゆっくりと這うように過ぎていく。監獄の周りにまた雪が降り、そして再び緑が茂った。

以前は、二ヶ月に一度は欠かさずファトマから手紙が届き、三、四ヶ月に一度はファトマ自身が町にやってきたものだった。ところが、手紙が途絶え、ファトマも姿を見せなくなって、もう半年になる。どうした、ファトマ？　まさかゾヴラの後を追ったのではあるまいな？　もしかして病に臥せっているのか？　誰かに連れ去られたのか？　どうして黙ったまま、哀れなアブドゥラを苦しめるのだ？　導師からの便りもなければ、アブドゥラの従兄弟のソユンからも音沙汰がない。

その間にアブドゥラは再び呼び出され、再び刑期が一年短くなったと聞かされた。

シャクロよ、アブドゥラを助けてやってくれ！　ああ、シャクロ、よく数えるのだ。お前の親友アブドゥラがここからいつ出られるのかを。何？　あと五ヶ月だって？

「おお、アラーの神よ！　ありがとう！　政府に神の恵みがあらんことを！」

シャクロ、さあ手紙を書くのだ。ジャンダリ駅の守衛のミハ・キキラシュヴィリにことづけて、ファトマに手紙を送るのだ。サルヴァニ村の導師が手紙をよこさないのなら、ミハがファトマのもとに赴いて、手紙を読んで聞かせてやり、返事も書いてくれるだろう。ミハはアブドゥラの親友で、心の通じ合う男だ。さあ、坐って書くのだ。

『ファトマ、愛しいファトマ！　もう半年もお前の手紙が届かない。お前もやってこない。病気なのか、それとも、アブドゥラのことを忘れてしまったのか？　お前に手紙を二通送ったのに、返事は来ない。泣いたらいいのか笑ったらいいのかも分からない。お前のことを思い出すといつも涙があふれる。悪いことばかり考えてしまう。アブドゥラのことを忘れてしまったのか？　別の夫を見つけたのか？でも、今は笑う時だ。俺はとても喜んでいる。残った刑期は五ヶ月だけだ。あと五ヶ月経ったら、サルヴァニ村へ帰って、またもとの暮らしを始める。お前も喜んでくれるだろう！　愛しいファトマよ、喜んでくれ、笑ってくれ。

でも、やっぱり心は重い。どうしてお前からの便りがないのか？　どうして俺のことを忘れてしまったのか？　息子のワリはどうしている？　家畜や家は？　愛しいファトマ！　この手紙を受け取ったら、少しの金を持ってすぐに町に来るんだ。もしここまで来ることができないなら、短い手紙くらいは送ってくれ。アブドゥラは夜も眠れない。二週間のうちにやってくるか、手紙を送ってくれるかしてくれなければ、お前のアブドゥラは悲しみのあまり死んでしまうだろう。

ファトマ、アブドゥラの代わりにワリに百回口づけをしておくれ。じゃあ、元気でな、ファトマ。神のご加護があるように。元気で！　お前のアブドゥラ・ケリム』

アブドゥラは手紙を待っている。待ち焦がれる二週間は牛車のようにゆっくりと過ぎ、アブドゥラの心もその牛車の車輪にはりつけられたかのようだ。二週間の後にさらに二週間が過ぎ、しびれを切らしたアブドゥラは坐ることも横になることもできない。アブドゥラは血迷った獣のようにうろうろと歩き回り、腕を振り回しながら自分に尋ねる。

「アラーの神よ、これはどういうことだ?」

もうシャクロの気休めも、心安い笑みも効かない。

アブドゥラは顔をしかめ、冬の晩のように暗い気分になった。

シャクロの刑期が終わった。

「じゃあ、達者でな、アブドゥラ!」

「シャクロ、元気で! お前の友アブドゥラのことを忘れるんじゃないぞ」

シャクロはアブドゥラに自分の家の場所を教え、励ました。二人は兄弟のように抱き合って別れを惜しんだ。

「シャクロ、元気で!」

それから、アブドゥラは監獄長にこう話した。

「おいらもアヴチャラに行って働きたい」

アブドゥラにはあと四ヶ月ばかりが残された。数日の後、アブドゥラは水力発電所へ働きに出された。

アブドゥラはもうほとんど自由の身になったも同然だ。働きながら、辺りを歩いて見て回る。人足の数を確認するのは夕方だけで、それから全員が木造の小屋に閉じ込められ、次の朝にまた外に放たれる。

ある日の点呼で、アブドゥラ・ケリムの名が呼ばれたとき、いつもの「ここだ」が聞こえなかった。

辺りを見回し、皆に尋ね、捜しても見当たらない。

アブドゥラは脱走したのか？　あれほど穏やかで真面目な囚人が脱走したと？　よりによってこんな時に！　三年も監獄で耐え忍んで、あとは三か月を残すばかりだったのに。

重ねて皆に尋ね、探し回ったが、やはりアブドゥラは見つからず、書類が書かれてその日は終わった。

7

真夜中を過ぎていた。列車はサンダリ駅に近づきつつあった。頭に布を巻いた男が列車から飛び降り、暗闇に消えていった。一時間後、その影は密かにサルヴァニ村に入った。

アブドゥラは蛇のように這い進む。従兄弟のムスタファの家が見える。

「ええい、ちくしょう。追いはぎのムスタファめ！」

ソユンのあばら家も見えてきた。アブドゥラの小さな野菜畑も。アブドゥラの家では皆もう眠っているだろう。ファトマがどんな驚いた顔をするだろうか！　ワリがどんなに喜ぶだろう！　アブドゥラはもう三年も独りで暮らしていたファトマをどんなに強く抱きしめるだろう！

早く、アブドゥラ、早く！　低い垣根を豹のように飛び越え、荒れ果てた野菜畑を駆け抜け、家畜小屋を回って……

おお神よ、偉大なる神よ！　アラーの神よ！　これはなんということだ?!

石と石灰でつくられた小さな家には、もう屋根も露台も、扉も窓枠もない。壁も崩れ落ちており、暖炉だけが焼け焦げた太い柱のように夜の黒い闇の中にほの見える。鶏小屋もなければ、穀倉も、干し草小屋もない。牛小屋だけが残っているのは、おそらく村人たちが細枝を運ぶのを面倒がったせいだろう。アブドゥラは重い足取りで荒れ果てた家を回り、崩れた垣根を乗り越えて、ソユンのあばら家の前に立った。

「ソユン、出て来い！　しっ、大声を出すな！　静かに話せ……アブドゥラだ、分かるか？　お前の従兄弟のアブドゥラ・ケリムだ」

「どこからやってきたんだ、アブドゥラ？」

そんな話をしている場合ではない！　早くアブドゥラに教えてやれ、ソユン！　アブドゥラの一家がどうなったのか。アブドゥラの家がどうして荒れ果ててしまったのか。ファトマとワリがどこにいるのか。

ソユンは言うべき言葉を探しては、やっとのことで見つけながら訥々と話す。

「急かすなよ。話すから、落ち着かせてくれ」

アブドゥラ、さあよく聞け。哀れなゾヴラが死んで独りきりになったファトマを、しばらくはファトマの親戚の未亡人が助けていた。でも、それも長くは続かず、その女はアラフロ村に帰っていってしまった。それから……

「アブドゥラ、しっかりしろ！　おい、手を放せ……大丈夫か？」

「早く言え、早く！」

「それから、村で噂が立った。お前の下男だったアリ・クルバンとファトマが……」

「おい、はっきり言え！　これ以上俺を苦しめるな！」

「二人が夫婦になったんじゃないかって」

「ああ！」

「それが本当になったんだ……ファトマが身ごもった」

「なんてこった！」

「ファトマに息子が生まれて……アブドゥラ、大丈夫か？　手を放せったら」

「神よ！　さあ言え、最後まで！」

「お前の手紙が届いて、じきにお前が監獄から出てくることが分かったから、ファトマは財産をすべて売り払って消えたんだ。アリ・クルバンがカザフの町に連れて行ったって噂だ……アブドゥラ、しっかりしろ！　悶着を起こすんじゃないぞ。一、二年の間にまた暮らしを立て直して、別のきれいな女を見つければいい」

何？　アブドゥラが何と言った？　縄をくれ？

「縄なんてどうして要るんだ？　何？　分かった。縄ならあるから、すぐにやるさ。でも……」

どうしてアブドゥラに縄が要るのか？

「アブドゥラ、こんな時間にどこに行く？　俺の家で寝て、明日の朝……」

「縄をくれ、早く！」

五分後には、肩に縄を担いだアブドゥラが従兄弟に別れを告げていた。

「じゃあな、ソユン」

それだけ言うと、アブドゥラは暗闇に素早く消えていった。

しばらくの後、ムスタファの家の屋根の上を影が這い上っていった。

その影は突き出た梁に縄を結わえつけ、縄のもう一方の端を明かり取りから垂らし入れて、もぐらのように家の中に入っていった。

間もなく、家の中から長たらしいつぶやきや懇願、「アラーの神よ！」という声が聞こえたと思うと、明かり取りから女や子供たち、そしてムスタファの絶望的な悲鳴や呻き声が聞こえてきた。

声が途絶えると、家から出てきた影はムスタファの家畜小屋に入っていった。その二分後にはそこから嵐のように飛び出した裸馬が、影の騎士をサンダリ村のほうへ連れ去った。

ムスタファの家から老婆の長い長い悲鳴が村じゅうに響きわたった。それから村は大騒ぎとなった。あちこちの家から人々がランプを手に出てきて、何が起こったのかを知り、喚き立てた。しかし、馬の足音はもはや聞こえず、あの影もどこか遠くに消えてしまっていた。

8

血まみれのアブドゥラが、泡のような汗をかいた馬をオルタチャラの監獄の前につけたとき、すでに夜は明けていた。

「おうい、門を開けてくれ！」

門の中で人が駆け、ざわめきや電話の音が響いた。

こんな朝早くに、怪力にまかせて鉄の門を叩き、中に入れろとしきりに要求するのはいったい誰か？

「アブドゥラだ。アブドゥラ・ケリムだ。この前までここにいて、アヴチャラからいなくなった囚人だ。門を開けてくれ。どうしてこんなに待たせるんだ！」

アブドゥラは検事の書類を持っているのか？

「何の書類のことだ？　書類の話をしている場合か！　アブドゥラは五人も殺したんだぞ！」

アブドゥラはボルチャロから真っ直ぐにやってきた。その証拠にアブドゥラは血まみれだ。女や子供たちの血に染まっている！　さあ、見ろ！　確かめろ！

「門を開けろ。開けろったら！　さもないと行っちまうぞ。せいぜい後で捜すんだな」

それでも、町から検察官と取調官がやってくるまで、アブドゥラは「俺の監獄」の中に入れてもらえなかった。尋問と調書の作成に二時間ほどかかった。それから血まみれのアブドゥラは庭に出て、取り巻いた囚人たちに挨拶した。

「やあ、みんな！　ほら、アブドゥラは帰ってきた……アブドゥラ・ケリムは無法者だ。ひどい無法者だ！　五人も殺したんだ、五人だぞ！」そう言って、アブドゥラは血のついた五本の指を赤いろうそくのように立てた。「ムスタファという男を殺してきた。それに、ムスタファのきれいな妻ゼイナブも。ムスタファの母親も、二人の若い息子も。全部で五人殺したんだ。五人！」

声をからしてそう言い終えると、アブドゥラはうなだれて、もとの房へよろよろと歩いていった。

数ヶ月後、アブドゥラは再びあの法廷に立っていた。三年前、十年の刑を言い渡されたあの法廷だ。大きな法廷はあの時と同じように人でいっぱいだった。しかし、その隅にはチャドルをかぶったゾヴラもいなければ、広い部屋を照らすファトマの燃えるような目もなかった。アブドゥラ・ケリムは独りぽっちだ！　親友のシャクロだけが、アブドゥラのことを思い出してやってきてくれた。シャクロは遠くから親指を立てて見せ、アブドゥラを励ました。

裁判官たちはあの時と同じ扉から出てきて、同じ机に着いた。

「アブドゥラ・ケリム、お前のことを話すがよい」

アブドゥラは前に進み出て、柵に寄りかかり、昔のことから語り出した。それから三年の苦しみについて簡単に話し、最後に話は先日のことに及んだ。

「私はアヴチャラで働いていて、脱走する気はありませんでした。誓ってもいい。あと三ヶ月で自由になるところで、町にはグルジア人の親友が一人いました」。アブドゥラはシャクロのほうを見た。「ある時、その親友が私にこう教えてくれたのです。『アブドゥラ、お前の村では大変なことになっているぞ』と。それで、どうしても我慢ができなくなったので、『村に行って、何が起こったのか確かめよう。次の朝にはここに戻ってくる』と考えたのです。そして私は村へ行きました。でも……ああ、アブドゥラの心の痛みが分かりますか？　もう家もなければ、妻も息子もいません！　妻のファトマと息子のワリは、下男のアリ・クルバンがカザフに連れ去ってしまったのです。飼っていた牛や水牛も売り払われてもういません。家も近所の者たちに取り壊され、アブドゥラに残ったのは黒い暖炉と、少しの石とたくさんの涙だけです。アブドゥラは死んだも同然です。私の家族はいなくなってしまいました！　それから私は思ったのです。『アブドゥラ、こんな人生はもうたくさんだ。これから誰のために生きたらいい？　誰のために汗を流したらいい？』と。そして、『アブドゥラ・ケリム、お前の妻と子供を破滅させたのはいったい誰だ？　お前の家がばらばらになったのは誰のせいだ？　お前を監獄に送ったのは誰だ？　それはほかならぬお前の従兄弟のムスタファではないか』。そう考えて、私はムスタファの家へ行ったのです」

「アブドゥラ・ケリム、ソユンからお前の家族の話を聞く前、お前はムスタファを殺すことを考えていたのか？」

「いいえ！　神に誓って、そんなことは望んでいませんでした！」

「続けなさい」

「どうやってムスタファの家まで行ったのかも憶えていません。縄を持っていって、屋根から中に入りました。ムスタファはぐっすり眠っていました。ゼイナブが目を覚まして、ランプを灯しました。それで私は、声を上げたらムスタファを殺す、と言いました。それからムスタファを起こして、首にナイフを当てながら言いました。『ムスタファ、さあ言え。お前がロシア人たちを襲っておいて、どうして俺が代わりに監獄に送られたのか』と。するとムスタファは、『アブドゥラ、お前の仔牛は俺たちがわざと盗んだんだ。お前が探しに出かけるようにな』と白状しました」

「『俺たち』とは誰のことか？　ムスタファのほかに誰がやったのか？」

「知りません。ムスタファはそれを言いませんでした」

「続けなさい」

「ムスタファは言いました。『お前が仔牛を捜しに出かけることは分かっていた。それで、俺たちは馬でマルネウリ村のほうへ行った。三人のロシア人を襲って、金品を巻き上げて帰ってきた。雨の夜で、警察に足跡をつけられそうだった。それで、俺は足跡をごまかすためにお前の家に寄って、奪ってきたものを少しお前の家に置いていったんだ』と」

「ロシア人たちはどうしてお前が犯人に間違いないと言ったのか?」

「それは、私とムスタファが従兄弟どうしで、まるで二つの卵のようにそっくりだったからです。村の中でも私がムスタファと呼ばれたり、ムスタファがアブドゥラと呼ばれたりしたくらいです」

「それで?」

「アブドゥラは頭に血が上りました。ゾヴラのことを思い出しました……かわいそうな母……悲しみながら死んでいった……息子ワリのことも……妻ファトマのことも……飼っていた家畜や荒れ果てた家のことも思い出しました……そして、ムスタファの首にナイフを突き刺しました……」

「それからどうなった?」

「それから……分かりません。憶えていません」

「ムスタファの母親をどうやって殺したのか?」

「知りません、神に誓って、知りません」

「ムスタファの妻は?」

「さあ……アラーの神に誓って、憶えていません!」アブドゥラの声が大きくなった。

「子供たちは?　子供たちをどうして容赦してやらなかったのか?」

「知りません……ああ神よ、憶えていないのです……もう何も憶えていないのです……神よ、憶えていません」。アブドゥラは狂ったように叫ぶ。

「証人を呼べ」

ムスタファの家には、もう一人、親戚の年老いた女も暮らしていた。その女は暗い部屋の隅に寝ていたので、アブドゥラがその存在に気がつかず助かった。アブドゥラは思い出した。サルヴァニ村から馬で駆け出したとき、老婆の恐ろしい悲鳴が村じゅうの目を覚まさせたのを。老婆はアブドゥラの話も、ムスタファの言葉もその通りだったと証言した。

「アブドゥラ・ケリム！　最後に何か言うことはないか？」

「同志たちよ！　裁判官殿！　アブドゥラはあと何を言えばいいでしょう？　アブドゥラは心を開いてすべてをお話ししました。皆さんはすべてを見聞きしたはずです。隠し事は何一つありません。あとは……」

「あとはあなたがたにお任せします。ただ、一つだけお願いしたいことがあります。アブドゥラの人生はもう終わりました。もう生きていたくなどありません。水に沈めるなり、撃ち殺すなり、木の枝から吊るすなりしてください。どれでも構いません。ただ、監獄だけは勘弁してください。ああ、神よ！　監獄に入るくらいなら水に沈められたほうがましです。撃ち殺されたほうがよっぽどましです！　皆さん……兄弟たちよ……同志たちよ！　監獄はもう嫌だ……監獄だけはまっぴらだ……」

それからアブドゥラはもう一度恥をさらした。柵に体を預け、しゃくりあげて激しく泣き出した。泣きながら、これから屠られる雄牛のような声で叫んだ。

「監獄はもう嫌だ、まっぴらだ！」

また三年前のように、裁判官たちが法廷から出ていった。アブドゥラは独りきりで坐っていた。三年前のように慰めてくれる母親もいなければ、白い歯を見せて微笑む妻もいない。浅黒い手を伸ばして父親を求める息子もいない。

一時間後、裁判官たちは再び同じ扉の奥から姿を現した。裁判長はまた長い判決を読み上げた。

「なぜなら……であるからして……アブドゥラ・ケリムは十年の禁錮に処される。しかし……であるため……を考慮に入れ……刑の執行猶予が決定された」

アブドゥラは「十年」だけを聞き取って、よろめいた。両腕を振りながら首を切られたような悲鳴を上げた。

「ああ神よ！　なんてこった！」

「アブドゥラ・ケリム、お前は自由だ。行け。まじめに暮らすがよい」

最初の稲妻「十年」に、次の「行け。まじめに暮らせ」が続いて、アブドゥラは膝からくずれ落ちた。

裁判長は何と言ったのか？　アブドゥラが自由だと？　アブドゥラに行けと？　すると……では、監獄に入らなくて済むのか？

「アブドゥラ、今日はお前は俺の客だ」とシャクロが言う。

「アラーよ！　アラーの神よ！」

アブドゥラは喜びのあまり泣きじゃくりながら大笑いした。それから長い両腕を翼のように広げて、熊のようにぶつぶつと言った。

「ああ、友たちよ！　兄弟たちよ！　同志たちよ！　アブドゥラは哀れな男だ……アブドゥラは無実だ。アブドゥラは正義の男だ。友たちよ！　兄弟たちよ！　ありがとう……ありがとう。元気で。兄弟たちよ、達者で！」

正義の男アブドゥラよ、さらば、達者で！

（一九二五年）

コンスタンティネ・ガムサフルディア（一八九三〜一九七五）
Konstantine Gamsakhurdia

一八九三年、ジョージア西部サメグレロ地方生まれ。クタイシの学校を卒業後、ペテルブルグやミュンヘン、ベルリンなどで学ぶ。ドイツのジョージア民主共和国大使館に勤務した後、ジョージアに戻り、数々の雑誌を創刊するなど精力的に文筆活動を行なった。

一九二〇年代には反政府的言動により何度も投獄されたが、一九三〇年代の大粛清を生き延び、数多くの長篇・短篇小説、詩、評論などを残した。代表的な作品に、中世ジョージアを舞台にした歴史長篇「巨匠の右手」「ダヴィト・アグマシェネベリ」や「月の誘拐」などがある。ゲーテ「若きウェルテルの悩み」、レマルク「西部戦線異状なし」、ダンテ「神曲（地獄篇）」などの翻訳も行なった。

本書に収めた二つの短篇はいずれも一九二九年に文芸誌上で発表されたものである。

一九七五年没。息子のズヴィアド・ガムサフルディアは一九九一年にソヴィエト連邦から独立したジョージアの初代大統領となった。

კონსტანტინე გამსახურდია

大イオセブ　დიდი იოსები

1

二月二十五日の夜、荷担ぎのイオセブは自由広場で驚くべき光景を見た。

人々の目は町の時計の文字盤を凝視していた。幾千もの目が、鐘が十二回鳴るのを今か今かと待っていた。

イオセブも広場に立っていた。巨大な時計の針がまるで命が宿ったかのように動き、右にずれ、鐘が十二回鳴った。

市民は怯えながら恐ろしい事態が起こるのを待っていた。

荷担ぎのイオセブは立っているのもやっとだったが、家に帰ろうとは考えなかった。

夜明けから大きな布袋や鞍袋や旅行鞄を駅へ、あるいは通りから通りへと一日じゅう運んでいたのだ。町で未曽有の事態が起きつつあったせいである。住民たちが荷物をまとめ、蜂の巣をつついたように騒ぎ、大挙してあたふたと動き出したのだ。荷物を持って町から逃げる者もいれば、せわしなく通りをうろうろと行き来する者もいた。

人々は高価な宝石や絨毯、陶器などの宝をどこに隠したものか困っていた。

冷静な者や失うもののない者たちは、見たこともない何か奇想天外な出来事を期待して広場に立っていた。

大イオセブは、「アヴラバリ地区へ行って、『モディ・ナへ』でウオッカを一杯ひっかけようか」と、疲れた頭でぼんやりと考えていた。しかし、広場までやってきたのに、どの居酒屋も扉に重い閂がかかっていることが彼を思いとどまらせた。

通りが暗くなった。大きな袋や長持を積んだ何台もの自動車が、まるで決闘に向かう若い雄牛のように唸り、ぎらぎらと燃える目で睨み合いながら、暗い夜の耳に喚き立て、走り去っていった。

乗馬用の上着や作業着を着た市民が荷物を抱えて走っていた。何台もの馬車が駆け抜けた。広場の群衆は、まるで受難の日にピラトを待っていたユダヤ人のように、大声で騒ぎながら市庁舎のベランダを見つめていた。

ケーブルカーの駅の灯りも消えた。聖ダヴィト教会は黒く、大きくなり、銛《もり》の刺さった鯨のように膨らみ、暗い街に寄り添って横たわった。

たくさんの影が広場を這うように歩いていた。騒ぎはますます大きくなり、人々の議論は怒鳴り声で終わった。

イオセブは広場の隅の大きな集団の声に耳をそばだてた。

「……逃げて、それからどうしようと？　あのナツァルケキア*は知らなかったのだろう。バグラティオニ家の王冠を戴くのがいかに大変なことか」

＊　昔話の主人公。毎日いろりの灰を掻くばかりで何もしない怠け者。

羊の毛皮の黒い帽子をかぶった男が、乗馬帽を深くかぶり黒い作業着を着ている男に、野次馬のような口ぶりで話していた。その小柄な男は、まるで機関銃のようにぺちゃくちゃとしゃべりながら、たくさんの外国語を口から放っていた。

その中身のない話にうんざりしたイオセブは、大声で話している人々を避け、どこかで足を休めようと路面電車の停留所のほうへ向かった。

すると、毛皮の上着を着た背の高い男が前に立ちはだかった。その見知らぬ男はイオセブの肩に手を置き、体を震わせながら、「ちょっと来てくれないか。お願いだ」と言った。

イオセブがそれに答える間もなく、毛むくじゃらの白いセター犬が彼のそばに駆け寄ってきた。イオセブは驚いて脇に飛び退いた。

「咬んだりしないから、怖がることはない」

犬の飼い主はイオセブを安心させようと言った。

「無理だ。一晩じゅう狂犬病の犬みたいに駆けずり回って、まだ何も食べていないんだ」

見知らぬ男は引き下がらなかった。

「ソロラキじゅうを歩き回ったが誰も見つからない。お願いだ、来てくれないか？　私も手伝うから……」

見知らぬ男と大イオセブはソロラキ通りを黙ったまま歩いた。

不意に、コジョリ村からやってきた重火器部隊が現れて、二人は歩道に移ることを余儀なくされた。

泥だらけで破れかぶれの軍用外套を身にまとった兵士たちが、まとまりなく大砲の後を歩いていた。

見知らぬ男はイオセブに少し待つように言い、再び石畳の車道に出て、部隊の一部の行く手を遮った。

「どこから来た？」

「ソガンルギからだ」

「M将軍は解任されたのか？」

「解任された。あちら側は白衛軍が前線を丸裸にしてしまった」

「その後、砲撃が聞こえていたのは？」

「それは俺たちユンカーの砲撃だ。撃ちながら退却した」

「赤軍は？」

「おそらくリロの方から町に入ってくるだろう」

男は黙り、無言の挨拶で兵士たちを見送った。

大砲の車輪の音も聞こえなくなった。

どこかで扉をばたんと閉める音がした。道の隅で子供が泣いていた。遠くから警官の警笛が聞こえていた。

通りは再び静まり返った。

人気のない歩道を歩く二人の足音だけが響いていた。

＊＊＊

マチャベリ通りとエンゲルス通りの角に自動車が停まっていた。エンジンが熱湯でもかけたかのように湯気を立てていた。車はがたがた震えており、まるで逃げ出そうとする盗賊のようにぎらりと目を光らせていた。

男はポケットから鍵を取り出すと、電球に明るく照らされた階段を上り、豪奢な家の中に大イオセブを通した。

広間の中央に、蓋の開いた長持や布袋、旅行鞄が乱雑に散らばっていた。

壁の大きな鏡が電球の乳白色の光を浴びていた。

荷物の周りに、髪を振り乱した女たちが泣きはらした顔で脚を組んで坐っていた。

腰の太い蒼ざめた顔の女主人が、色付きのブリキで覆われた巨大な長持の中に家財道具を詰めていた。中に入れて、押し込んでは、時には再び取り出して脇に置いたり、呆然と見入ったりもした。

服や下着をたくさん抱えた下女は、部屋からものを運び出すのが追いつかず、持ち主の手にそれを押し付けていた。彼女もまた荷物を詰めながら、考え込み、不安にかられて苦悩していた。

最も焦っていたのは毛皮の上着を着た男だった。ポケットに両手を突っ込み、荷物をまとめている者たちを急かしつつ、背筋をぴんと伸ばして大きな広間の中を行ったり来たりしていた。

「急げ、急げ、もうリロを越えたそうだ。全部置いていくことになるぞ」

「お母さん、食器のセットを忘れていたわ！」

短いワンピースを着た青い顔の少女が言った。

「僕のお馬さんは？」

浅黒い肌の少年が駄々をこねていた。両目からこぼれた涙が顎を伝った。

「かわいい坊や、泣かないで。お馬さんはバトゥミで買ってあげるわ。その代わりにマティコがお前の鳩を連れてきてくれるからね」

イオセブはこの取り散らかった家の住人を心から気の毒に思い、蓋の開いたいくつもの長持の間をアナグマのように這い回りながら、慌てることなく熱心に荷物をまとめる作業を手伝った。

イオセブを除いて誰もが動揺していた。手は震え、まともに立っていられなかった。彼らは、昼も夜も通りの隅にたたずむ姿をたびたび見かけていた荷担ぎのイオセブが、なんと冷静で親切な人物だったのかと感じ入っていた。この獅子のような大きな頭と野生の梨のような皺くちゃの顔をした老人の目から、精神的な安らぎが、まるで目に見えない液体のようにほとばしり、広がっていった。

一家の父親は心を奪われたかのように大イオセブの顔を見つめていた。磨かれる前の花崗岩を思わせるその顔は冷たくごつごつとしており、落ち着き払った沈黙が多くを物語っていた。この憐れむべき荷担ぎの際立った冷静さを心の奥で妬んだ。

その瞬間、夢にも見ぬ財宝がイオセブの手の中にあった。

しかし、家長の見る限り、イオセブがいずれかの品を物欲しげに眺めるようなことは一度たりともなかった。イオセブはあらゆる嫉妬と縁がないように思われた。

何度見ても大イオセブは賢明な沈黙を貫いていた。その姿はまるでこの世の栄華の不毛な輝きを冷ややかに見つめる僧侶のようだった。

イオセブは手に取ったものを、そばの箱や長持や行李に収めていた。

朱色に縁取られた金色の陶器。

華奢な銀の燭台や銀の大碗、宝石が嵌め込まれた聖画、ペルシャのエナメルで飾られた花瓶、金の象嵌のついたベルトや短剣、大きなダイヤモンドの指輪や首飾りや金の腕輪などでいっぱいの小箱。高価な毛皮や服、ブハラやペルシャの仔羊の毛皮、グルジアの碗、銀の水差しや長い柄のついた杯。

一家の父親はまるで白昼夢でも見ているかのように部屋の中をうろうろと行ったり来たりし、戸棚や机の引き出しを開けた。鍵が見つからなければ金槌で壊して開けた。壁からはフェルト地の巨大な絨毯や壁掛けを引きむしった。

使用人たちは敷物や食器、水差し、銅のたらい、銀飾りのついた鞍や岩山羊の巨大な角杯、剣、短剣、ビロードのクッション、イチイの額に入った絵などを他の部屋から運んでいた。

広間の壁はまるで敵に略奪されたかのようにまっさらになった。

一つの隅だけはすべてがもとのままだった。

イオセブは人の背の高さほどある鋼鉄の戦士像を驚嘆して見つめていた。それは遠くから見るとまるで生きているかのようだった。頭に巨大な鎖兜をかぶり、腰に鋼鉄の槍を差し、胸当て、肩当て、腕輪をつけ、手に鋼鉄の手袋をはめ、足にはやはり鋼鉄の脛当てをつけ、鋼鉄の靴を履いていた。

戦士は杖のように突いた巨大な剣に両手でもたれていた。

遠くから見ていたイオセブは、この鋼鉄の男に顔があるのか、目があるのか、あるいは魂が宿っているのかどうか分からなかった。

イオセブは似たようなものをそれまで見たことがなかった。もしかしたら中に人が入っているかもしれないとさえ何度か疑った。

しかし、もし生きているとしたら、なぜ動かないのか。なぜ何も言わないのか。誰もが慌てふためいているこの時に、戦士は黙ったまま、どこへ行こうともしない。

色黒の少年カハは、隅に立つ騎士が生きているのか、あるいは何らかの魔法にかけられているのかとイオセブが怪訝そうにしているのに気がついた。

イオセブはカハの顔にわずかに嘲るような笑みが浮かんだのを見逃さず、鋼鉄の男から視線を外した。笑われるのを恐れた彼は、その向こうの壁のほうを見やった。

壁に巨大な楯が掛かっていた。その周りには反った古い剣や錆びついた銃、棍棒、槍、つるはし、火薬箱、銃の発射装置、それから鋼鉄の戦士がかぶっているのと同じような鎖兜が並んでいた。

イオセブが二台の自動車に——うち一台はトラックだった——積める限りの荷物を積んだ。布袋や長持の山の間から乗客たちの頭や肩だけが覗いていた。

自動車が音を立てて動き出した時、イオセブはカハの手の中で白い鳩の雛が翼をぱたぱたと動かしているのが見えた。

「ベルベラ、さようなら。ベルベラ……」というカハの悲しそうな声がイオセブの耳の奥で長い間響いていた。

2

一家の父親はベルベラの紐を大イオセブの手に押しつけていった。

ソロラキ通りまで来て、イオセブは大きな犬がしょんぼりと新しい飼い主の後をついてくるのに気がついた。

イオセブは戸惑った。食うものもろくにないこんな時に、この立派な犬をいったいどこへ連れていけばいいのか？

町の中を自動車が狂った狼のように疾駆し、歩道をたくさんの人が歩いていた。宮殿通りをやってくる男女が不意に震える声で言った。「赤軍がやってくる。リロを越えたそうだ。メンシェヴィキ政府を拘束したらしい」

その言葉はイオセブに何の感慨ももたらさなかった。

そばで自動車がうなり声を上げ、軍用外套に泥をはねかけた。どこかでガラスが割れる音がした。突然、暗い通りに叫び声が響いた。再び明るくなったかと思うと、車がうなり声を上げ、ひゅうと風を切って消えた。

何人かの人影が走り去り、また何人かがその後を追いかけていった。

グルジア・クラブの入り口には銃にもたれた男が二人いた。一人は腕を白い包帯で吊っており、泣きながらもう一人に何かを語っていた。

イオセブの顔に雪が落ちた。足もすでに濡れていた。とりとめもない考えに耽っていたイオセブは我に返り、アヴラバリへ行こうと考えた。

しかし、彼の前を歩く犬はソロラキのほうへ向かっていた。震えているベルベラをかわいそうに思ったイオセブは、紐を放し、犬の後をついていった。

犬は新しい飼い主を先導して馴染みの階段を上っていった。前脚で扉を押し開け、イオセブを広間に招き入れた。床には厚紙の切れ端や紙くずが散らかり、家具が雑然と放置されていた。

それらに交じって、まるで戦場に残された伝説の馬メラニのように、手綱の垂れたカハの木馬が立っていた。

イオセブは片手をかざして広間の隅のほうを見た。

そこには鋼鉄の戦士が無言で立っていた。戦士は荒れ果て、捨てられた家を悲しげに眺めていた。

大イオセブは戦士に近寄り、顔を覆っていた鎖兜をどけた。戦士は人形だった。イオセブは鋼鉄の鎧に手を触れた。

すべての防具は何本かの棒の先にとりつけられていた。

大イオセブはこの驚くべき人形を唖然として眺めた。持ち主のいずれの長持にもこの人形のための場所は見つからなかったのだ。

それからイオセブは振り返ってカハの木馬を見た。木馬が本物の馬にそっくりだったので、イオセブは子供のようにうれしくなり、腰の部分を撫でて微笑んだ。しかし、木馬の持ち主の泣き顔が目に浮かび、少年があまりにかわいそうに思われて笑顔は消えた。

イオセブはベルベラの紐を外し、広間の真ん中に立って、ベルベラが部屋から部屋へと歩き回るのを眺めていた。ベルベラはくんくんと鳴きながら飼い主を捜していた。

イオセブは家じゅうを隅から隅まで注意深く見て回った。台所の水道から水が漏れていた。巨大な壁時計が三回鳴った。先ほど自由広場で大きな針が動くのを見ていたのと同じくらい熱心に、イオセブは壁時計を見つめた。静寂の中でイオセブは孤独と憂鬱を強く感じた。

食堂には食事がそのまま残されていた。

イオセブは料理を一瞥したが、残りものを食べるのは気が引けて、再び広間に戻り、ビロードの張られた長椅子に横になった。

イオセブはバネの利いたこのような柔らかい長椅子に寝たのは生まれて初めてだった。疲れ果てていたが、それでも眠気は感じなかった。

大イオセブは煌々と輝くシャンデリアを眺めた。その巨大な光の波は彼の心に訳もなく、得体の知れない喜びをもたらした。ふと大イオセブは二時間ほど前にこの豪奢な家をほうほうの体で立ち去った人々のことを思い返した。

シャンデリアの光が目を刺した。

大イオセブは目を閉じた。いくつもの美しい青い環が見えた。環は大きくなっていき、視界の端で消えると、その代わりに灰色や赤色の小さな玉が宙を舞った。

ゆっくりとした足音が聞こえて、イオセブは体を起こした。ベルベラがそばにやってきたのだった。

「ベルベラ、こっちに来い。かわいそうな奴め」とイオセブが声をかけた。

イオセブは美しい毛並みをした犬の琥珀色の瞳を見つめた。ベルベラも、まるで今にも言葉を話し出しそうな聡明な表情で、長椅子に横になったイオセブを見つめていた。

大イオセブは、ほぐした羊毛のようなベルベラの柔らかく艶のある毛を撫でた。これまでラチャや町で数えきれないほど見てきた、疥癬もちの獰猛な雑種犬の群れが脳裏をよぎった。ベルベラはどの犬にも似ていなかった。

ベルベラは前脚を大イオセブの腕に乗せた。彼は大人しい犬の瞳に、「飼い主たちは何も言わずに僕を捨てていった。あんなに奉公したのに。これからはあなたが僕の庇護者で、友人だ」というメッセージを読み取った。

絶望して逃げていく人々もいたその夜、なぜか大イオセブも寄る辺なさや孤独をひどく強く感じた。そのような重苦しさの中にあって、彼の心はベルベラを撫でることで計り知れない優しさに満たされた。しかし、彼の前には明らかな脅威が立ちはだかっていた。どこへ行ったらいいのか？　もう三十年もこの町で荷担ぎをしてきたのだ。町の隅々まで知り尽くし、愛着もあった。この歳でどこへ逃げたらいいのか？

ラチャには何も残っていなかった。甥たちには嫌われていたし、白痴に仕立てられて猫の額ほどの彼の土地を奪われそうになったことさえ何度かあった。

大イオセブは、ボリシェヴィキが労働者をいじめるどころか、むしろ素晴らしい家を分け与えてくれるという一縷の望みを心の底に抱いていた。イオセブはその望みに浸りながら眠りに就いた。

大イオセブは夢を見た。

彼はポティの港で船に石炭を積み込んでいた。

港に巨大な船がやってきた。

船長が巨大なブリキのメガホンを口に当て、「イオセブ・クヴェリゼ」と叫んだ。

トビリシの荷担ぎ、別のイオセブ・クヴェリゼが立ち上がり、船長のもとへ走っていった。

同姓同名の男がこんなところまで彼についてきたことに、大イオセブは腹を立てた。トビリシの仲間たちは、このもう一人のイオセブ・クヴェリゼと区別するために、彼を「大イオセブ」と名づけたのだ。大イオセブは立ち上がり、人々の輪を抜け、大きな図体でもう一人のイオセブ・クヴェリゼを陰に隠すように隣に立つと、船長に言った。「私が大イオセブこと、イオセブ・クヴェリゼです」

「お前が大イオセブか。背負子を捨てろ。船いっぱいのタバコをお前に運んできてやったぞ」と船長が言った。

大イオセブは喜びのあまり膝が震えた。船のタラップが彼の足の下で揺れた。

不意に物音がして、大イオセブは目を覚ました。体を起こし、目をこすった。ベルベラはどこにもいなかった。

大イオセブは帽子をかぶらずに外に出た。

何の物音も聞こえなかった。

風が電柱にぶつかってひゅうひゅうと音を立てていた。

自由広場では車が二台ほど唸り声を上げていた。退却してきた兵士たちがルスタヴェリ通りを雑然とゆっくり歩いていた。

敗走したいくつかの部隊が互いの後を追っていた。うなだれた士官たちがしかめ面で馬に乗り、兵士たちの前を進んでいた。

窓の明かりの消えた政府の建物がまどろんでいた。その庭のトウヒの木立の中でカラスがせわしなく鳴いていた。

噴水が憂鬱な水音を立てていた。吹き上げられた水の柱が、まるでウズンダラを踊る女のように風に揺れていた。人通りの途絶えた並木道を軍用外套を着たいくつかの人影がのろのろと歩いていた（その夜、どこかの与太者が庭に残った白鳥の最後の一羽を殺した）。プレハノフ通りでは白衛軍の部隊がすでに歩道にまで広がり、騒々しい声を上げながら通りじゅうを埋めていた。

暴徒と化した群衆が路地裏で鍛冶屋の店の扉を壊していた。

古い政府は逃亡し、新しい政府はどこにも見えなかった。

政府がいなければ略奪の一週間が始まるのは当然だと大イオセブは思った。

大イオセブはこれまでずっと誠実に働いてパンを食べてきた。

他人のものに手をかけたことは一度もない。

その夜は彼の考えを激しく掻き乱した。

大イオセブはまるで葡萄酒の神アグナのように暴徒の間を這い回った。あちらの集団を追いかけては、今度はこちらと、たやすく手に入れることのできるものを躍起になって探した。

クセニエフ通りの角から、黒ずくめの盲目の女が二本の杖をつきながら歩いてきた。女はしゃくり上げて泣きながら、電灯に照らされた通りに白濁した目を力なく向けていた。女は絶望した様子で、「強盗に入られたんです、助けて」とぶつぶつ言っていたが、救いの手を差し伸べる者は誰もいなかった。

（その夜、私もトビリシの通りを徘徊しており、その老女に遭遇した。ドイツ人たちの教会の庭で誰かが椅子に坐らせたようだった。老女は坐って静かに泣いていた。その姿は、己の息子たちに略奪され、首を切られたグルジアの女神を思わせた）。

暗い路地で二人の男が一巻きのビロード生地を奪い合っていた。一人が一方の端を、もう一人が他方の端をつかんでいた。そこに銃を持った男が通りがかり、短剣を抜いて生地を真ん中で断ち切った。二人とも暗がりの中に消えていった。

小さな低い窓の家で誰かが扉を壊していた。庭から女の悲鳴が聞こえていた。

駅の通りでは鉄道の本部の窓が割られ、タイプライターや電話が持ち出されていた。

イオセブは、小さな少年が大きなブリキの箱を引きずっているのを見かけた。箱の中に金が入っているかも知れないと考えた彼は、杖を握りしめ、少年の前に立ちはだかった。少年は箱を捨てて歩道のほうへ駆けていった。

イオセブは分捕った箱に手をかけ、ブリキの蓋を開けた。中には壊れたタイプライターが入っていた。イオセブはがっかりして箱を蹴飛ばした。ブリキが大きな音を立てたので、イオセブはびっくりしてその場を離れた。

駅の通りでは子供の玩具の店の飾り窓が何者かによって割られていた。陳列されていた馬や馬車、熊、小さな機関車、色とりどりの風船、ボート、荷車、判じ絵の板などはすべて手つかずでもとのまま並んでいたが、二つの人形だけ仰向けに倒れていた（アマチュアの田舎女優は悲劇的な役を演じる際、毒を盛られてこのように倒れるものだ）。三体目の大きな人形は立っていた。イオセブは何の考えもない、冷たい目で何枚かのしわくちゃの千ルーブル札を見つけると、周りを見回して、素早くポケットに入れた。それからすぐに再び駅のほうへ向かった。

大きな布袋や旅行鞄を抱えた人々の群れが駅の周りを囲んでいた。入り口では押し合いへし合いになっていた。

扉から入るのをあきらめた人々が窓を割っていた。通路の入り口でイオセブの足に何かがぶつかった。見ると、それはベルベラだった。

「私は大臣の妻よ。車両を、いますぐに車両を」と、人形のように丸くて背の低い女が、苛立って足を踏み鳴らしながら、駅長に叫んでいた。

赤い帽子をかぶった男が群衆の上に顔を出し、「市民のみなさん、ムツヘタのそばで赤軍が線路を切断したため、列車は来ません」と言った。

その知らせに続いて、女たちのヒステリックな悲鳴が響いた。

大イオセブは一台の馬車も、一人の通行人も見ることなく、自由広場までやってきた。

あちらこちらを野良犬が徘徊していた。

恐怖が町の上にのしかかり、人気の無い通りを暗闇と沈黙が支配した。

イオセブは再びベルベラの後を追った。

家に入ってすぐにイオセブは扉に閂をかけた。窓の内戸もしっかりと閉じた。

あたりを満たしたばかりの静寂を声高な考えが乱した。不意に、大イオセブの脳裏で、絡まった密かな糸玉がほどけた。持ち主のいなくなった家を我がものにするのだ。

それはすこぶる容易なことに違いなかった。

荷担ぎのイオセブが他人の家をかすめ取ったなどと新しい政府に分かるわけがない。家の持ち主は恐怖のあまり町に戻ってこないだろう。

下の階の住人もいなくなっていた。

大イオセブは長椅子に仰向けに横になり、甘い夢に浸った。イオセブ・クヴェリゼは自分の家への愛着をこれまで一度も感じたことがなかった。

今日から彼の人生は新たな方向に進んでいくことになる。この忌々しい背負子を捨て、家を人に貸すのだ。家具を売るだけでも何年か暮らせるだろう。

壁時計、台所の食器、大きな額に入った絵、ビロードのカーテン、戸棚、テーブル。それらの品々が次々と瞼に浮かんだ。

大イオセブはタバコをいっぱいに積んだ船の夢を思い出した。

奇妙な喜びが、彼の消え入りそうな魂のほのかに光るランプを灯した。


***

あるとき、春の初めごろ、私は人里離れた平原で狩りをしていた。

四月の太陽が陶器のような空で輝いていた。私は獣を追うのに疲れてしまった。

私は暑くて喉が渇いていた。日陰で涼みたかったが、周囲には茂みくらいしかなかった。

私はひたすら歩いて、樹齢百年ほどの楢の木に行き当たった。

いつだったか、そこは通ったことがあった。楢の枝が以前よりまばらになっていた。

カラスや、南に渡る鶴が朽ちた枝にとまって羽根を休めているのを見たことがある。

春が来て、楢の木は葉をつけていた。あちらこちらに緑の芽が吹き出していた。春が年老いた楢の木を死の手からもぎ取ったのだ。

ちょうどその木のように、大イオセブのしなびた人生も、最後に花を咲かせようとしていた。

大イオセブは朝早く目覚めた。広間をほうきで掃き、放置されていたいくつもの箱をもとにあったはずの場所に戻した。テーブルの上に残されていた食器は、開け放しになっていた戸棚に収めた。

壁から引きはがされて床に散らかっていた絵は再び壁に掛けた。

家具を片つけ、残っていた卓布をテーブルに敷いた。台所も整頓した。

それから湯を沸かし、戸棚からパンとチーズを取り出した。ベルベラにパンの切れ端を食わせようとしたが、贅沢に慣れた犬はパンに口をつけなかった。

イオセブは閉じられたままの戸棚が一つあったことを思い出した。鍵が見つからなかったので、扉を壊した。

下の棚には毛皮の帽子や古いチョハ、[*] 素朴なベルトや短剣、銀の柄のナイフやフォーク、銀の碗やスプーンが入っていた。

＊　男性用の伝統的な上着。

試しにチョハを着てみると、体にぴったりの大きさだった。頭には琥珀色の毛皮の帽子をかぶった。

イオセブとベルベラは壁の大きな鏡の前を行ったり来たりした。

茶色のチョハを着た大イオセブは、彼の父親の領主であったロストム・ツェレテリにそっくりだった。ちょうどこのようなチョハを着て、白い猟犬を従えていたものだ。

イオセブは何時間も鏡の前をうろうろとしていた。

この大きな広間や豪奢な家具、明るく輝くシャンデリア、ビロードのカーテン、貴族風のチョハ、猟犬、おびただしい富を我がものにしたことは大イオセブを瞬く間に変えた。それらの品々が彼を支配してしまった。

3

翌日、イオセブは酒に酔ってベブトフ通りをふらふらと歩いていた。アカキ・ツェレテリ通りから、荷物をいっぱいに積んだトラックが三台出てきた。トラックの荷台には戸棚やテーブル、ベッド、鍋、口を縛った袋などが乱雑に積まれていた。

荷物の前後にはスカーフをかぶった女や子供たちが坐っていた。年配の男性も三人いた。

通りの曲がり角で、一番前を行く車のタイヤが外れた。通りにいた男たちが車の周りを取り囲んで、運転手がタイヤを直すのを見守った。

イオセブも野次馬の群れに加わった。

イオセブは好奇心を隠せなかった。

乗客たちは「私たちはナザラデヴィ地区の労働者だ。町の革命委員会がソロラキ地区に家を割り当ててくれた」と話していた。

「二十の家族が一週間後に引っ越してくる」と、スカーフをかぶった年寄りの女が言った。

大イオセブはその話を信じなかった。タイヤが直されて、車が再び動き出すと、彼は小走りにトラックを追いかけた。顔に砂ぼこりがかかった。ベルベラは一番前のトラックに追いつき、車内に坐っていた人々に吠え立てた。

トラックはベブトフ通りの一角に止まった。

車から荷物を降ろし始めると、大イオセブは立ち止まって、夢のような奇跡の実現に見入った。労働者がソロラキ地区に？　以前なら、このようなみすぼらしい身なりの者はこの地区を歩くことすらできなかったのだ。

ラチャの荷担ぎたちが通りにたむろしようものなら、ロシア人の警官がやってきて、騒がしい男たちを蹴散らしたものだ。

それが今や、ソロラキ地区からブルジョワを追い出して、労働者を連れてくるという。これは二月二十五日の夜に聞いた噂話ではない。大イオセブの目の前でそれは起きていた。このみすぼらしい乗客とトラックに乱雑に積まれた家具が、確かなその証左だった。

若者がスカーフをかぶった女を車から降ろした。女はまるで酔っているかのようによろよろと歩き、何をすることもなくそばに立っていたイオセブに言った。

「人夫さん、荷物を運ぶのを手伝って」

大イオセブはそのように話しかけられたのがやや気に障り、一歩後ろに下がると、口ごもりながら言った。

「俺はもう人夫じゃない」

4

人は、計り知れない喜びが心に沸いても、計り知れない幸せを人知れず胸に抱いても、その喜びや幸せを他の人間と分かち合わない限り、それを十分には実感できないものである。

大イオセブはスカーフをかぶった女に言った言葉をきっかけに胸を張った。彼がもはや荷担ぎではないことを、この世で誰かが知っているのだ。この通りで、この町で顔を上げ、きれいな服を着て歩いている大勢の人々と同じように彼もまた幸せであることを、誰かが信じているのだ。

貴族が農民になり、農民が貴族になると言っていたではないか。

前日の夜に見た夢のように、それは現実になった。ただし、この奇妙な幸福を誰にも打ち明けることはできなかった。巨大な秘密が彼の心をいっぱいに満たした。

大イオセブはおかしな二重生活を送った。貴族のようなチョハを着て表を歩くことは憚られた。ぼろぼろの服を着た荷担ぎが立派な猟犬を連れて散歩するのを、男たちが薄笑いを浮かべて眺めるのだけでもたくさんだった。これほど美しい大型犬がみすぼらしい身なりの男と一緒に歩いているのを誰もが変に思った。

イオセブは質屋と中央の市場への道を覚えた。さまざまな品を脇にはさんで運んでは、質に入れたり売ったりし、それから居酒屋「コセビ」に寄ったり、あるいは「モディ・ナヘ」で昼食をとる。酩酊して家に戻ると、チョハを着て、煙管をふかし、立派な暖炉の前に坐った。彼の空想は天へと伸びる塔を築いていた。夢は地上に留まることなく、空へと広がっていった。

これはすべて酔っているときの話である。

酔いが醒めると彼は落ち着きを失くした。安らかな眠りや、アヴラバリの地下の居酒屋で見ていた甘い夢はもはやどこにもなかった。

夜になれば、足音や扉が閉まる音がするたびに、鞄を持った男を見かけるたびに、自動車の音がするたびに、怯えて飛び上がった。

イオセブはようやく理解した。二月二十五日の夜、「ボリシェヴィキが来る」という怒号が飛び交うなか、外で騒いでいた人々がどうして恐怖に震えていたのか。

彼は眠りたくなかった。眠れば、悪夢がまるで毒蛇のように迫ってくるのだ。夢のなかで背筋の凍るような自動車のエンジン音が聞こえた。ブーツの足音が聞こえ、誰かが扉を押し破る音がすると、イオセブは眠りながら冷や汗で体じゅうびっしょりになった。叫ぼうとしても声にならなかった。

念のために、イオセブは返事を用意していた。彼の家が新政府に見つかった暁には、この家を守った彼に家を与えるよう懇願するのだ。いずれにしろ罰を受けることはないだろう。ベブトフ通りで遭遇した労働者たちのことが安心の種になった。

ベルベラは注意深かった。わずかな物音さえ聞き逃すことはなかった。ただ一つイオセブが気に入らなかったのは、彼が普段食べているようなものにベルベラが口をつけようともしなかったことだった。

5

大イオセブは夜遅くまで「ノエの葡萄」にいた。店のなかではラチャ出身のパン焼き職人や運び屋たちが酒に酔っていた。酔った大イオセブは、ある荷担ぎの男に喜びを打ち明けた。一人では心に秘密をしまっておけなかったのだ。それを聞いたパン焼きのキテサは忠告した。バトゥミに逃げた奴らの多くが新しい政府に赦された。お前の家の持ち主も戻ってくるかもしれない。気をつけろと。

その言葉は胸に毒薬のようにふりかかった。彼は早々に席を立ち、家に帰った。

その晩にあらゆる不幸が始まった。

酔っぱらった大イオセブは服も脱がずに長椅子で眠りながら、夢を見た。隅に立っている鋼鉄の騎士に魂が宿り、剣を抜いた黒い面の男が剣や楯や鎖帷子をがちゃがちゃと鳴らし、恐ろしい音を立てながらこちらに向かってくる。

イオセブに相対すると、男は兜を脱ぎ、恐ろしい顔と狂った目を露わにした。大イオセブはその目を見て、男の正体が家の持ち主であると悟った。彼は膝を折り、赦しを乞うた。大イオセブはこれまで人のものを盗んだことなど一度もなかったが、好機に目がくらんで他人の財産に手をつけたのだ。しかし、彼の涙ながらの後悔も無駄だった。鋼鉄のぶつかり合う恐ろしい音が鳴り響き、赤熱した剣が大イオセブの頭蓋骨を真っ二つに割った。

イオセブは恐怖に震えて飛び起きた。毛皮の上着をひっつかむと、隣の部屋に駆け込み、扉にしっかりと閂をかけた。しかし、まぶたを閉じるやいなや、再び悪夢のなかでがちゃがちゃと音がして、鳴りやむことのない鎧の音や耳障りな鋼鉄の音がはっきりと聞こえてくる。

真夜中過ぎになると、家じゅうが魔法にかかったように静寂が訪れた。

驚くべきことに、ベルベラには何一つ聞こえないようだった。

ある晩、イオセブはひどく酩酊して家に帰った。眠りに就くやいなや、魔法のとけた家が再び騒ぎ出し、あらゆる家具が音を立て、窓ががたがたと鳴った。それから鋼鉄の鎧や剣ががちゃがちゃと音を立てた。

恐れおののいた大イオセブは建物の庭に飛び出し、一階に住み着いたばかりの住民を起こした。何人かの学生が拳銃と蝋燭を手に持ち、イオセブの先に立って広間に入った。イオセブは彼らに上記のすべてを話した。

鋼鉄の騎士は、まるでいたずらの罰を受けた子供のように、広間の隅にじっと立っていた。

翌日、民生局の職員が命令書を持ってやってきて、大イオセブが我がものにした家を接収した。大イオセブはその建物の庭の管理人になった。

6

最初の日、大イオセブはすこぶる満足していた。他人の財産を勝手にくすねたことはお咎めなしに済んだのだ。

庭の管理人のじめじめした部屋にも文句はなかった。しかし、転居はベルベラには高くついた。ベルベラは痩せ細り、しばしば痙攣を起こすようになった。打ち所の悪かった騎士のように全身をがくがくと震わせた。

イオセブは病んだ犬を憐れんだ。これまで家のなかに閉じ込められていたベルベラは、雌の野良犬たちを追いかけて自由に外を歩き回るようになった。

真っ白だったベルベラの毛はくすみ、汚れ、黄色くなった。体や尻尾には汚れて固まった毛の塊がたくさんついていた。

ベルベラの大人しい、行儀の良い仕草やふるまいは跡形もなかった。美しかったベルベラは道の泥にまみれて真っ黒になった。まるで運命のいたずらで洗濯女に身をやつした貴族の女のようだった。野良犬となったベルベラに悪がきたちが石を投げた。

この建物に新たに引っ越してきた者たちにとってベルベラはもはや構うべき犬ではなかった。それでも大イオセブは唯一の友人に食べものを分けてやっていた。

＊＊＊

イオセブは新しい仕事を気に入らず、再び荷担ぎをやろうとした。しかし、町の暮らしは一変してしまった。どこからともなくおびただしい数の自動車が現れた。特にあのがたがたとうるさいトラックをイオセブは毛嫌いした。無数のトラックが荷物の運搬を容易にした。

それらの自動車で人々は家具や紙の束、小麦粉の袋、あるいは以前なら荷担ぎが八人がかりでやっと運んだようなグランドピアノを運んだ。おまけに、通りの隅にヤジディと呼ばれる新しい人々が現れた。大イオセブは新しい客たちを敵視していた。ヤジディは悪魔を崇拝していると聞いたからである。

彼らの騒々しい会話は奇妙な響きだった。

ヤジディたちはわずかな報酬でもすぐに仕事を受けた。それで、町に残っていたラチャの荷担ぎたちは荷物をまとめ、工場に雇われたり、ロシアへ渡ったりした。

町に残った者たちは他の仕事に就いた。

大イオセブは胸を痛めた。

運命が目も届かぬような高みへ彼を打ち上げたかと思えば、彼の夢の巣はたちまち消えてしまった！

彼の心は悲しみに覆われた（喩えるなら、年老いて朽ちかけたブナの木がホップの葉に覆われるように）。

建物の住民たちは噂した。大イオセブは家を取り上げられてから頭がおかしくなったと。

年老いた大イオセブは皆が彼を嘲笑しているように感じた。彼はわずかな金が手に入ると、昼の人目を避けてアヴラバリの地下に身を潜めた。

最近は住民が見かける大イオセブはいつもベルベラと大声で話していた。

7

五月の月夜、庭のライラックの茂みの陰に、二階に住む色黒の学生が夢想に耽りながら坐っていた。するとと大声で話す声が聞こえてきて学生はぎょっとした。大イオセブが池のほとりに立ち、パン屑を池に投げていた。

ベルベラが尻尾を振っていた。池のほうを向いてしきりに吠えたり、甲高い声で鳴いたりしていた。イオセブは犬に何かをしつこく言いつけていた。

学生は息をひそめた。

大イオセブは屈んで、両手でベルベラの耳のあたりをつかみ、まるで祈っているかのように、長いことじっと目を見つめていた。それからベルベラを抱きしめ、感極まった様子で口づけした。

おそらくその瞬間、人間と動物の心が通じ合ったのだろう。夢想にのぼせた色黒の学生の頭にそんな考えが浮かんだ。

その週の土曜日、学生はイオセブの部屋を訪ねた。

「学のある客」の来訪に大イオセブは驚き、狼狽した。学生はイオセブが来訪を快く思っていないことに気がついた。大イオセブが他人を避けていたことは知っていた。

ウオッカの匂いが学生の鼻をついた。

無言で挨拶した後、イオセブはフェルト地の敷物を敷いた長椅子の端に学生を坐らせた。

二人は黙ったまま煙の立ち上るランプを見つめていた。

「なあイオセブ、毎晩池で何を眺めているんだ？　一昨日見かけたぞ」

大イオセブは動揺した。

「あそこには魚も、何の生きものもいない」と学生は言葉を継いだ。

「ヒヒヒ……」とイオセブは乾いた笑いを漏らした。

「それに、あそこでベルベラは何に吠えているんだ？　どうしても気になって」

「ベルベラ？　ああ、ベルベラか……」大イオセブは口ごもった。

学生は老人をじっと見つめた。筆のような眉が茶色い目の上に影を落としていた。唇にはよじれた藁のような口髭が覆いかぶさっていた。丸太のように太い不格好な体は情けなく猫背になり、がっちりとした短い両腕がサソリの尻尾のように曲がった膝頭に巻かれていた。その姿は這い回る海の醜い動物を思わせた。

学生はこの上なく丸まったイオセブの体をじろじろと眺めた。ばかでかい図体が縮こまって坐っていた。学生は思いがけずイオセブの鋭い茶色の目の稲妻のようなきらめきに遭遇し、そこに強靭な心の遠い影が揺れるのを見た。その心はこの見苦しい丸みの中に、巨躯の中にかりそめに宿っているようだった。大イオセブは足元に寝そべっている犬を優しく撫でながらつぶやいた。

「ベルベラは毎晩月に吠える」

「じゃあ、あんたも月に餌をやっているのか?」

「そう、月を手なずけたくて」

「パン屑で月を手なずけるって?」

二人とも黙り込んだ。

「イオセブ、立ってくれ。どうしてもあんたとウオッカを一杯飲みたいんだ」

学生が立ち上がった時、イオセブは彼も酔っているのに気がついた。

二人はソロラキ通りに出た。学生は、大きなトラックが通るたびに大イオセブが子供のように怖がって逃げ、トラックを睨みつけるのに気がついた。

ベルベラも二人の後を離れずついていった。大イオセブは何度も後ろに戻って、ベルベラの様子を確かめた。

「あんたはどうも自動車をひどく怖がっているみたいだ」と学生は言った。

「いや……昨夜はひどい運転手にベルベラがあやうくひかれるところだった……」大イオセブはぶつ

ぶつと言った。

　通りでは大勢の人々がおしゃべりをしながら歩いていた。

　大イオセブは、まるで同輩のように学生と並んで歩くのがきまり悪かったので、わざと少し後を歩いた。

　学生は何度も立ち止まってイオセブの腕を取り、一緒に歩こうと試みた。

「私はもう歳です。あなたみたいに早く歩けません」

「そんな言いかたはよしてくれ。俺の名前はギヴィだ」

「ああ、分かった、ギヴィ……」

　イオセブとベルベラはギヴィの後をついて「ノエの葡萄」の大きな地下の広間に入っていった。

　二人は隅の小さなテーブルについた。

「仔羊の煮込みを二つと白の葡萄酒を一本」とギヴィが注文した。

　食堂の中は人でごった返していた。

　アルメニア人のタール弾き[*1]たちがかすれ声でイエティム・グルジ[*2]の詩を歌っていた。しかし、その歌に耳を傾ける者は誰もいなかった。

＊1　ギターのような弦楽器。
＊2　ジョージアの詩人（一八七五〜一九四〇）。

　店の中には鞄を持ったロシア人や黒いローブを着たユダヤ人たちがいた。あるテーブルでは太鼓腹のトビリシの男たちが肉の串焼きを食べていた。何人かの娼婦が楽しそうにきゃっきゃっと笑っては、しよっちゅう小さな鞄から鏡を取り出して、口紅を塗っていた。

　一つの隅でグルジア人の愚連隊が酒盛りをしていた。外套を着た若者が酒の神の口づけに酔って長い言葉を述べていた。一人が何かを話し、他の者たちがそれを聞いている席はそこだけだった。

　その隣りに荷車引きたちが坐っていた。やや離れてトビリシのレキ*たちもいた。すぐそばではオセット語、チェチェン語、クルド語、アルメニア語、ペルシャ語、アゼルバイジャン語が聞こえていた。

＊　ダゲスタン系の民族。

　中央の壁には、ロステヴァン王の召使いを皆殺しにするタリエル*が、市場の絵描きの拙い筆で描かれていた。

＊　ショタ・ルスタヴェリの叙事詩「豹皮の勇士」の主人公。

　タリエルは、心に傷を負った、ロマンチックな思いに苦しむ英雄にはちっとも似ておらず、むしろトビリシのレストランにいる首のでっぷりと太った客を思わせた。タリエルは血統の知れぬシベリア馬に乗っていた。ロステヴァン王の召使いたちは古いトビリシ風の服を着て、腰に屠殺用のナイフのような剣を下げ、タリエルの振る鞭に素手で立ち向かっていた。

　国じゅうの詩人たちよ、絵師たちよ、あなたがたに言う。拙い芸術家が偉大な思想を醜く歪めてよいものだろうか？（それは蟻が脱穀そりを引くようなものである）。左手のほう、食堂の帳場の向かいに、世界じゅうの偉人たちが一堂に描かれている。乱れた髪に黒ひげのシェイクスピアは、作家と言うよりは、もっと古い時代の床屋を思わせる。ソクラテスはすこぶる間抜けでお人よしの法王だ。レールモントフはグリアの盗賊よろしく目をぎらぎつかせている。ガリレオは手に天秤を持っており、ダヴィト・

アグマシェネベリ王は主教の聖杯のような冠をかぶっている。チャールズ・ダーウィンはアゼルバイジャン人の導師のよう。タマル女王は王衣を着ているが、さながら腕まくりした町の花嫁といった風情だ。どういうわけかこの集団にアルメニア人作家のラッフィと食堂の主人の祖父ムキチ・ネルセシャンが入っている。ムキチには良心のかけらがあったと見えて、恐ろしい目つきでそばの人々を見つめている。男性の描きかたに関し、ある一点において絵描きは東洋のスタイルに忠実だ。すなわち、長い顎ひげは知恵の深さのしるしである。

三杯目を空にしてから、ギヴィは再び月について話し出した。

「……月にも魂がある。月は死の白い仮面だ。だからこそ詩人や情熱家や恋人たちはあんなに月を愛するのだ」

イオセブは呆然とギヴィを見つめていた。ギヴィはイオセブに四杯目を注ぎ、乾杯をしてから話を続けた。

「月は死んだいずれかの神のしかばねだ。この世の周りを母鶏みたいにぐるぐる回って、死や消滅を思い出させる……なあイオセブ、あんたのベルベラはどうして水に映った月に吠えていたと思う？　犬には未来が見えるんだ。犬の鳴き声は死が近づいていることを知らせているのさ」

「月が血に染まったように赤くなったのを見ただろう？　今、この世は第六周期の印の下にある。すべてはすでに正確に予言された通りだ。『……第六の封印を解きし時、われ見しに、大いなる地震ありて太陽は粗布のごとくなり、月は全面血の如くなり、無花果の樹の大風に揺られて最初の実を落とす如く、天の星は地に落ち、天は巻物の如く巻かれ、山と島は悉《ことごと》くその所を移され、地の王たち、大臣、大隊長、強き者、および全ての奴隷と自由な者らは巌の洞穴や山々に身を隠したり。怒りの日の来たるがためなり。誰ぞ立つべき』」

大イオセブは押し黙ったまま坐っていた。顔を上げると、ギヴィの青白い顔の上で大きな黒い目が熾火のように光っていた。

アルメニア人のタール弾きの声はすっかりしわがれてしまった。グルジア人のキント[＊]たちが羽目を外して喚いていた。食堂の中はますますにぎやかに、騒がしくなろうとしていた。

「夢遊病のことは聞いたことがあるだろう?」と話しながら、ギヴィは煙草をくゆらせ、今にも寝入りそうに目を細めた。

「夢遊病?」と大イオセブが聞き返した。

「子供の頃、俺も夢遊病だったと母親に聞いた。受難週の木曜の夜に眠ったままメクヴェナの教会の鐘楼に上り、堂役に捕まったと……

妹も夢遊病だった。十四歳の時、夜中に起きて、三階から水道管を伝い下りて、雨水の溜まった桶のなかに落ちた。水に入って目が覚めたけれど、溺れ死んだよ。

なあイオセブ、この世のすべては月から来るんだ。車だってそうだ。あんたが嫌がるあの車だって月からやってきたものだ」

「車だって? ひひ、何を言う」

大イオセブは馬のような歯をギヴィに見せて笑った。

＊ 古いトビリシの商人集団。

「単純な話さ。月が人間を身ごもらせるんだ。月は毒の息を吐いて夢を狂わせる。月に憑かれた人間は鉄や銅に命を吹き込み、それらも夢遊病者のようにさまよい出す。

この世は夢に支配されているんだ。夢から覚めた者は、夢遊病が解けた人間と同じように死ぬ運命だ。その時に、さっき話した怒りの日がやってくる。それは、弟が兄を赦さず、子が親を赦さぬ日だ。それはもう半分は実現した。

俺は戦争に行って、赤軍の戦車が迫ってくるのをこの目で見た。

あんたもトビリシの通りで戦車を見たことがあるだろう。まるで巨大な亀だ。外側は鋼鉄の甲羅に覆われている。人間はなかに気持ちよく坐っていて、大砲を撃つんだ」

そのようなものを見たことがなかった大イオセブは驚いた。

「あれは見ものだ。大砲や機関銃が繋がれたナガジ犬*のように吠え、唸る。あの恐ろしい音が町でも聞こえなかったか?」

＊　コーカサス地方原産の大型の牧羊犬。

「ああ、聞こえていた」大イオセブが答えた。「町でも窓がガタガタ揺れていた。ソロラキ地区にも爆弾が二つ落ちてきて、俺の目の前で爆発した」

「十五日間、たくさんの車が戦った。俺の目の前で救護馬車に爆弾が落ちて、百合の花のように可憐な十八歳の乙女の命が奪われた。蟻も踏みつぶせないような心優しい娘だった。その場所に残っていたのは人の体の切れ端だけだ。

これはつい先日起こったことだ。人間が車に食いものを奪われる日は遠くないぜ。俺たちの誰もがあんたの背負子を懐かしむ……」

その晩、大イオセブと学生ギヴィは最後に「ノエの葡萄」を出た。

8

ワーテルローで敗れたナポレオンが何を考えていたか、あるいはクルツァニシの戦い*から敗走したエレクレ二世が何を考えていたのかは誰もが知るところだ。

＊　一七九五年にトビリシの近くで起こったジョージア（カルトリ・カヘティ王国）とガージャール朝イランの戦い。ジョージア側が大敗した。

歴史家たちは、まるで鹿の死体に集まる狼のように、倒れた傑物にたちまち群がる。それに較べれば、小人物の考えを理解することははるかに難しい。私は小人物の心のなかで起こった混乱を描くことを厭わない。そのために大イオセブの人生を入念に調べたのだ。ここで語られていることは、ほぼすべて私の綿密な調査の結果である。目撃者から聞き出したことは何度も事実と照合した。

告白すると、私は子供の頃からラチャの荷担ぎたちが好きだった。昔は、彼らだけがトビリシの路上でルスタヴェリの言葉で話していたのである。あらゆる場所で見かける、トゥシェティの帽子をかぶった荷担ぎたちは、我らが首都の町にグルジア的な風情を与えていた。

背負子！

人間にくびきをつけるなどという野蛮な考えを最初に思いついたのはいったい誰だったのだろう。たくましいラチャの大男たちがソロラキの富豪たちに背負子を担がされて町を歩いているのを、子供の私はひどいことに思ったものだ。

私は大イオセブの姿をこの目で何度も見ている。彼はたいていエレヴァン広場とベブトフ通りのあたりにいた。読者諸氏もきっと見かけているはずだ。

私の家も彼の住まいと同じ庭に面していた。大イオセブと学生のギヴィとベルベラの不思議な友情を私はよく観察したものだ。夕方、庭に二人とベルベラが一緒にいる姿をしばしば見かけた。ライラックの茂みを挟んで、彼らの会話に耳を傾けたことも一、二度ある。しかし、切れ切れに聞こえる小声の会話の内容はほとんど何も分からなかった。

時が過ぎた……

三月は吹きすさぶ風とともに過ぎ去り、色とりどりの服をまとった四月がやってきた。古い射場や植物園ではアーモンドの花が咲いた。コジョリ村のほうから吹いてくるそよ風がコエンドロの香りをナリカラ砦まで運んだ。

私は町のなかで彼らにしばしば遭遇した。彼らのあらゆる行動は耳にはさんだ言葉を理解する助けになった。そうして私は推理を重ねた。

春は心をかき乱す夢を運んでくる。その春、私は寝つきが悪くなった。ギヴィの家の階段を這い上る大イオセブを我が家の窓から何度も見かけた。最後にその姿を見た土曜日の晩、大イオセブは普段よりも遅い時間にギヴィを訪ねた。手に薄黄色の小さな革の鞄を持っていた。

外交員や労働組合の販売員が持ち歩くような鞄だ。

学生。

大イオセブ。

革の鞄！

時計を見ると、夜中の一時十五分だった。

私は思わず考えた。この学生は大イオセブが家を失ったこととどういう関係があるのか？ライラックの茂みのそばでの、あるいはギヴィの家の階段でのこの謎めいた密会は何なのか？そして今度は大イオセブの手に握られた革の鞄は？

私はずっと見張っていた。三十分後、ようやくイオセブが手に何も持たずに出てきた。私は窓の戸板を閉め、この奇妙な事態について長いこと考えていた。翌日の晩、ちょうど一時十五分に、大イオセブは同じ鞄をギヴィの家から運び出した。

9

それ以来、私はイオセブもベルベラの姿も見かけなかった。時折、ギヴィには庭で遭遇したが、私たちは互いを見知る関係ではなかった。

だいたい私は隣人と知り合うのを好まない。すぐそばに住む人間はたちまち馴れ馴れしくなり、取り込んでいるところに訪ねてきたり、自分の家に招いたりする。こちらも家に招かねばならない。バックギャモンの相手になってくれとか、インクを貸してくれとか、マッチやらペンやらを貸してくれとか。

とりわけペンを人に貸すのは気が進まない。

他のものならともかく、ペンだけは……

ペンなど今は安いものだ。二、三コペイカぽっちだが、それでも……

ギヴィも私に対してさほど礼儀正しかったわけでない。彼は学生らしくは見えず、むしろ会計係、労働組合の販売員、あるいはいずれかの実務機関の職員といった風采だった。

後に私の使用人から聞いたところでは、彼はグルジア国営貿易局の倉庫の管理人であった。

礼儀どころか、たまたま遭遇した時には顔をそむけたものだ。

並外れて大きな頭、横に立った耳、足にはアジア風の細いブーツを履き、大きな帽子の影にキツツキのくちばしのような高く尖った鼻。彼の外見は全体的におたまじゃくしを思わせた。

ギヴィはいつも重そうな鞄を抱えて歩いていた。

彼の母親が窓から薄黄色の敷物をはたく姿は毎日目にしていた。下の階に住むアルメニア人の婦人の不満にもかかわらず、彼女はそれを毎朝やっていた。

私の使用人はおしゃべりで、部屋を掃除しながらありとあらゆる話を聞かせてくれる。ある時、彼女は何の気なしに言った。前の晩に学生の家で盛大な宴会があり、そこには美しい女たちもいたという。日曜日ごとに大騒ぎするので、「フォックストロットのせいで頭からたんまりと埃をかけられる」とアルメニア人の婦人がこぼしていると。

私は使用人の話を気に留めた。

給料が百五十ルーブルだと？　ひと月に四回も盛大な宴会とフォックストロット？

＊＊＊

私は外国で砂糖の入った甘ったるい食べものにうんざりした。沼がちな土地で育った私の体は胡椒や酢やニンニクの効いた料理を求める。

私は過去の残滓のような感情に特に抗わない（人が自分の性質から過去の残滓を取り除いたら、段ボール紙の人型になってしまうだろう）。だからこそ私は「ノエの葡萄」や「コセビ」、「モディ・ナヘ」をしばしば訪れる。

それらの店ではトビリシ市民のグルジア語が聞かれる。私は地下の暗い隅に坐って耳をそばだてる。町の執行委員会にたんまりと搾り取られた商人たちがどんなふうに不満を述べるのか。馭者や金細工師、鍛冶屋、革職人、靴職人、八百屋、香草売り、漁師、あるいは、一日じゅう大声を張り上げて組合の牛乳や灯油を売り歩く者たちがどんなふうに話すのか。ソロラキ地区で「葡萄酒、葡萄酒」と喚くあの男もここにやってくるはずだ（これを書いている今もその声が聞こえる）。

ある日の真夜中過ぎ、私はルカツィテリの葡萄酒一本とともに「ノエの葡萄」に残っていた。そこに学生ギヴィが入ってきた。すらりと背の高い金髪の女性を連れていた（このような金髪は西グルジアでしばしば見かける）。

九月の茂ったすすきの色の髪、未熟な葡萄の色をした瞳。彼らからこちらは見えない。私は暗い隅から二人を観察する。彼女は間違いなくグルジア人で、このような食堂に初めて足を踏み入れてしまったのだ（彼女も過去の残滓の力に流されたようだ）。

ギヴィはまるで彼の貴重な所持品であるかのように彼女をしっかりとつかんでいた。女はやや恥じらっているようだったが、自分が置かれた状況に見事に適応していた。

彼女が未来のグルジア人情婦、妾たちの先祖であることに疑いはない。彼女たちはおそらくそれぞれのゾラやモーパッサンを見つけるだろう。しかし、差し当たっての私の関心は大イオセブと学生ギヴィの関係だ。

「小部屋はある?」としかめ面のギヴィが給仕に尋ねる。

「ええ、ありますよ」

「小部屋のほうがいいだろう?」ギヴィは女に尋ねる。

「ええ、もちろん」と女が答える。

ギヴィと女は暗がりに消えていった。私はこの新たな発見をこれまでの調査に追加する。日曜日ごとの盛大な宴会、倉庫の管理人の給料。こんな情婦にひと月いくらかかることだろう? コティやロリガンの香水や花、靴に帽子、長靴下。

彼女のビロードの外套はいったいいくらくらいするのだろう(たとえ安い市場で買ったとしてもだ)? 給仕が小部屋から出てきて、仕切りの汚れた赤いカーテンをまるで教会の至聖所の扉のようにうやうやしく閉めた(その後しばらく彼らは無言で食べていた)。

彼らの食事の様子を私はなんとかして一目見たかった。人の性格は何よりまず食事の時に顕れるものである。私は想像を働かせる。女はしなをつくり、みずみずしい香草をためらいがちに口に入れる。ギヴィは思い出したように「僕の小鹿ちゃん、君はなんて小食なんだ!」と言う(グラスをぶつける音が聞こえる)。

馴染みのない場所に来たせいだろう、女はひどく小さな声で話している。それでも、「小鹿ちゃんって言わないで」と言うのが聞こえた。

「小鹿ちゃん、どうして?」とギヴィが繰り返す。

「私の友達のこともそう呼んでいたでしょう?」

「誰のことだい?」

「ヌヌよ」

「いや、呼んだことないよ」

「どうして嘘をつくの? あなたはヌヌの家に住んでいたでしょう?」

「いや」(ギヴィはやや口ごもった)。

女の返事は聞き取れず、聞こえたのは「耳飾り……」という一言だけだった。

「……耳飾り……耳飾りはたまたま買ってあげただけさ」ギヴィは言い訳した。

「ははは、たまたま? 男は女にたまたま何も買ったりしない……」(またいくつかの言葉が聞こえなかった)。女はさらに続けた。「ダイヤモンドのついた、ちょうど私が気に入っていたような耳飾りを買ってあげたみたいね」

「ヌヌのよりも君の耳飾りのほうがいいだろう? あれはせいぜい一万くらいだった。君の耳飾りには三万払ったんだ」

それからギヴィは立ち上がった。椅子ががたがた鳴り、テーブルの上のグラスが倒れた。

どうやら女は意地になって立ち上がろうとしなかったようだ。

ギヴィは引き下がらず、しきりに何かを小声で言っていた。言うまでもなく女の焼きもちの一幕である！

女は身を守り、ギヴィは引き下がらない。

「給仕が入ってきたら……」と女は恐れる。

「呼び鈴を鳴らすまで誰も入ってこないように言いつけてある」とギヴィは言う。

私には二人の足音が聞こえる。ギヴィは譲らず、女も屈しない。

ギヴィは力ずくでかかる。女は「気分が悪いの」と女の最後の手段に訴えた。

それでもギヴィはあきらめない。女は男にぶつぶつと不満を言い立てる。

ヌヌ、耳飾り、浮気……とずっと聞こえていた。

「俺が浮気？」（男は言い訳する）。女は焼きもちを焼く。

二人とも長椅子に坐り、黙り込んだ。男は接吻して女の口を塞ぐ。

ややあって女が沈黙を破る。

「私は怖いの。あの黄色い鞄の男があなたを売るんじゃないかって」

「ラチャの男が裏切ったためしがあるものか。俺が見込んだんだ。知り合ってもう長い」

それからは二人ともひどく小声で話していた。

今度は男が言う。

「あの男を雇ってから仕事はすこぶる順調だ。近頃は三倍も多く刷っている。新しい機械も取り付けた。あるユダヤ人がモスクワから最高の紙を届けてくれた。刷った分はほぼすべてはける。あの男は市場じゅうで顔が知れているし、客にも信用されている。本人もやる気にあふれている。家を失ってから弱っていたのは知っているだろう？　儲けた金で家を買うそうだ」

「ボリシェヴィキが家を取り上げるという噂だから、家を持つ者たちはひどく恐れて、みんな家を二束三文で売っている。あの男もそれをよく分かっているから、懸命に働いているんだ」

私は聞き取った話に深く興味を持ち、一心に耳を傾ける。女の声が聞こえる。しかし、男はどうやら女の質問すべてに答える気はないようだ。二人は小声で話しながら、時折グラスをぶつける音を立てる。


女がくすくすと笑う。

「飲めよ」とギヴィが言う。

女は拒む。

「うまいシャンパンだ。俺は酔った女が好きなんだ」

床に落ちたグラスが粉々になる。女は男の手をすり抜ける。

男は女を捕まえる。女はくすくす笑いながら、抵抗する。

やや間をおいた後、女は幸せそうにあえいでいた……


〈注記〉

このような詳細を公表するのは気が進まなかったが、時間が人間を丸裸にしたのだ。私も、解剖学者のごとき冷静さをもって、丸裸にされた人間に対する私の見解を明らかにするところである。この世に丸裸の人間より興味深いものはないだろう。丸裸の人間よりおぞましいものも……

その頃は私もさまざまな事実が絡み合うことになろうとは思っていなかった。そして最後には一篇の短篇小説にする十分な材料が集まろうとは。

10

時折、人はまったく取るに足らないことに深く考えさせられるものだ。たとえ高邁な思索に耽っていようと、つまらない人物にとりつかれて、頭からその顔が離れなくなる。

その時の私もそうだった。

大イオセブはどこに消えてしまったのか？　ベルベラはどうしたのか？

もしかして、バグラティオニ家の最後の末裔と同じように、最後の荷担ぎまでトビリシから逃げ出してしまったのか……

打ちのめされ、剣を折られ、辱められ……

トビリシはグルジア人のつくりあげた最大の作品である。グルジア人の偉大さを象徴する最大のバフトリオニ*であり、その無力さを示す最大のワーテルローであり、その軟弱さ、無責任さ、そして苦難を記した最大の記録である。

＊　一六五九年にジョージア東部で起こったペルシャ人の侵略者に対する蜂起。ジョージア側の勝利に終わった。

（かつて私は遠くから町を愛していた。トビリシにやってきた十三歳の私が、イリア・チャフチャヴアゼ*に会いに家をこっそり出た時までは）。

これは私の考えだが、では大イオセブはいったい何と言っただろう？

＊ジョージアの作家・社会活動家（一八三七〜一九〇七）。

大イオセブよ！

この人生はその宴の分け前をお前に与えてくれなかった。

大イオセブよ！

ラチャの猫の額のような土地を、強欲な従兄弟たちはお前に残してくれなかった。

大イオセブよ！

もしかしたらお前の葡萄畑と庭は地滑りに流されてしまったのかもしれない。この濁り、混沌とし、破壊され、ドムハリ*のようにぐちゃぐちゃになったトビリシに、運命がお前を放り込んだ。その運命はお前の人生の馬車を迷わせ、私の見たところ、誤った道にお前を立ち止まらせたのだ。

＊バターミルクに香草を混ぜたもの。

時折、私の心にこんな考えがはっきりと浮かび上がる。ひょっとすると、大イオセブは意気軒高なままで、大きな工場や会社に身を寄せ、ラチャの最後の荷担ぎとして再び勤勉な労働に精を出しているのではないかと。彼のたくましい肩はまだ水牛のようにしぶとく強靭である。首は雄牛のように太く揺るぎない。

いつか新聞で労働英雄大イオセブの顔写真を見かけないとも限らない。

＊＊＊

多忙のあまり私は新聞を入念に読む暇がないが、その頃は訃報記事や労働者・農民のページや、労働者の暮らしに関する記事に注意深く目を通していた。ソロラキから消えた大イオセブの消息をわずかでも示唆するような情報がないかと。

もしどこかで出会ったならば、意を決してそばに行き、こう言おう。

「大イオセブ、君があの怪しい学生のとこに通っているのはいかがなものか。その革の鞄が気に食わない。

持ち家を夢見るのはやめろ。この大地に人が夢見るに値する家は未だかつて建てられたことがない。決して崩れない家は建てられたことがない。

どんな花崗岩や石英よりも、地滑りや地震、時間や熱気、雨や風のほうが強いのだ。

ボルニシのシオニ教会も、ヴァルジアも、アテニも時の鋼鉄の牙に噛み砕かれたのだ。スヴェティツホヴェリさえ地震と何世紀にもわたる容赦ない嵐に揺さぶられたのだ。

この世で最も堅固な家は人が夢に描く家なのだ。大イオセブよ！」

11

私は銀の通りの「暗い路地」、すなわち牧草広場やシェイタン市場やメテヒのあたりをよく徘徊する。最近、新しい工場がいくつもできたことで、トビリシの職人連はますます消えていく。

列車と自動車が大量の工場製品をトビリシに運んできた。町の執行委員会が私商人たちに高い税金を課し、人々の手が届く、大衆向けの安価な品々が悪夢のように市場にあふれた。仕立屋や靴職人、馬具屋、金細工師、鍛冶屋、水運び、鍍金屋《めっき》たちは駆逐されてしまった。職人たちの弟子はどんどん労働組合に呑み込まれていく。

レキたちはもはや金銀の象嵌の施された剣や短剣やベルトをつくらない。貴族は農民になり、ソ連の勤め人たちは貴族風の調度には関心がない。

それらの職人たちの工房はまだ残っているが、そこはもっぱら古物商や怪しい商売の男たちが落ち合う場になっている。

シェイタン市場にはこのような小さな暗い工房がたくさんある。

私も旧市街をうろつき、職人たちが絶滅に瀕しているのを目の当たりにする。

人々の暮らしを書く物書きたちよ、日常を描く絵描きたちよ、どこにいるのか？

手工芸品のつくり手たちがやがていなくなり、絶えた日には、彼らのグロテスクな顔を画布に写すことはもはや不可能になるだろう。

考えてみてほしい。ある気の短いレキの男はかれこれ三十年の間、象牙の飾りを削り、鋼鉄に金の象嵌細工で葡萄の房や枝、葦を描き、あるいは銀の杯や花器にベカ・オピザリ*のような作風で野山羊狩りや戦争、恋物語、宴、踊りなどを描いてきた。そんな男が鉄道の整備場や工場の修理部門で働けるだろうか？

＊　十二世紀後半から十三世紀初めのジョージアで活動した金細工師。

グルジア赤軍の騎兵隊がグルジアの鞍を必要としないなら、メグレル人の馬具職人や靴職人はどうすればいいだろう？　人々は馬を手放してしまった。列車や路面電車や自動車が馬をお払い箱にしたのだ。窮屈な革の半長靴などもう誰も仕立てない。アブハズ靴や脚絆に羊革の短靴を履いているのは町の愚連隊くらいである。

四十年も靴をつくってきたメグレル人の靴職人はどうしたらいいだろう？　育てた弟子はコムソモールに行ってしまった。歳をとって自分ではもう針に糸を通せないのに。

年老いた靴職人を気の毒に思うがゆえに私は革の半長靴を履いているのだ。

もはや足の置き場がどこにもないのに広い国など要るものかと、窮屈な半長靴を履いたある男が冗談を言っていた。

私もそうだ。いつも窮屈な半長靴を履いていると、この世を呪いたくなる。

東洋よ、お前は美しい足の礼讃をサディズムにまで高じさせた！

12

ある日、私はどうにかこうにか私の靴を仕立てた靴職人の工房まで赴いた。

職人が私の靴を型にはめるまでの間、私は傷になった足の話をした。窮屈な靴にいかに苦しめられたか、自由に歩けないことがいかにつらいか。

職人は執行委員会に課せられた税金のことをこぼした。

税金の話を聞いて金のことを考えているうちに、私は職人に借りがあったことを思い出した。ポケットをさぐると、五十万ルーブルの南コーカサス臨時紙幣しかなかった。職人には釣りがなかった。

そうこうしているうち、フェルト地のぼろぼろの外套に身を包んだ老人が工房に入ってきた。老人はウズラ色の帽子をかぶり、手に薄黄色の鞄を持っていた。

老人が帽子をとった時、私はそれが大イオセブだと分かった。

職人は「よく来た」と声を掛け、私が手渡した五十万ルーブルの臨時紙幣を老人に差し出した。イオセブは鞄を開けずに、私の目の前で、端が擦り切れてぼろぼろの汚れた臨時紙幣の束を右ポケットから取り出した。

彼は紙幣を数えてから、職人の作業台の上に並べた。職人は自分の取り分を抜いて、残りの数十万ルーブルを私に返した。

大イオセブが工房を出た後、私はわざと「あれは誰か?」と職人に尋ねた。

「あれはラチャの男だ。昔は荷担ぎだったのが、今は市場で両替屋をしている」

私はそのような男をトビリシでたくさん見てきた。その頃、市場では小銭が不足していたので、年老いて働けなくなった者たちが通りから通りへと渡り歩いて日銭を稼いでいたのである。

＊＊＊

それから三日ほど後のことだった。大イオセブの手から出た十万ルーブル紙幣をつかんだ煙草売りの男が、紙幣を光に透かし、私に言った。

「旦那、これは偽札ですよ」

私は煙草売りの言葉を信じず、紙幣を銀行に持っていった。

「同志、偽札ですよ」と、銀行の検査員が同じことを言った。

「偽札だって？」

私は腹を立てた。

「ほら、見て下さい」と言いながら、銀行員は引き出しから別の千ルーブル紙幣を取り出して私に見せた。「この紙はつるつるしていますが、あなたが持ってきたものは毛羽立っています」

「毛羽立っている？」

私は肩をすくめ、黙った。私の持っていた他の千ルーブル紙幣も毛羽立っていた。

私は金についてそこまで詳しくはない。私も金は好きだが、金を数えるのは億劫なものである。私は家に戻り、持っていた千ルーブル紙幣を数えることなく書き物机の引き出しにしまった。

13

書き物机に千ルーブル紙幣の偽札をしまったその日の晩、トビリシに滝のような雨が降った。

私は埃っぽい町に濁流を流してざあざあと降る大雨がとても好きだ。

雨がやんで、起き上がろうとした時だった。通りで秘密警察の車が大きな音を立てた。

罪は自ら告白するに越したことはない。私も少し恐ろしく感じたが、鉄道駅で切符を売っている隣人は私よりも怯えたはずだ。家のなかを捜索されたギヴィはもっとひどく怯えたことだろう。しかし、ギヴィは予期せぬ客が来た家に不在だった。

早朝にはすでに近所じゅうが知っていた。秘密警察は我々の住む建物の地下で米国製の印刷機と大量の偽札の原版、ローラー、活字、二十束ほどの毛羽立った紙、そして南コーカサス臨時紙幣を百束ほど発見したのだった。

人々は恐れおののいた。窓を開ける者さえ誰もいなかった。

私は朝早く銭湯に行くつもりだった。もう少し事態の成り行きを見守りたかったが、列に並ぶのは我慢がならないので、銭湯へ急いだ。

門を開けると、大イオセブが道に影のように立っており、手には薄黄色の鞄を持っていた。どうやらひどく酔っぱらっているようで、ハシ*のにおいが空腹の私の鼻を突いた。彼は私が開けた門から入っていったが、一、二分後には再び戻ってきて、急ぎ足で私を追い越していった。

＊ 牛・羊の胃や足の肉を煮込んだスープ料理。

道を、鞄を抱えた政府の役人たちが急ぎ足で歩いている。こぎれいな身なりの女職員たちはしばしば手鏡を見て化粧を確かめている。

技術学校の女生徒たちが帽子もかぶらず、脛を露わにして、ひどい言葉遣いでおしゃべりしながら歩いている。はばかることなく目をきょろきょろさせ、通り過ぎる男たちを舐めるように見る。

顔色の悪い弁護士や研修医たちが空の鞄を脇に挟んでそれぞれの職場へ急いでいる。

ツクネティ村の炭売りたちが「オフシリ、オフシリ」と叫んでいる。トゥシェティの帽子をかぶった少年たちが箒を運ぶロバを引いてやってくる。骨と皮ばかりのロバが山のような箒の間から辛うじて見える。

「ヨーグルト、ヨーグルト」と、どこかでヨーグルト売りがヒステリックな声で叫んでいる。労働組合の灯油売りは高いソプラノの声を響かせている。（それから、空き瓶をサモワールの磨き砂と交換するあの小さな少年も。彼が何と言っているのか私は未だに分からない）。

破れかぶれのロシアの軍用外套を着たグルジア人の農民たちが、きしむ牛車に薪を積んでやってくる。馭者は「それっ」と叫びながら、疲れ切った雄牛に容赦なく鞭を当てる。小さな荷車には薪が子供の玩具のようにうずたかく積まれている。何もないのをさも大事かのように見せかける町の小細工を彼らも覚えたようだ。

グルジア人の役人が私の目の前を車で駆け抜けていった。

キントの最後の末裔たちが、チーズでいっぱいの木の大皿を頭に載せている。つば付き帽をかぶった香草売りは、荷車の横を歩きながら、「赤蕪、赤蕪！」と低い声で叫んでいる。

ベブトフ通りとヴェリアミノフ通りの角で、大イオセブの広い肩が目に留まった。彼が一人ではなかったことに今になって気がついた。尻尾を腹の下に収めたベルベラが彼の前を歩いていた。ベルベラは見違えるようにきれいになっていた。どうやら飼い主がしっかり世話をしているようだ。

ただ、ひどく足を引きずっていたのは、どこかの心無い輩に石でも投げられたのだろう。

シオニ通りで私は再び大イオセブを見失った。そこもたくさんの人が歩いていて、路面電車やトラックが走っている。ペルシア人たちが毛のはげたラクダを連れて町にやってくる。前を行くラクダは頭を高く上げ、いぶかしむように片目で路面電車を見る。路面電車の運転手は切符の取り口のそばにダンボールの人型のように立っていて、巨大な眼鏡の奥から同じような目つきでラクダを見ながら、警笛を鳴らして道を切り開く。一番前を行くラクダはこの巨大な動く箱を最後に冷ややかに一瞥して、道を開けた。

せめぎ合う二つの文化の使者はまるで互いに意地を張るかのように通り過ぎていった。

シオニ教会のひび割れた鐘が鳴っていた。

広場の手前で、大イオセブが私の方を振り返ったのに気がついた。彼は道を横切り、反対側の歩道に移った。私も思わず早足になった。

多種多様なたくさんの人々が広場をせわしなく行き来していた。

人々は牛車や馬を引いたり、あるいは徒歩で、クルツァニシの香草やボルチャヤロの薪、葡萄、果物を運んでくる。赤いスカーフを首に巻き、黄色い毛皮の帽子をかぶったアゼルバイジャン人が、母牛が舐めたばかりの、聖母の目をした仔牛を肩に担いでいる。革の上着を着た羊飼いが糞にまみれた羊の群れを連れて、私には理解できない言葉を叫びながら、杖を振り回して何も知らぬ仔山羊たちに路面電車を避けさせる。

八月の不快な小雨が降っていた。

路面電車の線路は昨夜の土砂降りに洗われていた。

馬やロバを連れたり、牛車や幌つきの荷車を引いたり、徒歩で食料品を運ぶ人々を私は鷹のような目で見つめていた。

私にはティムールの城の衛兵隊から取り残されたモンゴル人が見える。ヘンナで髭を染めたペルシャ人たち――ナリカラ砦の衛兵の末裔が見える。アラブ人やタタール、ニコライ一世に追われたモロカン派の末孫らが見える。今朝、彼らはこれまでにも数えきれないくらい訪れたトビリシにやってきた。ただし、炎や剣を振りかざしてではなく、町の飽くなき食欲を満たすために、チーズやバター、胡瓜、林檎、葡萄、黄色いメロンなどを運んできたのだ。

コミューン通りで私は銃弾が届くほどの距離まで大イオセブに追いついた。彼は何度も私のほうを振り返った。

狩猟用の上着を着ていた私を、大イオセブは警官か、あるいは刑事局の役人だと思ったのだろう。大イオセブのあの薄黄色の鞄にはいったい何が入っているのか。私はそれが知りたかった。

私は大イオセブが歩いていた側の歩道に移った。どうやら彼は私の執拗な視線に取り乱したようで、道の真ん中に出た。

コミューン通りは牛車や幌馬車、路面電車で混雑していた。

そのとき、広場のほうへ向かっていた路面電車が、小麦粉を積んでイラクリ橋から飛び出してきたトラックに正面から衝突した。

私は歩道からその一部始終を目撃した。牛車に乗っていたアゼルバイジャン人の少年の鞭に怯えたベルベラが、大きな音を立てて走る巨大なトラックの下に入り込んだ。そのときトラックの運転手が叫んだので、驚いたベルベラは後ろに飛び退いたのだが、どうやら引きずっていた後ろの脚が言うことを聞かなかったようだ。
路面電車の運転手は、犬がよろめいたのに気がついて、ウェスティングハウスの空気ブレーキに飛びつき、片手を機械式のレバーに添えた。しかし、圧力計の目盛りが二まで下がっており、ブレーキは大雨に洗われた線路に砂を撒くことができなかった。トラックの運転手はアクセルから足を外したが、ブレーキに手をかけるのが間に合わず、路面電車を避けた。大イオセブは倒れたベルベラを助けようと前に飛び出した。ベルベラはすぐに起き上がったのだが、今度は大イオセブが転んでしまった。トラックの運転手は急に車を止められなかった。大イオセブの頭におそろしく固い、重いものがぶつかり、彼はまるで七つの教会で一斉に鐘を鳴らしたかのような轟音を感じた。荒ぶるトラックは電光石火の早さで大イオセブの大きな体をひきつぶした。

〈追記〉
トラックの運転手が車を後退させた時、私は大イオセブのつぶれた遺体のもとへ警官より先に駆け寄った。薄黄色の鞄を手に取り、開けるやいなや、見たことのある毛羽立った偽札の束が目に入った。

（一九二六〜一九二九年）

ひげなしのガフ　ქოსა გაბუ

ウサギを見るとろくなことがない。ウサギ、キツネ、セキレイ……あの忌まわしい日にウサギに遭遇しなければ、タグ・サムギアと私は……

ウサギは朝早くに平原の端で我々の前に飛び出してきた。タグ・サムギアが銃を撃った。我々は露に濡れた草を掻き分け、傷ついた獣の足跡を追った。私はすこぶる目が良いほうだが、タグ・サムギアの目については尋ねるまでもない。盗賊あがりの目がどんなものか、説明は不要だろう。我々は血痕を見失った。タグはウサギに深い傷を負わせていた。我々は二手に分かれた。

私は小さな茂みの根元の露に濡れた草の上にウサギの跡を見つけるたびに、「血だ」と叫んだ……トウダイグサやカミツレの白い花に血痕がついていた。

すると一分ほどおいて、タグ・サムギアが足を止めて「血だ！」と叫ぶのが聞こえてくる。

我々は二人して茂みや、シダやセンニンソウの草むらを歩き回り、「血だ、血だ」と狂ったように叫んでいた。

我々の子供じみた興奮を血ほど掻き立てるものが他に何かあるだろうか？（狩りのときに我々の野蛮

な祖先の血が目を覚ますのは間違いない)。

結局その日、獲物はなかった。射撃の腕が鈍っていたので、飛ぶ鳥で練習をしようにもカケス一羽すら見なかった。

それに、私はちょっとしたへまを犯した。

ナツィスクヴィラリの掘割りを飛び越えた際、上を向いた銃が暴発し、私はあやうく片目がつぶれるところだった。火薬がこめかみの髪を焦がした。

狩りほど人と人を親密にさせるものはない。

私は母の村へ狩りをしに行くと、いつもタグ・サムギアの家に泊まらなくてはならなかった。

その頃、他に狩りをする者はなかった。

革命の後、母の兄弟たちが村に戻らなかったため、雌の山羊一頭と茅葺きの納屋は叔母のものになった。

乳母の子や洗礼子たちが納屋の床下をこっそりと囲い、そこに年老いた叔母と夫のイオナが暮らしていた。イオナは司祭あがりで、足腰が立たなくなっていた。

この老夫婦の寝床のそばで小さな飼い葉桶に繋がれた山羊と仔山羊たちを見ると、私は心の中で聖書時代の牧歌を思い起こしたものだ。

この二人と三頭が狭いあばら屋に窮屈に暮らしていた。

司祭あがりのイオナはそれでも希望を捨てておらず、占星術書の中に「ボリシェヴィキが去る」日付を探していた。枕元に常に祈禱書や聖書を置き、一心不乱にヨブ記を読んでいた。

おそらく聖書の中の虐げられた男に何かしらの密かな相似を見ていたのだろう。老人はそれに力づけられていた。

叔母は私がタグ・サムギアの家に出入りするのをひどく嫌った。

イオナは無言の中立を保っていた。

その日、私が空手であばら屋に立ち寄ると、ベッドに仰向けになったイオナが大きな声で聖歌を歌っていた。

私は長いこと扉の前に立ったまま、老人が悦に入って歌うのを聞いていた。

歌声の短い切れ目を待って、私は扉を開けた。

私が長頭巾をベッドに放り投げるやいなや、老人は焦げた私の髪に目を留め、声を上げた。

「私がいつも感じていた通りだ。タグ・サムギアのせいでお前は不幸に巻き込まれるぞ」と老人はもごもごと言った。

私は老人をなだめ、危険な目にあったのはひとえに自分のせいだと話した。そして、タグ・サムギアについては、どこにでもいるような人の良い農夫だと主張した。

「農夫？　タグ・サムギアが農夫だと？　今の時代、農夫になることを望む者は多いが、タグが本当にサムギア家の者だと思っているのか？」と老人は言った。

「違うのか？」と、私は驚いて言った。

「タグはマヌチャル・バトニシヴィリと実の妹の間にできた子だ」

「何だって？　兄妹の子？……」

「ニコ・バトニシヴィリの一家で罪深いことが起こった。

マヌチャルは若い時分から好色だった……

妹のハトゥナは十二歳になるまで乳母の家で育てられたから、兄と妹は互いに他人どうしのようだった。乳母がハトゥナを連れてきたとき、マヌチャルは十五歳だったか。その年の九月にこの前代未聞の事件が起こった。マヌチャルにはエムフヴァリ家の女が妻としてあてがわれ、ハトゥナは子を産むまでアブハジアに隠された。しかし、かわいそうにハトゥナはお産のときに死んでしまった。その二年後にマヌチャルはタグにサムギア姓を与え、タグが妻をもらうまで家に置いていた。その後、土地を与え、自分のそばに住まわせたのだ」

「タグはその話を知っているのか？」と私は尋ねた。

「この村で知っていたのはマヌチャルとタグと私だけだ。私はバトニシヴィリ家の司祭だったから。誓ってもいい。タグ・サムギアは罪の子だ。だから、近づいてはならぬ。マヌチャルはキリストの足をかじるような男だったが、タグ・サムギアに比べれば天使みたいなものだ」

私は先祖の罪や過ちには寛容だ（死者や老人は多くを赦されるものである。馬を尊ぶ伝統を知る者ならば分かるだろう。一昔前は美しい女と血統の良い馬をさらうことは大した罪と見なされなかった）。タグ・サムギアはそれほど高齢なわけではないが、先祖の罪を背負いながら新しい時代に生き残った古い人間だ。

罪深き魂よ！

その頃、私は新しい短篇の題材を探していた。

あなたがたは作家を幸せだとお思いだろうか？

作家は不断に観察者の役割を求められる。語り部のように国を、自然を、人間を、そして何より自分自身を見守るのだ。何に着目し、何をつかみ取り、何を記憶すべきかと。

いかなる陶酔や恍惚にあっても、作家は我を忘れてはいけない。愛する者のベッドにいようが、陸に、海に、自然の中にいようが、あらゆる場所で、いついかなる場合にも世界と自分自身を観察するのだ。

タグ・サムギアに自らの来し方を語らせる力を私に与えたまえ。

蹄鉄を逆につけた馬にエングリ川*を渡らせたこと数知れず。どれだけの馬をスヴァネティに、カバルダに連れていっただろう。誘拐の片棒を担いだ女が何人になるか分からない。そしてこの博打のような稼業の中で何人の男を（彼自身に言わせれば）「鉢をつくりに」あの世に送ってきたことだろう。

＊ 現在のサメグレロ地方とアブハジアを分ける川。

私はこの題材で必ずや歴史譚を書き上げよう。

そう。

タグ・サムギアは本当にロマンチックな過去を持っているのだ。

死後に人間が断罪されるのであれば、彼の魂は地獄の拷問を免れることはないだろう。

「……タグは自分がマヌチャル・バトニシヴィリの子であることを知らなかったほうが幸せだったかもしれない」と、イオナは話を続けた。「タグは父が彼の弟たちを手厚く扱っているのを見ていた。彼はサムギア姓を見下していた。この世を憎む者は土に憎しみの種しか蒔かないものだ。だいたい、あの呪いとともに産み落とされた人間の顔を見れば、どんな男かすぐに分かるだろう」

「私はもう十年もタグ・サムギアに会っていなかったが、ほとんど変わっていない」と私は老人の話をさえぎって言った。

「奴はもとから生気が無いままだ。おそらく死にもしないだろう」と老人は言った。

タグ・サムギアの暗い過去は実は広く知られていた。

かつてタグの家はアブハジア、サムルザカノ[*1]、サチコインド[*2]じゅうの馬さらいたちの根城だった。

＊1　現在のアブハジア東南部。

＊2　サメグレロ地方の北西部。

それはオディシ地方[*]で馬を尊ぶのにたぐいまれな勇猛さが求められた時代の話である。

＊　現在のサメグレロ地方。

馬さらいを一種のスポーツのように考えていた者も少なくなかった。

タグは山猫のようにすばしこく、司法の手にかかったことは一度もない。並ぶ者ない役者で、昼間は胸の内を巧みに隠しているが、暗い夜には腕と脚の力がすべてだ。

泥棒？

泥棒とは泥棒をして捕まる者のことを言う。人間のつくった司法はできの悪い愚か者たちを捕まえるだけだ。

盗みをしながらも捕まらぬ者が、ときに泥棒を最も悪しざまに言う。

タグ・サムギアはわずかに足を引きずりながら、まるで常に何かに忍び寄るように、山羊革の靴でそっと歩く。片方の肩がやや歪んでいるが、それを表には見せない。その離れた両目で睨まれても、そこに何らかの考えを読み取ることは決してできない。

栗色の眉毛が深く窪んだ目元を覆っている。

楕円形の面長な顔には二筋の刀傷があり、鷲鼻と広い額の間には並外れた誇り高さがはりついている。

すらりと長い貴族のような腕をしていて、絶えず上品な笑みを唇に浮かべている。

寡黙な男で、自らの過去についてはめったに話さないものの、雄弁な語り手であり、すぐれた狩人でもある。（サイコロのツキはすこぶる良く、興奮すると、まるで自分の馬に乗っているかのように前のめりになってサイコロを振り、「ほら、六と五だ」などと叫ぶ。サイコロの目さえ自由に操るのだ）。

喧嘩や騒ぎは好まない。

昼間は慇懃に人に接する。

その姿を見た者は、この男はおそらく虫けら一匹踏みつぶさないと思うだろう。

背が高く、痩せており、いつもアブハジア風の短い紅色のチョハを着ている。

肩には皺のよった絹の長頭巾。

白い柄の、スヴァネティの長い短剣を腰に差している。そして、スミス・ウェッソン製の空のリボルバー銃（なぜ空かと言えば、革命後に銃の携帯の許可を得られなかったためである）。

黄色い裾飾りのついた赤い絹の脚絆をつけ、足には真ん中で折れ曲がった山羊革の靴を履いている。

いかなる時代も鍬や犂をにぎったことはない。

毎年、倉二つをトウモロコシで天井までいっぱいにする。

雄牛一頭に、雌馬とその仔馬一頭、それに十頭ほどの山羊がいる。畑も菜園も持っている。

タグは地区の執行委員会と三年間争った末、水車が一ついた粉挽き小屋だけは彼のものであることを認めさせた。さらに、籾摺り用の古い石臼も手放そうとしなかった。かつてタグはときに原告、ときに証人としてしょっちゅう裁判所に通っていた。たった三ルーブルのために聖ギオルギの聖画に三度も誓ったものだ。お抱えの偽の証人たちがいて、盗みの疑いをかけられれば、そのような証人を何人も連れていっては宣誓させた。彼の古い習慣は時代が移っても変わらなかった。今もタグ・サムギアはいつも原告として法廷に立ち、「もし俺が天に行ったなら、神様も訴えてやろうか」とうそぶくのだ。

……石臼の話は長くなるので、それについてまた別の物語を一つ書かなくてはならない。

タグ・サムギアは石臼のために激しい戦いを厭わなかった。

彼の籾摺り場は地区の執行委員会の土地の境界線上にあったため、石臼が接収の対象になった。古い法廷に手慣れていたタグは、その件で村の執行委員会の委員長ロマノズ・オチガヴァを郡の執行委員会に訴えた。オチガヴァが彼に対して個人的な恨みを持っていたと理由をこじつけた。

タグ・サムギアはその裁判に敗れた。タグの体の中でバトニシヴィリの血が煮えたぎった。彼は、「たとえトビリシまで歩いて行くことになろうと、オチガヴァには俺の石臼を渡さない」と言い残して、消息を絶った。その間、彼はあらゆる機関をしらみつぶしに歩いて回った。グルジア農業人民委員部、労働者農民監督局、監査委員会、しまいにはグルジア人民委員会議や全グルジア中央執行委員会の議長にまでかけあった。

結局、幻想がついえたタグは意気消沈して村に戻った。私とタグが雉を狩りに出かけたのは、ちょうどその翌日だった。

雉？

古代のコルキスで強欲なローマ人がこの美しい鳥を根絶やしにしたと考えたギリシャの文筆家たちは誤っていた。

その日、私は初めて雉狩りに出かけた。

雄の雉を射ようとする者は心を石にせねばならない。

私の目の前で一羽、二羽、三羽と雉が飛び立った。

私の心は弱々しくもがいた。私はそのあまりに美しい光景に目を奪われ、構えた銃はそのまま手の中に残った。

雌の雉は臆病である。銃弾の届かない距離まで走って逃げてから飛び立つ。

雄は誇り高く勇ましい。ひゅうと音を立てて垂直に宙に舞い上がる。

その瞬間、どうしたらこの金の鳥を撃つことができるだろう（私ができの悪い狩人であるか、詩人の繊細な心を持っているかどちらかである）。

タグ・サムギアは「聖画を割る男」と呼ばれている通り、何を躊躇することもない。彼が撃てば、雉は即座に息絶えて地面に落ちる。

タグは雄の雉の頭をつかんだ。

「一つ聞いてくれますか」と、周りを見回し、声をひそめて言う。「あなたはヨーロッパでもよく知られています。どうですか？　この国には本当に正義がないのでしょうか？」

「どうしてそんなことを？」

「依頼状を書いてくれませんか？」

「何の依頼だ？」

「ボリシェヴィキの奴らを訴えたいのです。イギリスに宛てて書いてくれますか？」

「何だって？　グルジアの共産主義者をイギリスに訴える？」

「どう思いますか？　イギリスは私の訴えに耳を傾けてくれませんか？」

「こんなこと他所で口を滑らせるんじゃないぞ。さもないと俺たちは二人そろってあの世行きだ」

「秘密警察が……」

それから私は、共産主義者たちはイギリス政府に従属しておらず、彼の石臼のためにイギリスが行動を起こすことはないとタグ・サムギアに説明した。

表情を見るかぎり、タグは私の説明に納得していないようだった。しかし、「秘密警察」と言った途端に彼の顔色が変わった。

かつてタグ・サムギアはマヌチャル・バトニシヴィリの領地を管理していた。高齢の歩兵大将（読み書きはほとんど知らなかったが、カルスの戦いで大将に昇進した）をこきつかい、地代を山分けし、粉挽き小屋で挽いたものの三分の一は勝手に自分の倉に運んだ。また、森の木を切らせて領主の庭にハンノキの杭で柵をつくり、自分の庭は樒の木の柵で囲った。

メンシェヴィキの時代には組合の指導部にもぐりこんだ。

集会では常に一番の演説家であり、宴席ではいつも並ぶ者のないタマダ*である。

* 宴席を仕切る役。

タグの庭に入ったとき、あることが私の注意を引いた。

松材で葺いたばかりの家の軒下に網がいくつも吊り下げられていた。タグはベランダから私の姿を目に留めると、桑の板を敷いた階段を上着も着ずに駆け下りてきて、胡桃の木の下で私を出迎えた。

「タグ、釣りの腕はどうだ?」

「釣り? まさか私が釣りだなんて。私は猫みたいなもんです。魚は好きですが足を濡らすのは御免ですよ」

「お前はどうやら貴族の気風をまだ失くしていないようだな」

まったく、この村で変わらないのはタグ一人だけだ。

「このご時世に貴族なんてとんでもない」

昔もこうだった。

夜は賊徒で、昼は狩人だった。

賊徒?

今の世にロマンチックな時代の山師がどこかに残っているとすれば、それこそがタグ・サムギアなのである。

名高いコルキスの雉の最後の雛がどこかに残っているとすれば、それもやはりツァチフリ村にいるはずだ。その雉とタグ・サムギアのために私はわざわざツァチフリ村へ狩りにやってきたのである。

＊＊＊

最後の年、つまり一九二六年が、裕福で豪気であったタグ・サムギアをすっかり落ちぶれさせてしまった。

いつも希望に満ちた笑顔を浮かべていたタグ・サムギアは、暗い考えにとらわれるようになった。

タグ・サムギアは斜めに交わる眉毛の奥から過ぎゆく時代を見つめていた。

「愚かなこの世は腐り、人は卑しくなりました。昔はツァチフリじゅうを、サチコインドじゅうを好きに操り、マヌチャル・バトニシヴィリや郡の役人たちを手のひらの上で踊らせたものですが、今やあばた面のオチガヴァ司祭の息子に豚箱にぶち込むと脅される始末ですよ」

「タグ、どこかで猟犬を手に入れられなければ、狩りに行っても無駄だ」と私は口をはさんだ。

「良い猟犬は貴族たちが飼っていたものです。良いものは何でもそうでした。ああ、不幸な我が身よ、何という時代が過ぎ去ってしまったことか。私はバトニシヴィリ家の猟犬を連れて狩りをしていました。マヌチャルとその子たちは、客が来たときでもなければ狩りに出ようとはしませんでしたから。そんな時代を見てきた私が今や踵のひん曲がったオチガヴァにこんな扱いを受けようとは」

タグ・サムギアはツァチフリ村の農民たちをさまざまな言葉で表現した。

オチガヴァ家は「踵のひん曲がった奴ら」、アラニア家は「うすのろ」、バラタイア家は「ペテン師」、マカツァリア家は「物乞い」、ギトレンディア家は「空きっ腹」、コイアヴァ家は「ぼろを着た奴ら」。

ツァチフリ村で彼の並ぶ者なき毒舌を免れた者はいない。

***

夕方、私とタグはマヌチャル・バトニシヴィリの屋敷のほうへ散歩に出た。端の崩れた城壁に囲まれ、半分焼け落ちた瓦葺きの白い屋敷が、背の高いシナノキやスズカケの木を背に見えてきた。屋根の上には地区の執行委員会の赤い旗がひらめいている。屋敷の向こうにはエキ山やコティアネティの白い教会、古代コルヘティの巨大な城塞都市ノカラケヴィの廃墟が碧く見える。

私とタグはバトニシヴィリ家の屋敷のとなりにある小さな礼拝堂の跡に腰を下ろした。

タグは、マヌチャルの屋敷の木の床がアラニア家の者たちの靴に「汚された」ことに心を痛めている。今はその屋敷に村の執行委員会と学校が入っている。タグ・サムギアが目の敵にする「オチガヴァ司祭の息子がマヌチャルの屋敷に居坐っている」のだ。

「一度中に入りましたが、怒り心頭に発してひっくり返りそうになりました。ぼさぼさ髪のあのひよっ子がダレジャン公女の椅子にふんぞり返っているのです。私はこの蛇の仔を引きずり降ろして、こてんぱんにしてやらねばと考えました。しかし、手を出せるわけもありません。大砲こそないですが、奴は腰にすべてぶら下げているのです」と言って、タグはため息をついた（私が同情を示さなかったことを彼は快く思わなかった）。

タグは黙った。火の消えた煙草の吸殻を指で弾き飛ばし、じっと地面を見つめた。

「マヌチャル・バトニシヴィリの一家で残っている者はいないのか？」

私はタグに尋ねた。私たちの視線がぶつかった。

タグは視線を逸らし、脚絆を引っ張り上げてから言った。

「まともな者たちは逃げました。正式な末裔はただ一人、ひげなしのガフだけです」

「何だと？」

「白痴ですよ。村人たちにも白痴の男に先祖の罪を問わないくらいの良心はあるようです。ひげなしのガフはマヌチャル・バトニシヴィリの名を折るためにここに残ったようなものです。一文無しの乞食です。マヌチャルの屋敷に火がつけられた夜に気が触れたのです。ちょうどできの悪い猫が軒下に捨てられるように、ガフが真夜中に窓から落ちました。それからガフは梯子を運んできて子供を助けました」

「妻はどうした？」

「妻は一昨年に逃げました。イスタンブルでギリシャ人と結婚しましたよ。

火事の明くる日、外を見れば、早朝からガフが帽子もかぶらずに大笑いしながら平原のほうへ走っていきます。犬の調教師や勢子を呼んでいます。私がシダの茂みに隠れて見ていると、ガフは『ホ、ホ、ホ。逃がすな、テムクヴァイア、回り込め、逃がすな！』と叫びながら走り過ぎていきました。私は、マヌチャルの鷹匠テムクヴァイアが生き返ったのかと目を疑いました。ばかばかしい。テムクヴァイアもいなければ、猟犬も、ウサギもいません。ガフは走っていきます。狩りをしているつもりで悦に入っているのです。畑を耕していた農夫たちは、手を休めてガフを眺めています。農夫たちはガフを笑って憂さを晴らしていました。マヌチャル・バトニシヴィリの罪をひげなしのガフが一人でかぶったのです」

「それで?」私はタグ・サムギアに尋ねた。

「村はガフを赦しました。雄牛一頭に小屋と石臼を一つ残してやりました。ガフは小屋をばらし、マヌチャルの岩場の隅に立っていた樹齢二百歳のシナノキの上に小さな家をつくりました」

「家を? 木の上に?」

「途中でもうすぐ見えてきますよ。木の上に家を移すなんて、馬鹿は何を考えるか分かりません」

「会うのは危なくないのか?」

「いや、分かる者に言わせれば、穏やかな狂いかただそうです。時にはぶつぶつ言いながら何か月もたった一人でうろついています。会っても一言も話さないでしょう。発作のように興奮してぎゃあぎゃあと喚きだすこともあります。笑って、踊っては、ばかげた話をします。

ある時、真夜中に私のところに急にやってきて、『すぐに服を着て外に出ろ。マルシャニアがアブハジアから馬を何頭も連れてきた』と言います。ああ、神よ、ガフに憐れみを。私は、『俺の敵どもが滅びて、古い時代が戻ってきたのか』と思ったわけです。それで私はガフに『誓え』と言いました。ガフは『マヌチャルの魂に誓って間違いない』と言います。私が『いや、テムラに誓え』と言うと、奴はひるみました。テムラには誓えません。テムラに誓えないだと? 私は立ち上がって、ここからガナルジイス・ムフリ村が見えるような平手打ちを食らわせてやりましたよ。ガフは泣き出し、扉をばたんと閉めて一目散に逃げていきました。

ご存じでしょう? 私に不可能なことはありません。生きている者は誰であろうが働いてもらいます。ガフの狩りの腕がどれほど上がったか明日お見せしましょう。グルジアの猟犬が追いつけないような速さでシダの茂みに飛び込んでいきますよ。どんな猟犬もあれほど見事にはウサギを追えないでしょう」

＊＊＊

その晩遅くまで私とタグ・サムギアは食卓でオジャレシの葡萄酒を飲んでいた。

板屋根に落ちる雨滴の音に、そしてその音楽に伴われて眠りに就くことに優るものはない。どこかからコオロギの鳴き声が聞こえていた。その鳴き声はほとんど一晩じゅう聞こえていた。雨の中でコオロギは鳴かないものだ。おそらくタグ・サムギアの暖炉の中にいたのだろう。

コオロギがあまりに執拗に鳴き続けていたので、私は好奇心にとらわれた。

私は立ち上がり、ランプをつけ、古新聞が何枚も貼りつけられた壁をひとしきり検分した。

暖炉の上にまで椅子を乗せたが無駄だった。

私は眠れずにずっと悶々としていた。どこかで犬がハリネズミに吠えていた。

庭からは山羊の鳴き声や水車の水音が聞こえていた。

早朝、私とタグはナツィスクヴィラリに向かう道を歩き出した。

タグはまだ酔いが抜けておらず、すこぶる上機嫌だった。

「昔は良い時代でした。良い頭さえ持っていればいつだって良い時代なのでしょうが」

私は、この村で狩りをする者は誰かいるかと、タグに尋ねた。

「アラニア家の奴らは狩りなどするわけがありません。あいつらはいつも水の中に這いつくばっている漁師です。空きっ腹のギトレンディアの一家は鍬を持ってうろうろするばかり。マカツァリアの一家は水車や石臼を回しています。年寄りたちは古い暮らしを続けていますが、当世の若者たちはみんな町へ行って馭者や床屋や門番になってしまいます。バルタイアの一家は死に絶え、ピピアの一家はナジヘヴィ村に移っていきました」

タグは黙り、分かれ道で立ち止まった。

「あなたは平原づたいに、ナツィスクヴィラリのほうへ行きなさい。私はあの楢の林を回って行きましょう。もしかしたらどこかに雉がいるかもしれません。トネリコの木立ちのあたりでガフに会うでしょう」

「私はガフを知らないぞ」

「知らなくたって大丈夫ですよ。村じゅうでひげなしの男はただ一人ですから」

私とタグは合図を決めた。タグが口笛を二、三度吹いた後に、私とガフがタグと合流することになった。

私は平原を進んだ。

途中で何羽かのコキジバトがそばで飛び立ったが、私は銃弾を節約することにした。太陽の光に焼かれた平原に隙間なく広がるトウモロコシの海に、白い帽子がいくつか漂っていた。私は農夫たちに近づき、ひげを見て、そのうちの一人としてガフではないことを確かめた。

トネリコのまばらな木立ちも通り過ぎた。

ツグミがセンニンソウの茂みのなかでさえずっていた。サヨナキドリがずっと鳴いていた。

小道の上に帽子もかぶらず裸足の人影がちらりと見えた。顔を見分ける間もなく、その男は獣のように怯えた様子でトウモロコシ畑にうずくまり、両手を高く挙げた。

「後生ですから撃たないで。私は……私は……ええ、そうです……トウモロコシ泥棒ではありません。見張り番さん、私はガフです、ひげなしのガフ。私は……私は……ええ、そうです……」

私は銃をそばに投げ捨て、ガフに近寄り、腕をつかんでガフを立たせた。私が見張り番ではなく、彼に何の危害も加えないことを分からせ、なだめた。だいたいトウモロコシを盗んでいたなどと考えるはずもなかったのだ。まだトウモロコシは実をつけてもいなかった。

私は自分が彼の敵ではなく、ここに来た理由は彼と一緒にウサギ狩りをするためだと説明した。

私が「ウサギ」と言ったのを聞いて、ガフの顔に赤みがさした。ガフは細い目で私を見つめた。

「ウサギなら、ええ、ここにたくさんいます。でも……」

「でも？」

私は口をはさんだ。

「ええ、そうです。あの三匹の年寄りのウサギが町に行って、土地委員会に我々のことを密告しました。ええ、そうです。昨夜、真夜中に私は執行委員会の委員長のオチガヴァに呼び出されました。今度ウサギたちに迷惑をかけたらただじゃおかないと。まったく忌々しい奴らだ……」

彼はまだ何か言いたいようだったが、舌がもつれ、「ええ、そうです」と繰り返すばかりだった。

私はよく話してくれたと優しい言葉をかけ、なんとかガフを落ち着かせた。

ガフは私についてきた。

道すがら驚いたヒワが翼をばたつかせると、ガフは立ち止まって右手を上に挙げ、左手を口に当てて、

「しっ……」と私に言う。

物音がやむと、ガフはにやりとする。私はガフが真剣な表情をしたときに、その顔をよく観察した。ガフはタグにそっくりだった。頭の形も額も同じだ。耳は真の破綻者のそれである。顎はほとんど無いに等しい。横顔にはひどく邪悪な表情が見え隠れしていた。獰猛な猛禽の横顔である。

それほど歳がいっているようには見えなかったが、ひげのない頬は冬を越した棗のようにしなびていた。ひよこの羽毛のように金色の薄い毛がまるで苔のように顔のあちらこちらを覆っていた。

背は低く、胸が窪んでいて、腰は曲がっている。

痩せており、ハシバミのチュルチヘラ*のように線が細い。

＊ 数珠状にしたクルミやヘーゼルナッツの実を、ブドウ果汁を煮固めたもので覆った菓子。

足は短く真っすぐで、手は子供の手のように小さい。

声はまるで女のようで、か細く不快な声だった。耳には耳垂れが、目には目やにがたまっていた。

痩せ細った体に僧侶のチョハのような黒い毛織の上着を着ており、端の擦り切れたその襟にフケや血がこびりついていた。話すときには汚い爪を噛んだ。右の袖は鼻水で汚れていた。

人差し指で絶えず鼻をほじくっていた。

時折ガフは怯えた目つきで私をじろじろと見た。私と言葉を交わすのを避けていたので、彼が何か考え込んでいた時に私のほうから話しかけた。最初の言葉はガフをひどく驚かせた。ガフはどうやら私の新しい狩猟用の革の上着と茶色の深靴をとても気に入ったようだった。彼はおずおずと私に尋ねた。あんたは町の役人で、この村で何かを調べているのかと。

私が役人でもなく、何かを調べに来たわけでもないことを、私はガフに説明した。それでガフはやや落ち着いた。

銃声が聞こえたとき、我々は平原の端までやってきて、森に近づきつつあった。口笛も聞こえた。我々は二人とも木立ちを横切ってタグのもとへ急いだ。

タグはブナの木の切り株に坐っていた。その膝の上には雄の雉が乗っていた。

「私はこんな大きな雉をつかまえましたよ。あなたたちは今までいったいどこに？」

「俺はもう鱒を五十キロほどもつかまえたぞ」とガフがタグに答えた。

「誓うか？」

「マヌチャルの魂に誓う。ひいい……ええ、そうです……ほら、こんなに濡れているだろう？」

タグは私をじろりと眺めた。私も朝露に濡れていた。タグは何も言わずにガフに近づき、平手で顔を打った。

「何度言ったら分かるんだ。父親の魂にいたずらに誓うんじゃない」

ひげなしのガフはその場にしゃがみこんだ。その顔はひどく歪んでいた。その瞬間、観衆がいたらば、ガフは嫌悪の混じった憐れみを大いに催させたかもしれない。ガフは細い目を踏みつぶされた蛙のように大きく見開いた。

「マヌチャルの魂に誓う。鱒を五十キロだ、五十キロ」と言って、ガフはげらげらと笑うと、慌てて木立ちの中へ駆けていった。

我々はガフを見失った。林のなかやトウモロコシ畑、平原、ニワトコやシダの茂みを探し回ったが、どこにも見つからかなかった。

「ああ、あのできそこないのせいでいい朝が台無しだ。腹が立ったら、その日はもう何もうまくいかない」

私は心を病む者に対してその振る舞いはあんまりだとタグをなじった。

「あなたのことは尊敬していますが、仕方がないのです……。分かってください。あの不幸な男のことで誰よりも胸を痛めているのは私です。しかし、奴はあまりに下卑てしまいました。近しい者が叱ってやらねば、もっとひどいことになるでしょう。村では大人にも子供にも馬鹿にされています。アラニア家やマカツァリア家の者たちは、そうしてバトニシヴィリ家を慰みものにして喜んでさえいるのです。これまでマヌチャル・バトニシヴィリは屋敷に狂人や乞食や道化師たちを抱えていたのだから、一人くらいうすのろのバトニシヴィリが我々を笑わせてくれたっていいじゃないかと。

アラニア家の子供たちがガフを追いかけて、『ううう、ガフ、ううう』とはやします。するとガフは石を投げ、チーズ売りみたいに顔をしかめます。時にはブリキの灯油缶を服に結わえつけられて追いかけ回されます。この前はアラニア家の者たちが犬をけしかけました。見たでしょう？　太腿を咬みちぎられたんですよ。だから、叱ってやらないと、ますます呆けるばかりです」

朝もやが林の上で切れぎれになった。

木々がざわめいた。

太陽がハコヤナギのてっぺんを照らした。黄色い絹のような光がオリーブ色の山や白い教会やノカラケヴィの砦に広がっていった。

ウグイスが近くの畑で鳴いていた。

「ああ、我々の狩りはもうだめです。この平原の端まで行きましょう。もしかしたらウサギに出くわすかもしれません。何もいなければ家に帰りましょう。まったく、あの乞食のせいだ」とタグがこぼした。

平坦な場所までまだ行かないうちに、林の中が騒々しくなった。

「はっ、はっ……ウサギだ。逃がすな、逃がすな」とガフが叫んでいた。

「私たちを騙そうとしているのは明らかですよ」とぶつぶつと言いながら、タグは念のために撃鉄を起こした。

私は前へ走っていき、平地にたどり着くとすぐに膝をついた。

茂みと林の間に並ぶ木々に沿って、髪を振り乱したガフがウサギを追いかけながらこちらに向かってきた。

私とタグの銃が同時に轟いた。ウサギは一度くるりと体を回転させてから地面に倒れた。

我々はそれに勇を得て平原を進んでいった。

狩りがタグとガフにいがみ合いを忘れさせた。

ガフは髪を振り乱し、草の棘で手足も服もずたずたに引き裂かれながら、茂みの間を死に物狂いで走った。

濡れた袖で顔の汗をぬぐい、まるでよく調教された猟犬のようにセンニンソウの草むらの中を駆けずり回った。

茂みの中に隠れてじっとしているキツネやウサギを見つけると、ガフは爪先立ちになって、両腕を上に挙げた。

それが合図だった。

私とタグは銃を構え、逃げ道を塞ぎながら獲物にこっそりと近づいた。獲物はすでに我々の手中にあった。

一服するまでに、我々はキツネ三匹に雉を二羽、ウサギを四匹ほどガフに担がせた。

一週間ずっと我々はこのように狩りをしていた。

土曜日、我々は狩りに夢中になるあまり、一日じゅう何も飲まず食わずで歩き回った。タグは私以上に熱中しやすい性質のようだ。ガフは家に帰りたがり、しきりにテムラの話をしては、家に帰してくれとタグに懇願した。しかし、タグ・サムギアはガフを放さず、夕方になれば平原の端の以前は畑だったあたりに雉が現れると言って、それを待った。タグは頑固な馬のように首を振り、ガフは黙って従った。


***

我々は夕暮れに家に戻った。

ちょうどその土曜日にこの悲劇が起こった。幼いテムラが腹を空かし、梨を取ろうとして木に上った際に、枝が折れて落ちたのだ。

草むらのなかで苦しむことなく息を引き取ったようだ。

隣人の女ツィラがテムラを見つけた。ツィラはテムラを抱え上げ、ひとまずベッドに寝かせた。

それからツィラはテムラのために卵焼きをつくり、体を撫でたという。そのときになって、テムラがすでに死んでいるのに気がついたツィラは、血相を変えて我々の家に飛び込んできた。

農民たちはテムラを嫌っていた。もしまた古い時代に戻ったならば、白痴のガフはさておき、成長したテムラが祖先の土地を取り戻そうとするだろうと予想していたのだ。

木の上の家で葬儀を行なうことは不可能だったので、テムラを下に降ろさねばならなかったが、私は怖くて死者に触れることができなかった。ガフはまるで完全に狂人になったかのようにトウモロコシ畑を這い回り、私は何度もガフを見失った。

私はタグ・サムギアを呼んできた。

タグはテムラのなきがらを肩に担いで下に降ろした。

納屋の周りに天幕を張り、テムラをそこに寝かせた。

それから、タグとガフとこの文章を書いている私は、一日じゅう板を切っていた。

我々のうちの誰も棺桶を買う金を持ち合わせていなかったので、小さなテムラに棺桶をつくってやった。

テムラの棺桶には白いブリキの天使の像や花輪こそなかったが、その代わりに私は小さな棺桶を飾るために野の花を集め、隣人のツィラと一緒にさまざまな花輪をつくった。素人がつくった鉋がけもされていない棺桶の板はすっかり隠れてしまった。

小さなテムラの金色の巻き毛や真っ白な額、そして化粧を施された目や眉毛だけが花輪の間から覗いていた。

青白い顔は美しかった。小さなテムラは白い雲のベッドにじっと横たわる幼い仏陀のようだった。

あれほど美しい死者は見たことがない。

ガフは泣いてもいなかった。黒いチョハを着た参列者や頬を掻きむしって悲鳴を上げる者たちも来なかった。

ガフは昼も夜もずっと棺桶のそばにうずくまり、かすかに聞こえる低い声でテムラの死を悼んでいた。

悼むとは言ったが、それはこの絶望的な悲嘆を表すにはまったく力不足の言葉である。

オディシ地方の女たちが悲鳴を上げ、しゃくり上げて泣く姿は、いかに人をぞっとさせ、胸を突き刺すものか。それをオディシ地方では「トヴァルア」と呼ぶ。

髪を振り乱し、頬を掻きむしった女たちが死者を弔って慟哭する。

一人が死者に声を掛けると、それに続いて、一列に並んで坐った人々が泣きながら「ああ、ああ」と叫ぶ。このような「トヴァルア」を聞くと私は鳥肌が立つ。

ひげなしのガフの弱々しい不明瞭な言葉はそれにもまして恐ろしいものであった。

憐れなガフは泣くことすらできないのだ。これまで誰もガフが泣くのを見たことがなかった。

私はガフと一緒に丸太の上に坐りながら、彼の驚くほど混乱した顔を見つめていた。その想像もつかないほどの悲しみに、私の心もおのずとかき乱された。

日曜日の夕方に雨が降り出した。雨は三日間降り続いた。

ガフ、タグ、隣人のツィラ、そして私の四人だけで墓地にテムラのなきがらを埋めた。

雨が降り続いていた。天のかけらが降りしきっていた。我々は膝までぬかるみにつかりながら歩いた。

我々が墓穴を掘ると、墓穴の中に腰ほどの深さの水がたまった。

私とタグが苦労して水を汲みだした。私がシャベルを持つ手を休め、墓穴の縁に立っているガフを見上げると、泥だらけのガフは上着の前を開いたまま、憔悴して立ちつくしていた。頬はこけ落ち、目の下には深い隈をつくり、ほとんど魂が抜けてしまったかのようだった。

ガフは涙を流していなかった。しかし、人の顔はそれ以上の悲しみをたたえることはできないだろう。

＊＊＊

私は狩りも、この村にやってきた時間も呪った。

「気にすることはありません。ガフは明日になれば何も憶えていないでしょう。天気が良ければ我々は明日も狩りに出ます。子供が死ぬのはとっくに分かっていたことです」とタグは私を納得させるように言った。

「子供を私に渡すよう何度言ったことか。私には子供も、財産を残す者もいません。私の財産をすべて墓に入れてくれと言ったたって無理な話ですから。でもガフは頑としてテムラを渡しません。シナノキの上につくった小屋からテムラが落ちて、手足をくじいたことも二、三度あったんです。それでもガフはテムラを手放しませんでした」

タグ・サムギアはまるで他人事のように言った。

＊＊＊

二日後、私たちはナツィスクヴィラリでガフに出会った。

ガフは茂みのなかに立っていた。

「おい、乞食者め、何を見ている?」

「目がよく見えなくなったんです。鴨がいるかどうか見てください」

タグ・サムギアはガフが見ていた方に目を向けた。

私もそちらを見た。

「間違いない。鴨だ」

「鴨?」

タグは返事をためらって沈黙を選んだ。

私は奇妙に思った。ガフはまるで別人のようだった。

ガフは頭に縁の擦り切れたえんじ色の毛皮の帽子をかぶっていた。

くすんだ白いシャツのボタンはすべて留められており、細いベルトはきつく締められていた。上下さかさまの山羊皮の脚絆に、紐を通す穴がついたグルジアの革靴。

振る舞いはまともで、嘘も言わず、顔を歪めることもなかった。

タグがガフに遠慮がちに接していたのにも気がついた。

その日は、「乞食者め」と呼んだのは一度きりで、それからはずっと「ガフさん」、「俺の大事なガフ」、あるいは親しげに「ガフ」と呼んでいた。

その日、ガフは猟犬の役目を果たすこともなかった。ガフはタグと二人きりになることを意識的に避け、私のそばを離れようとしなかった。

私は一、二度ガフに銃を握らせたが、ガフは撃つのを拒んだ。そして悲しげに言い添えた。「私はあなたのためだと思って出てきたんです。そうでなければ狩りなどする気分になれましょうか」

私は悪い予感がした。

タグはなぜか不機嫌で無口だった。平原づたいに何かから逃げているような様子だった。

タグが二、三度銃を撃った。

林のなかでカラスやカケスのうるさい声や小鳥のさえずり、ツグミの甲高い鳴き声が騒がしく入り混じった。

私たちは平原を歩きながら何度もタグの名を呼んだ。しかし、タグの姿はどこにも見えなくなってしまった。

私とガフは森を避けて進んだ。

東も西もサテンのように照り輝くトウモロコシの海原が広がっていた。

青。

いや、生い茂ったトウモロコシの紺碧の海。

我らが画家たちはこの景色の喩えようもない美しさを顔料で表現したことがない。

グルジアの詩人たちはトウモロコシの錦のひめやかなざわめきを歌ったことがない。

槍ほどの高さに太くまっすぐ伸びて成熟したトウモロコシが、黒海の息遣いに揺り動かされて輝き、スヴァネティの短剣のように研ぎ上げられた奔放な翼をはためかせている。中には、早くも銀色の冠羽を頂に広げ、高い塔に掲げられた騎兵隊の旗のように誇らしげに立っているものもある。

何百万本あるだろう！

何千万本、何億本ものトウモロコシが青々と育ち、ざわめき、歌う。

鍬を持った農夫の姿はもはやどこにも見えず、白いイグサの帽子がちらほらと見え隠れするのみ。見渡す限りの大海の奥から畑仕事の歌声が聞こえてくる。

私とひげなしのガフはナツィスクヴィラリの小高い丘にある崩れた古い塔の石に坐っていた。

古くはこの塔が近くを通る道を、谷じゅうを、そしてテフリ川の対岸までも守っていた。

地面の上に煮えたぎるような熱気が横たわっていた。

よどんだ空気の中をひっそりと吹く穏やかな風がシダレヤナギの枝をゆっくりと揺らしていた。コオロギたちの整然としたオーケストラが自然の眠りを覚ましていた。

ガフは石に坐っていた。煙草の火はすでに消えており、坐ったまま宙を見つめていた。その細い目は無言の悲しみに焼き尽くされていた。

ガフはニコチンで黒ずんだダンチクの煙管を黄ばんだ指の間に挟むと、左手の手のひらを打ちつけ、草の間に落ちた煙草の燃えかすに目をやった。

丘のそばのトネリコの木立ちがにわかにざわめいた。

ガフは怯えた。

「何があったか見てきましょう」と言って、ガフは丘の斜面を駆け下り、シダの茂みのなかに消えていった。

砂色の雨雲が太陽に忍び寄った。

私は丘の上に黙って立ったまま、空の錫色の模様が変わっていくのを眺めていた。

黒海の端から白い、真っ白な雲の一団が流れてきた。その白い鳥たちに、より厚い灰色の雲が立ちはだかった。

目に見えぬ手が砂色の濃い顔料で空に線を引いていた。おぼろげな顔や、しなやかな縁をエナメル細工で緻密に飾られたスケッチが入り乱れて散り散りに消えていく。空に濃い色が増し、太陽の西側から赤みがかった不快な光が混ざり合った。コーカサス山脈の山々に雷の光が走り、金属色に熱せられたトウモロコシの海を花火のような炎が横切った。

私は塔の礎石にじっと坐ったまま、トウモロコシの海原が色を変えながら波のように揺れ動くさまを眺めていた。

私は煙草に火をつけた。

それから丘を駆け下り、トネリコの林の中に入った。

ガフがシダの茂みの上に倒れ込んでおり、まるで礼拝を捧げているかのようだった。地面に膝をつき、何度も立ち上がっては、目を手で覆い、再び倒れて泥だらけになりながらしゃくりあげて泣いていた。

私はこっそりと近づいた。

ガフはひどく小さな声で嗚咽していた。

私はガフの腕をつかんで立たせた。

ガフにかける慰めの言葉も尽きてしまった。

「しようがない、ガフ。我々は皆、土に還るのだ。泣くんじゃない」

「これが泣かずにおれましょうか。私がこれまで苦労をしてきたのもテムラのため、我が身を世間の笑い者にやつしたのもテムラのためでした。だいたい他人はともかく、あの男まで私をあざ笑った……」

「あの男とは誰のことだ？」と私は尋ねた。

「タグですよ」

一瞬、やれやれまた二人の喧嘩かと私は思った。賢そうに私を見つめるガフの目から涙が流れていた。それで私も疑念を抱いた。

涙よ！　お前は悲しみに焼かれた顔を、アダムの末裔の最も醜い男の顔を美しくする。

涙よ！　お前は干からびた心には天から吹きつけられた霜のよう。


「タグ・サムギアか？」

「タグがサムギアなもんですか。サムギアではなく、血を分けた私の兄です。ええ、そうです。タグも私を嘲笑していました。憐れ、一人ぼっちの私にどうすることができたでしょう。私の兄弟たちは外国に逃げてしまいました。タグはサムギアだと思われて、誰も手をかけませんでした。ええ、そうです。私は助かりました。しかし、こんな暮らしでは助かった甲斐がありません。ええ、そうです。私も逃げればよかったのです。しかし、テムラを誰に託せばよかったのか。テムラ、私のテムラ……」

ガフは再び両手で顔を覆い、地面に額を三度打ちつけた。

ガフは砂を掻き、手で土をすくって口に入れ、女のように泣き喚いた。

私は思わずこう言いそうになった。「我らの父は罪を犯し、我らその罪を負ふなり……我らの頭上の冠は落ちたり。我ら罪を犯したれば禍なるかな」

私はガフをなんとか落ち着かせ、再び一緒に丘に上った。

「ええ、そうです。私は考えました。狂人のふりをすることにしたのです」ガフは話を続けた。「そうするよりほかありませんでした。村じゅうの農民が亡き父を恨んでいたのです。父が農民たちの口ひげをむしっていたのを憶えています。大の男を倒させ、胸に熱い粟粥を乗せて犬に食わせたこともあります。ええ、そうです。犬たちが争って、手足を縛られた男を咬んだことさえありました。でも、その時、私はまだ子供でした。ええ、そうです。今の私にどうしろと。ええ、そうです。せめてテムラだけは守るため、私は自尊心を捨てたのです。今となってはもう狂人と思われようが、賢者と思われようがどうでもいいことです。私を好きなようにすればいい」

＊＊＊

森に霧がかかった。

霧はナツィスクヴィラリの周りの沼地からゆっくりと立ち上っていた。霧はエキ山の翠玉色の斜面を覆った。コティアネティの白い教会やノカラケヴィの巨大な砦の跡も霧に包まれた。

私とガフは身動きもせずに坐っていた。

空気が湿っていくのが感じられたが、私は沈黙を破らなかった。

ガフは眉毛のあたりまで深く毛皮の帽子をかぶっていた。その濁った目に何らかの考えが霧のように宿っていた。

＊＊＊

夕食後、私とタグ・サムギアはベランダに坐っていた。二人ともまったく眠くなかった。

オディシ地方では八月の風は不快な風である。その夜、まさに八月の風が吹いていた。

タグ・サムギアは食卓に頬杖を突いて、夜闇を見つめていた。窓台に置かれたランプの黄色い光から目を背けていた。

「なあ、タグ、ガフは自ら命を絶つのではないかと思うが」

「何を馬鹿なことを。ガフがまともな男だったらとっくに自決していたはずです。野良犬みたいに林の中を走り回っているでしょうから、二、三日中にまた会いますよ」

私が黙っていたので、タグは話を続けた。

「自決は誰にでもできることではありません。これもついでに話しましょう。

私にまだひげも生えない頃でした。アブハジアの母の村へ妻にする女を探しに出かけました。こんな話を信じない者もたくさんいるでしょうが、タティアの魂に誓ってこれは本当の話です。タティアにもすべて話したわけではありません。

あなたはタタシ・チャチバの娘、今は亡き私の妻タティアを知っていたはずです。

タティアの後でほかに望んだ女はいません。だから今日まで私はこの通りです。

話が逸れました……

アブハジアの母の村に行ったときのことです。

あの頃はいい時代でした。

私の馬や鞍、私が身に着けていたようなチョハや服、マント、ベルト、短剣は、サムギアの一族どころか、バトニシヴィリ家の多くの者たちさえ憧れたものです。私は兄弟の契りを結んだジャンスグ・アギルバとともに、婚礼の介添人として母の村からアンチャバゼ家の者たちについてガリへ行きました。ジャンスグは一目見たら誰でもうっとりするような、金剛石の粒のように美しい男でした。まあ、私が賊徒だったころの話をあなたが書いたとしても、無駄ですよ。誰も信じないでしょうね。

ジャンスグ・アギルバは私の右腕でした。

十六歳か十七歳の青年で、獅子の仔のように機敏でした。戦いでは目にも留まりません。

チャチバがガリで結婚式を挙げました。筆舌に尽くしがたいほどの盛大な結婚式です。ありとあらゆる料理が並べられています。宴卓は馬二頭が自由に走るほどの長さです。チョハの裾を折り、腕まくりした給仕たちが宴卓に運んでくるのは、仔牛の串焼きや皮にくるんで熾火で焼き、新しいスモモのソースや果汁を添えた仔羊、みずみずしいチーズを詰めた仔豚、土鍋で焼いてコエンドロと酢で味付けしたノジヘリ川の鱒、若鶏の串焼き、ニンニクと一緒に丸茹でした雌鶏、汁なしの七面鳥、七面鳥のサツィヴィ[*1]、若鶏のスープ、サツィヴィにした雉肉、できたてのスルグニ[*2]、ハッカを混ぜて捏ねた挽肉の串焼き、胡椒とキダチハッカで和えたクチマチ[*3]、粟粥、クム[*4]、パン窯で焼いた種なしパン、ラヴァシ[*5]、スズカケの木の葉に乗せて焼いたトウモロコシのパン、オルピリ村のチョウザメと背肉の干物、蟹の胡桃詰め。

＊1　鶏や七面鳥などの肉を煮て胡桃のソースに入れた料理。
＊2　サメグレロ地方のチーズの一種。
＊3　牛あるいは鶏のレバーや心臓を茹でてスパイスで和えた料理。
＊4　炒った黍粉に水と蜂蜜を加えて捏ねたもの。
＊5　平たいパン。

オジャレシ、ハルダニ、カチチ、カピストニの葡萄酒、蜂蜜のウオッカ。いや、とてもすべては数え上げられません……」

（タグ・サムギアがこれを話していたとき、私はすでに夕食を済ませていたが、それでも思わず生唾を飲み込んだ）。

「タマダはマハズ・シェルヴァシゼでした。私とジャンスグはその結婚式でチャチバの末娘タティアを気に入ったのです。

その晩のうちに二人ともすっかり惚れ込んでしまいました。

三日目の朝が明けても、宴は終わる様子がありませんでした。

マハズ・シェルヴァシゼが岩山羊の角杯で私たち、エングリ川のこちら側の者たちに何度も乾杯を要求しました。私たちが角杯を飲み干し、エングリ川の向こう側の者たちに角杯を渡しました。

私も大いに飲んでいました。

五杯目を空にした時です。ギディ・エムフヴァリに角杯を渡して、外を見ると、ジャンスグ・アギルバとタティア・チャチバがウズンダラを踊っているのが見えました。

あれほど似つかわしい男女は他にいないでしょう。

タティアの目と眉毛はまるでペンで描いたようでした。髪が服の上で揺れていました。

ジャンスグ・アギルバはタリエルのように光り輝いていました。

一瞬、『ジャンスグ、許さないぞ』との思いが私の脳裏をよぎり、私はよろめきました。エングリ川の向こう側の者たちはそれを見逃がさず、五杯目でエングリ川のこちら側の者が一人酔いつぶれそうだと喜びました。

踊りが終わると、ジャンスグは私のところに来て、外についてこいと耳元で私にささやきました。

席を離れるわけにはいきません。ただでさえエングリ川の向こう側の者たちが目を光らせています。

しかし、ジャンスグは短剣の柄に手をかけて言うのです。今すぐついてこなければ、母の魂に誓って、この短剣を自分の胸に刺すと。

ジャンスグ・アギルバはいたずらに母親に誓う男ではありません。

気が進みませんでしたが、我々は二人でこっそりと外に出ました。

軒下に出ると、ジャンスグは私の肩に手を置いて言いました。『俺たちは兄弟だ。隠さず言ってくれ……お前はタティアに惹かれているんだろう?』と。タティアの名は私の心を雷のように打ちました。

私とジャンスグが互いに秘密を持ったことは一度もありません。しかし、タティアについて、私は臆面もなく義兄弟に嘘をつきました。

『馬鹿言え、誰のことだ?』と私は尋ねました。

『タティア・チャチバだ』との返事は、銃弾のように私の胸を焦がしました。

私は、一度ならず共に銃に胸を向けたジャンスグに、誓いを偽りました。

ジャンスグはそれでも私を疑っていました。

私は力を振り絞りました。恥知らずにもジャンスグの目を見て言いました。

『母の魂に誓う。俺はタティアに惹かれていない。だいたい、チャチバ家のタティアとサムギア家のこの俺では、どうにもなりようがないのは分かるだろう』

『それなら』とジャンスグは私の頬に口づけして言いました。『タティアはツェレテリ某の許嫁だと聞いた。頼む。この結婚式が終わり次第、タティアをさらうのを手伝ってくれ。タグよ、タティアが俺のものにならなかったら、俺は命も要らない』

ジャンスグ・アギルバは愛のためなら死も喜びとする類の男です。この言葉を聞くよりも大地が裂けたほうがましでした。しかし、偽って言ってしまったものはもう仕方ありません。私は心を決めました。どうにかして手を引き、私が一人でチャチバの家を襲ってタティアをさらおうと。

我々はそれからさらに三晩飲み続けました。介添人たちの意地の張り合いはきりがありませんでした。ようやく五日目に、エングリ川の向こう側の者たちを茹でたトウモロコシのように寝かせてから、我々は馬に乗って出発しました。私はジャンスグに懇願しました。まず母の村に戻ってから、よく勘案し、計画を練った上でことにかかろうと。そもそも、その頃、チャチバ家を襲って娘をさらうのは決して容易なことではありませんでした。

巨大な庭はとても破れそうにない棘のある生垣で囲まれていました。

家には狼のような兄弟が二人おり、そのうちの一人は二等大尉です。

チャチバ家の犬も、家の周りに小鳥が一羽も寄りつかなくなるような犬たちです。

今は亡きジャンスグは頑なでした。すぐに取りかからぬなら、お前の目の前でこの短剣を胸に突き刺すと。

私に何ができたでしょう。ジャンスグに従うしかありませんでした。我々は急いで計画を立てました。

私はガリにピピア某という知り合いの農夫がいました。ピピアにはガリのあたりの動静を我々に伝える任務を負わせていました。

私はジャンスグを森に隠してから、帽子を深くかぶり、チョハを着ずに胸元を開け、丸腰で歩いてガリに戻りました。

私はピピアに秘密を守ることを約束させ、二人で大きな籠をつくりました。

それから夜中にジャンスグを呼び寄せ、三人でチャチバの家に向かいました。

ピピアがトネリコの林に馬を隠しました。

我々の計画はこうでした。一人がチャチバ家の庭の木に上ります。もう一人はそばのどこかに身を隠し、口笛で犬をおびき寄せます。その後は息を殺し、今度は木の上に上った者が続けて口笛を吹きます。犬たちは籠の中の肉をめがけて走っていきます。犬が籠に入ったら、木の上にいた者が綱で籠を木の上に引き上げます。それから二人で眠っている家人たちを襲います。

ここでもジャンスグは強情でした。どうしても自分が木に上ると言います。これが一番危険な役目に思われたので、自分がやると言い張ります。私はそれも受け入れました。ああ、罪深き魂よ。私はそれを少し喜びもしました。

月夜でした。チャチバ家の庭に立つ何本もの巨大なスズカケの木の影が屋敷をまるごと脇に抱えていました。我々は苦労して籠を庭の中に運び込みました。

フクロウの声が遠くから聞こえるほかは物音はありませんでした。ジャンスグはトネリコの木の上に上りました。

私は銃弾が届く距離に古い楢の木を見つけ、そのうろに身を隠しました。

私は静かに口笛を吹きました。

犬たちが吠えながら私のほうに駆けてきました。あたりを歩き回り、私を捜しながら吠えていました。

私はポケットから肉の切れ端を取り出し、一頭ずつ静かにさせました。

ジャンスグは、わざと自分を追いつめたのか、それともタティア会いたさに気が急いたのか分かりませんが、焦っていました。

ジャンスグはしきりに口笛を吹きました」

タグ・サムギアがそこまで話したところで、西のほうから大きな火の手が上がったのが目に入った。

「タグ、どこかで火事だ」と私は叫んだ。

タグは話を止め、首を伸ばした。

私たちは二人で見ていた。

勢いを増した炎が宙にひらめいていた。

炎は瞬く間に大きくなり、二倍になり、まるで空中に浮いた巨大な塔を覆うように、いくつもの枝に分かれた。

火はますます強くなった。

大地から立ち昇った、いくつもの角を生やした炎の塔が、空中でしなり、揺れていた。炎は天に体を伸ばし、血に染まった雲の乳房を舐めていた。

火事は何度も見てきたが、これほど美しい火事は見たことがなかった。


たちまち村じゅうが恐怖に息を呑んだ。

不意に叫び声が聞こえた。その声にあちらこちらから叫び声が返された。

その騒ぎで犬も吠え出し、女たちの悲鳴が響いた。

私とタグは帽子もかぶらずに走って外へ出た。

教会の前の広場で二人の男に出くわした。

聞けば、夕食後にガフが、木の上の小屋と、アラニア家の側にあったトウモロコシ倉に火をつけたのだという。火はシナノキの老木に燃え移り、そこからアラニア家の納屋や小屋に広がった。村じゅうが大騒ぎになった。

怒った農夫たちが燃え盛る火をなんとか消し止めた。焼けたのは五棟だけで済んだ。そのうちの四棟はアラニア家、一棟がギトレンティア家のものであった。

「ちくしょうめ、我々はマヌチャル・バトニシヴィリの罪をガフに問わなかったが、ガフは狂人のふりをして、我々をまんまと騙したのだ」八十歳のトチ・アラニアが舌をもつれさせながら話していた。

「変だと思ったのだ。昨夜はしっかりとした話しぶりだったから。去年の秋からトウモロコシ八キロの貸しがあったのも持ってきた。尼僧のタシアには粉を二瓶も届けたそうだ。テムラの墓をよろしく頼むと。どうやら……」

タグはうなじを掻きながら、言うべき言葉を探していた。

私たちは二人とも黙ったまま家に戻った。

「こんなひどいことをするくらいだ。運命に見放されたあの男がけじめなどつけられるはずもない」

あれほど風の強い日には、アラニア家の者たちが消し止めなかったら、村じゅうが焼けていただろう。


「私はやはりジャンスグ・アギルバの運命がとても気になる」と、家のベランダに上がって、私はタグ・サムギアに言った。

「……ああ、記憶の糸がどこで途切れたかも憶えていません」

「お前は、ジャンスグがしきりに口笛を吹いたと言っていた」

「……それから、チャチバの屋敷の階段を白い人影が駆け下りてくるのが目に入りました。厩舎からは銃を手にした男たちが飛び出してきました。何匹もの犬がジャンスグに向かっていき、男たちもその後を追いました。

私が隠れている場所から、チャチバ二等大尉が上着も着ずにこちらに向かってくるのが見えました。月明かりに拳銃が光っていました。どうやら、犬たちがまずどちらのほうへ行ったか、ベランダからうかがっていたようです。

二頭の猟犬が二等大尉の後を追いかけてきました。飼い主がけしかけ、二頭は私がいた楢の木の周りを走りながら吠えていました。

狼の餌にすべきそのうちの一頭が後ろ足で立ち上がり、楢の木のうろの中に飛び込んでこようとしました。私は流血を避けるつもりでした。しかし、事態が悪い方向に向かっているのは明らかでした。

私は銃を使わないことに決めて息を殺しましたが、そのときです。銃声が響きました。

火薬の臭いが鼻をつき、私の心は血を求めました。

ああ、ジャンスグが撃たれたと思った私は、うろの縁に拳銃を乗せて構えました。すると、チャチバが私に撃ってきたので、私も撃ち返しました。チャチバが倒れるのが見えました。今度はチャチバの三人の乳兄弟が楢の木の根元のほうへ飛び出してきました。

私はうろを伝って上へ這い上がり、そこから男たちに弾の雨を浴びせ、震えあがらせてやりました。ジャンスグのほうの銃撃は止みました。おそらくジャンスグは助かったのだろうと考えて、私は下に降り、銃を撃ちながら道を切り開きました。

二頭の犬と三人の男が月桂樹の林の中へ私を追いかけてきました。私は穴に隠れ、犬も人間も生きて帰しませんでした。

翌日、私はピピアを遣って何がどうなったのかを探らせました。

最初に撃ったのはジャンスグ・アギルバでした。一人殺したようです。それからジャンスグは山猫のように木の上を駆け回りながら銃を撃っていました。弾が切れると、捕虜となってチャチバ家の者たちの前で辱めを受けるのを嫌ったジャンスグは死を選びました。

言い忘れていましたが、その頃、アギルバの一家にはチャチバ家に討つべき仇がありました。ジャンスグは最後の弾を自分のために取っておいたのです。

義兄弟は失いましたが、私がジャンスグの復讐を果たせたことはせめてもの喜びでした。それから一年も経たない頃、私は再びチャチバの一家を襲いました。二番目の弟は家にいなかったものの、行きがかりで父親を殺し、タティアをさらいました。

こんなことをお話しするつもりはなかったのです。もちろん誰にも打ち明けたことのない話です。こんな風に死ねる男はめったにいません」と言って、タグ・サムギアは煙管を手のひらに叩きつけた。

＊＊＊

翌朝、私とタグは、セナキから牛車でやってきた男たちが明け方に平原でガフに出会ったとの知らせを聞いた。

隣人たちに挨拶もせずに走り去ったという。

＊＊＊

聖母祭の前日の夜、テフリ川の堤の上流に仕掛けられていたアラニア家の網に、丈の短いチョハを着た背の低い男の死体がかかった。

網を岸に引き上げた者たちはすぐにそれがひげなしのガフだと分かった。

村じゅうがテフリ川の岸に集まった。

死体はかなり長い距離を流れてきたようだった。口から流れる血が亜麻のシャツを染めていた。

人々はいくつかの集団に分かれて立っていた。しばらくして声高な叫び声が口から口へと伝わっていった。

老人たちは脇に唾を吐き、陶製の煙管を吹かしながら頭の後ろを掻いていた。人々の集団の間を若者たちが忙しなく駆け回っていた。白い長頭巾がひらめいていた。

不意に人々の動きが止まった。

「ああ、ああ……そうだ、そうだ」

あちらこちらから声が聞こえた。

村人たちはマヌチャル・バトニシヴィリの罪をせめて死者に負わせることにしたのだ。

死体は川岸の砂の上に仰向けになっていた。

私とタグ・サムギアは死体のそばに立っていた。

人々の間から、脚絆をつけて白い長頭巾をかぶった二人の青年が死体のもとに駆け寄ってきた。

私は脇に退いた。

タグ・サムギアは死体の足元にじっと立ったまま、短剣の柄に手を置いて地面を見つめていた。

白い長頭巾をかぶった二人が死体のところまでやってきたとき、タグ・サムギアは二人を興奮した目つきでじろりとにらんだが、何も言わなかった。

タグの顔はまるで蝋燭のように白くなり、それから再び赤らんだ。タグの顔に血が上った。

私は見た。それは仮面をかぶったマヌチャル・バトニシヴィリの血だった。再び白日の下に出ることを恐れていた盗賊あがりの、領主の血だった。

白い長頭巾をかぶった二人が死体に手をかけた。そして、ガフの無様に曲がった体をテフリ川の青白い波の中に戻した。

こうして憎しみは死の境界を越えた。

（一九二七〜一九二九年）

ギオルギ・レオニゼ（一八九九〜一九六六）

Giorgi Leonidze

一八九九年、カヘティ地方パタルゼウリ村に生まれる。

詩人として「ゴグラ」の愛称で親しまれた。現在も人々に愛誦される作品が少なくない。とくにジョージアの歴史や伝承あるいは故郷カヘティ地方の自然など、民族的・愛国的なモチーフに題をとったスケールの大きな作品が特徴的。ジョージア文学の研究においても多くの業績を残し、ジョージア作家同盟書記長（一九五一〜一九五三）、ジョージア文学研究所所長（一九五七〜一九六六）などを歴任した。

一九六二年に短篇集『希望の樹』を発表。冒頭で著者は、「この小さな本は私が子供の頃にジョージアの村で体験し、見たことの回想録である。果物を乗せた盆やかごのように読者に差し出し、子供時代の思い出の果実を分かち合いたい」と述べている。それぞれ独立した内容の二十ほどの短篇から構成されており、本書にはそのうちの二篇、表題作の「希望の樹」と「マリタ」の翻訳を収めた。短篇集は後に映画監督テンギズ・アブラゼによって映画化された。

一九六六年没。トビリシ市内の偉人廟に葬られている。

გიორგი ლეონიძე

希望の樹　ნატვრის ხე

夕方、エレプテル輔祭は村の広場に立ち、村人たちの話に耳を傾けていた。

このエレプテルというのは、先月の祭りの日、村にやってきた気まぐれな客たちが、「なんだその名前は」と難癖をつけて棒でさんざんに打った、あのエレプテル輔祭である。

エレプテル輔祭については村の司祭も、「エレプテルがもし二人いたら、一人は間違いなくわしが絞め殺してたな！」と言っていたものだ。

エレプテル輔祭は信仰よりもむしろ酒の方が得意な男で、偏屈で、酒盛りに目がない大酒飲みだった。教会の礼拝ではいつもにこりともせずに聖書をぶつぶつ読んでいたが、詩篇の中の「葡萄酒は人の心を喜ばす」という箇所だけは心を込めて朗々と読み上げるのだった。

日が暮れかけた頃、草原から牛の群れが戻ってきた。村人たちはみな牛の世話をしに帰っていったので、村の広場は空っぽになった。何の用もないエレプテル輔祭のそばには、ひどく貧乏な農夫エリオズだけが残っていた。

「おい、知ってるか？　ヴェシャの泉の水は不死の薬なんだぞ」とエレプテル輔祭はエリオズに話しかけた。

輔祭は通りかかったアブディアという少女の手から水差しを取り上げると、それを口につけた。輔祭はまず水を口に含んで味わってから、ごくりと飲み込んだ。それから続けて何口もごくごくと飲んだ。満足して力が抜けた輔祭は小声で言った。

「おい、まさかヴェシャの泉を知らないのか？」

「その泉はどこにあるんだ？」

「テトロビアニの山の中だ」

「それで、その薬は何に効くのさ？」とエリオズは遠慮がちに尋ねた。

「普通の薬じゃない。不死の薬だぞ」

「その『フシ』ってのは何のことだい？」

「いつまでも生きていられるんだよ！」

エリオズは怯えて後ずさりした。

「いやだ、そんなのいらない！　こんな辛い貧乏暮らしはもうこりごりだ」

「ばかめ、誰がお前にくれてやるものか。お前みたいな奴が泉に近づけるわけもない！」と言って、輔祭はあらためてエリオズに目を向けた。

エレプテル輔祭は憤慨してエリオズを眺めていた。彼が見つけた不死の薬をいらないなんて、そんな愚かで無礼な男が果たしてあったものかとひどく驚いていた。

輔祭はいたずらに腹を立てていた。子だくさんのエリオズはおそろしく貧しかったのだ。

「腹を空かした犬でもエリオズからはパンをもらわない」と近所の者たちがよく言ったものだ。土地もなければ日々のパンにも事欠くエリオズのあばら家の前には、いつも水たまりがあって、緑色の蝿がうじゃうじゃ飛んでいた。ぼろきれ……ごみ屑……空腹……ひどい貧しさが永遠に続くことなど、哀れなエリオズが望むはずもなかった。

エリオズは心優しい男で、情熱的な夢想家だった。過酷な暮らしも彼の心の中にきらめく夢の火花を消すことはなかった。彼は自らつくり上げた奇妙な夢によって、猛獣のように襲いかかってくる現実から身を守っていた。

最初、彼は金の卵を産むという鶏を探してやぶの中を歩き回った。その後は、金の魚を探すのに夢中になり、ズボンの裾をまくり上げて何日もイオリ川の中に立っていた。川底を引っ掻き回し、水をせっせと汲み出し、網も銛《もり》もぼろぼろになるまで探しつづけた。せせらぎを干上がらせ、最後には素手で魚を追いかけたが、ついぞ金の魚を手にすることはできなかった。

エリオズは今、どんな願いも叶えてくれるという希望の木を見つけ、その木の実を口にすることを夢見ていた。それが果たされた暁には、彼はたちまち大金持ちになるはずだった。

エリオズは信じていた。一月の凍てつく夜更け、森の中で空が真っ二つに裂けるのを目にすれば、花をつけた美しい魔法の木が姿を現す。その美しさは何ものにも譬えようがない！　その木には一時間のうちにまた次の花が咲き、実をつける。その実を手に入れ、かじった瞬間、貧しさは永遠に消えてゆく！　こんな話を誰がエリオズに吹きこんだのか、私は今でも分からない。確かなのは、一月、凍りついた空が今にも張り裂けんばかりの夜に、ぼろを身にまとったエリオズがたった一人でしばしば森の中をうろついていたということだ。空が二つに裂けたらば、どんな願いも叶えてくれる木が姿を現す、ただそれだけを待ち望んで。

「熊やら狼やらハイエナが出てくるかもしれないのに、森の中を空手で歩き回るのが怖くないのか?」

しかし、エリオズには花をつけて赤や黄色に輝く木の他は何も見えなかった。いかなる恐怖も危険も彼の目には映らなかった。ぼろを着た彼の体は夢にくるまれて、耐え難い寒ささえ感じないようだった。

妻や子供たちは、森へ行かないでくれとエリオズに懇願したが、そんなことで諦めるような男ではなかった。そのうちに妻や子供たちも気に留めなくなった。エリオズが森からよく柴の束を手にして帰ってきたので、家族はそれを喜ぶようにさえなった。

「希望の木は見つかった?」私は時々笑顔でエリオズに尋ねた。

「まだだ、でもきっと見つけるぞ!」

「森の中は寒いだろう。凍え死にそうにならないのか?」

「しようがないさ」

ある冬の朝、きしむような寒さの中、かたくなったエリオズの体が森から橇で運び出された。願いを叶えてくれる木を待ち望み、森の中を探し歩いていたエリオズは、氷の花が咲いた木の下で凍りついていた。

「エリオズは本当に美しい木を選んだものだ。あんな木を見られたらもう何も惜しくないだろうな。数え切れないほどの氷の花が咲いて、氷のひだやリボンに飾り立てられて、まるで絵に描いたようだったよ」と、暗い森の中で凍りついたエリオズを偶然見つけた森番のボダヴェリが言った。

そして……

エリオズの棺はぼろぼろの納屋の板を外してつくられた。

葬式が済んだ後の会食の席で、エレプテル輔祭はまた酔っ払っていた。彼の願いがまた叶えられたのだ。その次の日、彼は憂さを募らせるばかりの宿酔をこぼしていた。

哀れなエリオズは結局、恐ろしい現実から逃げることはできず、その命を夢の木に捧げたのだった。

詩人とは決して紙の上で調子をつけて話す者たちだけではない。詩人の目を、詩人の心を、大きな夢を持つ者たちはこの世界にたくさんいるのだ！

マリタ　მარიტა

太陽が嫌いな者がどこにあろう。

大きな鷲は太陽を目指す。毎朝「空へ」と鳴く小さな雲雀《ひばり》も、翼をふるわせて大空へ飛んでいく。

太陽を愛していると言えば、何よりまずは柘榴《ざくろ》。

石榴の花の放つ稲妻のような光が私を焼き焦がす。

私は燃えるような花が好きだ。太い蝋燭のように眩しく輝き、太陽の国の光を発する、熔けた黄金の炎の奔流。まるで太陽をすっかり吸い込んだかのような、そのはち切れんばかりの心を私は愛してやまない。

いいや、私は信じない。その花が、他の花のようにいつか萎れ、枯れ落ち、跡形もなく消えてしまうなんて、私は信じない。

それは太陽から生まれたのだ。蕾の中に閉じ込められた光の歌声。そこには清らかな光が流れる音が刻み込まれており、その端々に太陽の片鱗が見える。

心ある者はこう言うだろう。それはもはや花ではない、光の川のきらめきだ。

石榴の花のように私の夢を包みこんだマリタは、まさにそのような自然の賜物であった。輝きに満ちた、私の子供時代の星の花。

マリタ！

まるで太陽から落ちてきたかようなマリタ。

マリタは生身の女ではない、昇る月だった。

マリタ――我が子供時代の友、女たちの女王！

「お前の名前は『お日さま』とでもすればよかったのに」と多くの者がマリタに言ったものだ。

マリタを知った後では、私はもうキンツヴィシの教会の神々しいフレスコ画にも、アルマジの美女セラフィタ*にも驚くことはない。

＊　一二世紀の石板に美女として記された身分の高いジョージア人女性。

「神様を見たことがないなら、ムハトツカロ村に来ればよい！」

大袈裟に言うのではない。マリタの美しさを一目見ようと本当に近くの村々から人がやってきたものだ。人々はマリタを見て、「いったいどこから生まれてきたのか」と驚きの声を上げた。

そう、マリタは我々の谷の宝石だった。

金剛石のようなその美しい顔立ちは今も私の目に焼きついている。五月の白い雨のように静かで可憐なきらめく青い瞳。鳩のような愛らしさ、しとやかな身のこなし。ヤマナラシの木の下に身を寄せるそよ風のごときたおやかさ。

マリタはまさに天女だった。

あなたは仔鹿の目に恋焦がれたことがあるだろうか。燕のようなまなこ、つややかなかんばせの虜になったことがあるだろうか。マリタの顔はまさしく光だった。その美しさは石榴の花のように匂い立っていた。

マリタが着ていたのは十コペイカばかりの木綿のワンピースだったが、彼女はそれで村の小道をまるで虹の遣いのように歩いた。自然とはなんと異なものか。ときにあまりに多くを与えてしまう。

マリタは容姿の美しさにもまして、心も美しかった。彼女の心には菫の花が咲いていた。

マリタは自然が彼女に与えたものを自覚していた。自然が彼女をその美しさに価する者と認めたことに心の中で感謝していた。そして、与えられた大いなる宝を、自らの美徳によって優しく丁寧に磨いていた……多くを恵まれたことを自ら知っていたのだ。彼女はその価値を理解し、それを大事にしていた。

「俺がマリタの姑の息子に生まれていたなら」と何人の青年が夢見たことだろう。

「マリタを妻にするのはどこの幸せ者だろう」

「百姓の娘のくせにあれほど別嬪とは」

「エテリ*だって百姓の娘だったじゃないか、ひどく貧しい粉挽きの娘がアベサロム王子*に見初められたんだぜ」

私の家の少し下に、大きな無花果《いちじく》の木にくくりつけられて立っているような、チャチカのあばら家があった。その家の娘こそマリタだった。私の母親がマリタの洗礼親で、彼女は私の友人だった。マリタには母親がおらず、レラウリという名の祖母に大切に育てられた。

＊　王子アベサロムと農夫の娘エテリの悲恋を描いたジョージアの民俗詩。

マリタはまだ年端もいかぬ少女だった。私は彼女と同い年だった。

九月の末、葡萄の収穫が終わり、胡桃《くるみ》の葉と粘土で葡萄酒の甕《かめ》が封をされて間もない頃だった。どこの家の庭にも、刈り取られたばかりの玉蜀黍《とうもろこし》の葉が散らばっていた。この時期には、黄味がかった日々が蝋燭のように燃え、空気は澄みわたり、光にあふれた空が青く溶ける……

私の故郷の山々、ツィヴィ・ゴンボリの山並みが息をひそめて聳えていた。その麓を流れるイオリ川の水面は、まるで戦場で抜かれた剣のようにきらきらと光っていた。青々とした河原が豊かにざわめいていた。近所の子供たちは、私たちが「鹿のよだれ」と呼んでいた、宙を舞うねばねばした糸をつかまえたり、走り回ったり、歌ったりしていた。

ある日、白髪混じりの中年の男が馬を引いて私たちの家の庭に入ってきた。馬に乗っていた少女がマリタだった。

黄色い絹のような巻き毛……青い瞳……まるで庭に菫の花がやってきて、庭じゅうに菫の花が敷きつめられたような気がした……私は動けなくなり、呆然としたままマリタを見つめた。それからおそるおそる近寄って、思い切って声をかけ……気がつけば私とマリタは一緒に遊んでいた。

妻を亡くして間もないチャチカが、幼い娘を連れて私たちの家を訪ねてきたのだった。後からマリタの母親代わりのレラウリおばあさんもやってきた。

私の母親は洗礼子の来訪を喜んだ。三人をあたたかくもてなし、一日じゅう私たちの家に引き留めた。

翌日からチャチカは義母の小屋で暮らし始めた。

働き者のチャチカはもうその日から義母の土地でせっせと働き出した。自身はアラグヴィの出だったが、妻を亡くして暮らしが立ちゆかなくなり、妻を偲んで私たちの村に越してきたのだった。チャチカは立派な葡萄畑をこしらえ、来る日も来る日もそこで精を出した。近所の者たちもその働きぶりに感心して、「チャチカのつくった葡萄酒はあおるもんじゃない。薬だと思って一滴一滴大事に飲まないといけない」と言ったものだ。

チャチカだけでなく、レラウリおばあさんも働いていたが、一家はやはり貧しかった。

読み書きが得意だったマリタは、ほかの子供たちに熱心に文字を教えていた。少し大きくなると、マリタは素晴らしい絨毯《じゅうたん》を編んだ。まるで熟練した匠のように、絨毯にあらゆる春の色を描いた。

私はその頃から詩を書き始めた。私たちは互いに芸術家の性質を持っていることを感じていて、だからこそ気が合ったのだと思う。しかし、当時の私に尋ねたならば、仲良くしていた理由はマリタの優しい声やはにかんだ表情だと答えただろう。それに、女の子らしい独特の大人しさも。

マリタはどういうわけか私の詩の才能を高く買っていた。

「この壁掛けに縫い込むから、あなたの詩を一つちょうだい。その周りにバラの花の刺繍をするの」

しかし、マリタの評価に見合う詩を、彼女に手仕事をさせるに値する詩を、当時の私に書けるはずもなかった。

今でも、彼女の絨毯に縫い込むに値する詩など、まだ一つとして書けたことがないのを、マリタに分かってもらうには苦労しただろう。

私の先生であった作曲家ニコ・スルハニシヴィリが、いつか私にしつこくこう言ったことがある。

「グルジアの国歌につける詩を急いで書いてくれ。我々が自由になる日はそう遠くない。そのときは国歌が必要になるからな」

どうやらスルハニシヴィリもマリタのように私の詩才を買いかぶっていたようだ。当然のことながら、私は危険を冒してまで音楽家の頼みに応じられるはずもなかったし、マリタの期待にも添うことができなかった。

革命の前年、一九一六年のことだった。

マリタやニコ・スルハニシヴィリのように熱心に私に詩を求めた者は、後にも先にもいない。どんな編集者にも、私の信奉者にも、あれほどの熱心さを認めたことはない。

苦労人のレラウリおばあさんは大変な働き者だった。マリタもおばあさんに似て、労を惜しむことなくせっせと働いた。

マリタは働いているときも可憐だった。苺《いちご》の花の刺繍をしたフリルつきの前掛けをいつもつけていた。収穫の時期になると、私は落穂拾いの女や子供たちをとてもかわいそうに思った。七月のうだるような暑さの中で、厳しい太陽の光に焼かれねばならないのだ。腰を曲げ、血の汗を流しながら、鎌からこぼれて地面に落ちた麦穂を一つ一つ拾っては、前掛けにくるんで家に持ち帰っていたものだ。

それは彼女たちの一年分の蓄えとなった。拾い集めた落穂は、たとえ夫でも手を出すことはできなかった。さらに脱穀場で拾ったものも加えて脱穀する。炎天下で骨身を削ってかき集めたそのなけなしの金で、女たちは夫に伺いを立てることなく、自分やろくに着るもののない子供たちのために商人から綿生地を買うことができた。

七月の朝から畑に散らばった女たちの中に、マリタも立っていた。彼女も地面に落ちた麦穂を一心に拾っていた。マリタがひどい暑さの中で働いているのを見るに見かねて、私はよく手伝った。日差しで私が倒れないかと心配した母に何度も叱られたが、腰を曲げて働くマリタを放っておくことはできなかった。

「暑さに当てられないうちに早く家に帰ったほうがいいわ」とマリタは小声で私に言ったものだ。その優しい声は、マリタが落穂を拾っていたその場所に、日が沈むまで私をいっそう強くしばりつけた。太陽に焼かれた平原が赤く燃えていた。遠くに涼しげな木立ちも見えたが、マリタに影を差しかけ、風にざわめく木々はなかった。

夕方になって、家の縁側に満足そうな顔を出したマリタは、一日の疲れをみじんも感じさせなかった。黄金色に日に焼けた顔のレラウリおばあさんが愛しい孫娘をしきりに撫でていた。

「私の白百合、私のダリアや。お前は嫁入り道具なんていらないよ。その絹のような髪の毛が立派な嫁入り道具だからね」とおばあさんは話しかけたものだ。

「お前の嫁入り道具はこの紫の瞳。お月さまの顔をしたマリタや、お前の嫁入り道具はこの透き通るような白い胸元……」おばあさんはそう言いながら、孫娘の頭の先から足の爪まで念入りに撫でた。

内気なマリタは無言でおばあさんに甘えていた。

「かわいそうな子や、お前のためなら私の命も惜しくない。真珠よりも真っ白なかわいい子」レラウリおばあさんはそう続けながら、マリタの髪を編んだ。横になったマリタはまるで仔鹿のようにじっと動かなかった。

「私のサヨナキドリ、小鳩ちゃん……」とおばあさんはいつまでも言葉を継いだ。「私の昇るお日さま！」

私たちの子供時代には「アリパナ」という楽しい日があった。それは子供たちが集まって宴に興じる花の祭典だった。私の近所では毎年五月にアリパナを催した。

私たちはあらかじめ家でこしらえた料理やお菓子や甘い飲み物を持ち寄り、好きな場所で宴を開いた。全員が頭にカミツレの冠を乗せ、宴の席はたくさんのバラや雛菊《ひなぎく》の花で飾られた。

私たちはみんなで歌ったり、詩を詠み合ったり、踊ったり遊んだりして楽しんだ。

最後のアリパナのことはよく憶えている。私たちは我が家の葡萄畑の端にあった樹齢三百年ぐらいの大きな胡桃の木の下に集まった。

グルジアの素晴らしい古い伝統である自然の祝祭アリパナを、再び子供たちのために開いてはどうかと、私はアリパナを経験した昔の人間として考えたことがある。

最後のアリパナでのマリタはとりわけ私の記憶に残った。アリパナの女主人マリタ！　そのアリパナがなぜ最後だったかと言えば、私たちはアリパナに参加する子供の年齢をすでに越えてしまっていたからである。私たちは青年の時期に足を踏み入れつつあった。同い年のある女の子などは、その年に嫁に行きさえしたのだ。

マリタはそれまでとは違った雰囲気をたたえていた。私の前には、胸も膨らみ、女らしい体つきになった乙女が薄桃色の服に身を包んで立っていた。

アリパナの食事の席では、マリタは面倒見良くその場を取り仕切った。私たちに指示を出し、一人一人のことを優しく気にかけて世話をした。その瞳にはかすかな悲しみがにじんでいた。それは多分、私たちと同じようにマリタも青年の年齢になり、子供時代に永遠の別れを告げようとしていたからだと思う。

もう一つ気づいたことがある。私たちの近所に住んでいた、ゲディア・ナテリゼという十八歳か十九歳くらいの牛飼いの青年が、マリタが席の支度をするのを手伝っていた。ゲディアは遠慮がちに微笑みながらマリタを見つめていた。それはまるで何かを懇願しているようでもあったし、時にはぶつぶつと文句を言っているようにも見えた。一言で言えば、ゲディアの目にはまるでマリタしか映っていないようだった。ゲディアは心を込めて編んだ美しい花の冠をマリタの頭に乗せ、マリタとレズギンカも踊ったのだ！

マリタの様子もどこかおかしかった。不意にぼんやりとして、まるで別の世界にでも行ってしまったかのように物思いに耽ったりした。その輝くばかりの美しい顔に憂いの影がよぎったかのようだった……

牛飼いのゲディアもまれに見る好青年だった。しかし、彼もやはりマリタのように貧しく、財産にも家畜にも乏しければ土地もない男だった。

それから間もなく、マリタとゲディアが好き合っているという噂が広まった。ゲディアはそれを隠しもしなかった。あるときなど、私と一緒に林の中で山茱萸《やまぐみ》の実を集めていたゲディアは、小声でこんな歌を歌った。

マリタ、恋しいよう

俺は死にそうだ！

ゲディアはまるで熱病にでもかかったかのようによろよろと歩いた。マリタを想って身もだえし、落ち着きを失くし、何も手につかなくなった。ゲディアの体のあらゆる細胞と血管を、マリタへの想いが支配していた。

忌々しい愛め、
ああ、お前をつかんで、
ずたずたに引き裂いて、
それから火をつけてやる！

マリタの顔の稲妻のような輝きに打たれた者は、他にも大勢いた。青年たちは熱に浮かされた目でマリタを見つめ、彼女にまとわりついた。その中には羊飼いや牛飼い、葡萄畑で働く若者たちが何人もいた。

その連中がときに仔牛に逃げられたり、働く気も失せたり、眠れぬ夜を明かしたり、真っ昼間にさえ呻吟していたのは、すべてマリタのせいだった。彼らは「お前なしでは耐えられない！」と遠くからマリタの幻に打ち明けるのだった。

しかし、最も苦しんでいたのはやはりゲディアだった。

私たちの村でシオニの祭りを祝った日の騒ぎが思い出される。

広場に集まった若者たちは二組に分かれ、それぞれ列になって向かい合って並んだ。

私たちは手を繋いだ。一方の列の若者たちが決まった文句を歌に乗せて言い、一歩前に跳び出ると、もう一つの列は歌で返事をして、一歩後ろに跳び退いた。

マリタは私たちの列にいた。もう一つの列にはゲディアがいた。

ゲディアの列の者たちは古い伝統どおりに歌い出した。


――ほら、引き換えの品だ、タマルをくれ。

(我々の返事) タマルをやるもんか。タマルは良い娘だ。

(ゲディアの列) 牛飼いの嫁に欲しいんだ、タマルをよこせ。

(我々の返事) 牛飼いは甲斐性《かいしょう》なしだ。タマルは良い娘だ。


ゲディアの表情が翳った。みながゲディアをつっついた。

歌は止まなかった。


(ゲディアの列) 銃をよこせ。連れ去ってやる。

(マリタの列) お前には近寄らせないし、指一本触れさせない。

(ゲディアの列) 引き換えの品を持ってきたぞ。

（マリタの列）お前の持ってきた物なんかいらない。

（ゲディアの列）千ルーブルの絹布《けんぷ》だぞ。

（マリタの列）五コペイカの襤褸《ぼろ》切れだってないくせに。

（ゲディアの列）やってきたぞ。さあ、連れ去ってやる。


ゲディアの列の者たちはマリタのもとに詰め寄り、彼女を連れていった。それからマリタは再びもとの列に奪い返された。

こんなふうに、もったいぶってマリタをなかなかゲディアに渡さなかった。

その後、二つの列が一つになり、手拍子や踊りが始まった。

ゲディアは我を忘れて踊り、円を描き、熱っぽい調子で詩を叫んだ。

レ、レ、レキの服！

少女たちがけしかける。


母さんが縫ってくれた、さらさらの絹の服。

ほら、見て、私の体にぴったりよ。

続けて少年たちも叫ぶ。

　この恥知らずめ、
　お前の服の裾飾《すそかざ》り！

　ゲディアはマリタを踊りに誘った。マリタは目を輝かせ、踊りの輪の中に入っていった。マリタの舞いに全員の視線が釘づけになった……その優しい眼差しが乙女にどれほど似つかわしかったことだろう。まるで葦の穂先でそよ風が舞っているようだった。私たちは息を呑んで見守っていた。最後にマリタが輪を一周しようとしたちょうどそのときだった。教会から出てきたレラウリおばあさんが踊るマリタを目に留めた。おばあさんはマリタの腕をつかんで踊りの輪から引っぱり出した。

　マリタは何か悪いことでもしたかのように恥ずかしそうに立ちすくんだ。まるでゲディアへの想いを見抜かれ、それを禁じられたかのようだった。

「あんな情けない男はお前に釣り合わないよ」と、おばあさんはマリタに小言を言った。

　マリタは生まれて初めて胸が苦しくなった……

　村の少年たちは、ゲディアがあまりにマリタにぞっこんなのをからかって言ったものだ。「村にいればいろんな仕事や面倒事が尽きないのに、女一人に現《うつつ》を抜かす暇がどこにある。ゲディアときたらただマリタに会うことしか考えていないんだものな」

——おい、そうじゃないぜ。
のべつちやほやするだけじゃだめだ。
ときには抱きしめてやれ、ときには口づけしてやれ。
ときには腕の上でころがしてやれ。
ときには後に何も残さずに、
扉から出て行くんだ！

だいたいゲディアが世間の何を知っていただろう。ある夕べ、ゲディアの母ハトゥタが縁側で息子に懇願しているのを耳にしたことがある。乳搾りを終えたハトゥタが石につまづいた拍子に、桶がひっくり返って乳がすっかりこぼれてしまったのだった。

「私はもう歳だよ、ゲディア。もう働く力も無い。目はもうきかないし、霧が濃い日は棺桶の中にいる気がするよ。さあ早く嫁をもらうんだ。囲炉裏の火をつけてくれる嫁が要るんだよ！　マリタをもらいな。良い娘じゃないか！」

息子がもう気も狂わんばかりにマリタに恋焦がれていることを、ハトゥタはどれほど分かっていたのか。もしできたなら、ゲディアはその瞬間に家を飛び出し、マリタの腕をつかんでたちまち連れ去って来ただろう。そのためになら何でもやってのけたはずだ。マリタだってゲディアの妻となることを承知していたのだ。ただ、二人が恐れていたのはレラウリおばあさんだった。

恋の炎が燃えさかった！

マリタとゲディアは今やまるでヴィースとラーミーン[*]のように話すのだ。

＊　ペルシアの叙事詩「ヴィースとラーミーン」の主人公。

私をおいて君にふさわしい者はなく、
君をおいて私にふさわしい者もなし。
私は五月、そして君は春！

あるいは二人でこう歌うのだ。

たとえ太陽が九つ昇ろうと、
君なしでは凍えそうだ！

ゲディアはマリタにすっかり心を奪われていた。マリタとゲディアは互いにお似合いの相手だったのだが、二人の運命を決めたのはレラウリおばあさんだった。
「ゲディア？　決して悪い子じゃないけれど、貧乏だからねえ。私のかけがえのない孫娘に苦労をさせるわけにはいかない。この家の貧乏で苦労はもう十分だ」と言って、おばあさんは紡錘《ぼうすい》に巻きついた羊毛を涙で濡らした。
そんなときに羊飼いのシェテを薦めた者があり、おばあさんはシェテを気に入った。

「シェテだって？」

羊飼いのシェテは裕福な男だった。シェテの羊の群れはトリアレティの山々をまるで雲のように覆いつくし、雨のように乳がとれた。

「梯子《はしご》に上ってシェテの蔵を覗いてみな。酒甕も器も籠もみんないっぱいじゃないか。私のマリタだって喜ぶだろうよ。この子は貧乏になるために生まれてきたんじゃない。バラの花びらの上をお日さまに照らされて歩くのさ。それがマリタにふさわしい人生ってもんだ」と老婆はきっぱりと言った。

この言葉の前には誰も何も言い返すことはできなかった……

ただ一人チャチカが家族の話し合いで異を唱えた。

「好きでもないのに一緒にするのか？　それじゃあ長続きするわけがない。金で幸せは買えないぞ」

しかしそのチャチカにしても、娘に貧乏暮らしを強いることはできず、義母の厳しい口調に押し切られた。

「これまで味わってきた苦労と、私の娘の不幸でもうたくさんさ」

そうしてマリタは、好きでもない、愛情のない男の妻となった。シェテは気難しく高慢で、無愛想な、狼のような男だった！

光輝いていたマリタは自らの運命を知って、まるで死んだようになった。しかし、マリタにどうすることができただろう。目を閉じては愛するゲディアを想い続けた。望みはもはや粉々に砕け散った。

星は冠を脱いだ……紅玉の耳飾りは黒く濁った……

マリタとシェテの結婚式が終わり、二人の頭から剣と短剣で冠が外された。あたかも、戦うことなくしては、剣なしでは二人を引き裂くことはできないとでも言うように。マリタの灰色の日々が始まった……。

シェテはひどく強欲で横柄な男で、誰とも打ち解けず、好かれていなかった。一日に十回も羊の数を数えては、まだ足ることを知らなかった。

シェテは貧しい親族を嫌い、見下して悪態をついた。

一度、こう言ったこともある。

「裕福な者と貧しい者がどうして対等なことがある？」そう吐き捨てたシェテの顔はどす黒く紅潮していた。

針のようなシェテの言葉に突き刺されたマリタの心の傷は、まるで狼の咬み痕のように消えることはなかった。

ゲディアはと言えば、うわべは変わらず、弱気を見せることはなかった。彼はマリタが自らを犠牲にしたのだと考えていた。しばらくの間、ゲディアは村から姿を消していた。その後、雪にまみれた外套を着て、二度、三度とシェテの新しい家の前を通ったが、マリタの方を見やることもなかった。

時が過ぎ、人々はそんなことがあったのを忘れてしまった。しかし、ゲディアとマリタが忘れるはずはなかった。

いったい誰がそんな口添えをしたのか分からない。シェテに男の子が生まれたとき、シェテはよりによってゲディアに洗礼親になるよう頼んだ。口さがない者たちはそれをマリタの仕業だと言い合った。

洗礼式でのゲディアのふるまいに変わったところはなかった。どうやらシェテは何も知らなかったようだ。だいたい何を知るべきだっただろう。

ゲディアとマリタはそれぞれ抑えがたい感情と密かに闘っていたのだ。

あるとき、シェテがトリアレティに出かけて家を留守にしている間に、シェテの母親グリザルが亡くなった。ゲディアはマリタの家を弔問に訪れた。

子供の洗礼親としてゲディアはマリタにお悔やみを述べねばならなかった。しかし、ゲディアはマリタの微笑みに飢えていたのだ。マリタからたった一言でも何か聞くことができたなら、ゲディアはその幸せだけで一年じゅう満ち足りただろう。

マリタはたまたま家に一人きりでいた。

「今日再び一つの甘い蜜となる、一滴の蜂蜜よ！」とそよ風が笑っていた。

頬を赤らめた五月のリラの微かな香りが漂っていた……

あたかも新たなタリエルとネスタン・ダレジャン*のように、二人は再会した……

＊　ショタ・ルスタヴェリの叙事詩「豹皮の勇士」の主人公。

シェテの家の近所に「イトトンボ」とあだ名されていた、うわさ好きの老嬢バルバルカが住んでいた。

バルバルカはゲディアの来訪を見逃さず、その一部始終を吹聴してしまった。

村きってのお調子者バルバルカの話しぶりは控えめで節度を弁《わきま》えたものだったが、しかし、かえって、慎み深さを装ったその遠回しな口伝えのせいで、ゲディアとマリタはあたかもふしだらな逢い引きをしていたことになってしまった。

バルバルカの立てた噂はとうとう村の長老の耳にまで届いた。

「村はめくらではないぞ。こんなことなら心臓を突き刺されるほうがましだ！」と、長老のツィツィコレは怒声を吐いた。

「垣根にだって目があるのだ。壁にも、碗や皿にだって！」

「女は悪魔の目だ！」と言うツィツィコレに誰も言葉を返すことはできなかった。

憤った長老ツィツィコレは頭から冷たい水をかぶり、唸り声を上げて、怒りに体を震わせた。

「奴らは聖油と泥を混ぜ、我々を侮辱したのだ。何たることだ、これが信じられようか。世も末だ。あろうことか我が村で！　神様も私に答えを求めるだろう、女の夫も、村も、子孫も！　ああ、村よ！」

怒り狂ったツィツィコレは命じた。

「エリア、ザザ、ゴリア、ソロモン、カンドゥア、ザカラをここに集めろ！」

真夜中、ツィツィコレの家の納屋で村の長老たちの秘密の会議が始まった。話し合いは熱を帯びた。ツィツィコレは怒りをぶちまけ、自分の考えを強く主張した。それに反対する者もあったが、最も権威あるツィツィコレが我を通した。最初は異を唱えていた者も、結局はツィツィコレの厳しい決定に同調した。

……夏の灰色の朝が明けた。雨上がりで肌寒かった。昨夜の雨雲の切れ端がまだ村の上をさまよっていた。まるで冷たい空も泥で黒く塗りたてられたかのようだった。空気は湿ってどんよりとしていた。

雨に洗われたトゲハマナツメの垣根は黒ずんで、雨の雫《しずく》が涙のように音もなくしたたり落ちていた。

朝早く、私は遠くから聞こえる何かしら地鳴りのような音に目を覚ました……私は温かいベッドから出るのを億劫《おっくう》がっていた……音は次第に大きくなり、私の家に近づいてきた……

その時になって私は窓のそばへ駆け寄った。

私は今でもその恐ろしい光景を思い出すと戦慄する。

村人たちの集団が声も立てずにまるで鉄砲水のようにやって来るのだった。殺気立ち、目を血走らせ、一心不乱に……

群衆は憤怒に狂っていた。鬱憤《うっぷん》をしぼり出すように呻《うめ》き声を漏らしながら、粛々《しゅくしゅく》と何かを誇らしげに祝っていた。誰も一言も口を利かず、すべてを押し流すかのようにこちらに向かってくる……

肌着の女がロバの背に後ろ向きに坐っていた……

女の筋肉の震えを私は今も思い出す。寒くて、痛くて、暑くて、鋭い剣で突き刺されていたのだ。おそらく彼女は死を望んでいたが、死はどこにもなかった。その苦しみは死のように耐えがたいものであった。

そのとき十回も死んだ彼女を、また十回無理やり生き返らせたのだ！

村の裁きを受けた女が引かれていた。まるで女王が大勢の従者を召し連れているかのようにも見えた。

女の天使のような肩が震えていた。群衆は泥や牛の糞を白い肌着に投げつけていた。その白さは次第に失われていった。

誰も口を利かなかった……

叫び声一つ聞こえなかった……それは驚くべき光景だった……

しかし、その静けさはぞっとするほど騒々しかった。静けさはまるで滝のように轟《とどろ》きわたり、あらゆるものを呑み込んでいった。

受難の女はどこかある一点を見つめていた。まるでその方に生の向こう側の世界があるかのように。あたかもその瞬間、いかなる苦しみも感じていないかのように。そして群集が角を曲がったとき、私はその女が誰であるのかを理解した。

私たちのマリタ！　それは生気を失った灰色のマリタだった。五月の生み落としたマリタ！

私の母はわなわなと震え、涙をこぼしながら、まるで立つべき地面が消えてしまったかのように呆然としていた。鉄砲水のような集団は音もたてず足早に通り過ぎていった。その群衆の前では神も無力だった。

その恐ろしい日の後、辱《はずかし》めを受けたマリタを見た者はいない。

マリタは村のために死んだのだ！

まるで姿を消してどこかへ行ってしまったかのように……

みなマリタの名を口にすることを避けるようになった。子供さえその名を呼ぶのをためらったものだ。たとえ喉まで出かかっても、ぐっとこらえて、決してその名を言うことはなかった……

マリタの友人だった者たちも息を潜めていた……みなが自分の過ちを、非道を理解した。誰もが自分の罪を思った……

打ちのめされたゲディアはアゼルバイジャン人の町カザフへ消え、救いがたい悲嘆にくれたままそこで最期を遂げたらしい。やけを起こして誰かに殺されたという。

村はその行為があまりに野蛮であったと感じていた。村の最良の子を、一点の曇りもなく立派な無実の人間を虐《しいた》げたのだ。

抜け殻になったマリタは、言葉にできない悲しみを抱いて、それから間もなくあの世へと旅立った。マリタに対する罪を負った村は、その死を知って、恐ろしい痛みを覚えた。村じゅうの人々がマリタの家の庭に集まった。

月の額、純銀の面、磨き上げられたような首――マリタの朽ちることない美しさは死後も人を魅了せずにはおれなかった！

村は川のような涙を流して、世にも美しい女の死を悼んだ。棺のそばにまるで泉が湧き出たかのようだった。

ただ一人、腹の虫が治まらないツィツィコレだけは動じることなく威厳を保っていた。苦虫をかみつぶしたような表情で考えに耽り、時折杖にもたれる様子は、悔やむどころか、まるでその冷たい視線でマリタが本当に死んだのか確かめているようだった。信じがたいことに、マリタの命を奪い、村じゅうを涙に暮れさせたツィツィコレは、微塵も苦しんでおらず、罪など何も感じていなかった。彼は大昔からの村の道徳を守り、村に恥をかかせなかったのだ。ただ、人として、若い不幸な女の死を悼むとともに、一方で、自分の権威に驚いていた。

「こんなことになろうとは！」

人生が、あるいは運命が「私を苦しみに倦《う》ませ、悲しみに酔わせた」と、マリタなら言うことができただろう。

弔いの煙に巻かれて村は黒くなった……

村はタマル女王を亡くした……木々も泣いていた……

……墓穴のそばでマリタとお別れする最後の瞬間、棺に土をかけるときになって、墓穴の周りに並んでいた、マリタを辱めた人々はみな怯え、まるで何か別のもっと恐ろしいものでも見たかのように、不意に後ずさりした。あやうく互いに踏みつけ合うところだった……その神々しい美しさに一つかみの土をかけることなど誰もできなかった。一人として誰も……

豪胆なドレンジでさえ、棺にかける土を手ですくおうとするのだが、一歩も足を踏み出せなかった。

人々はむせび泣きながら立ちつくしていた。

結局、戸惑うばかりの人々の背中を押したのはやはりツィツィコレだった。

ツィツィコレは頼りない足取りで墓穴のそばまで行くと、身を屈めて一つかみの土を取り、棺に投げた……そしてすぐにシャベルを手に取った。ぱらぱらと音を立てて土が何度も棺の上に落ちた。

人々はそれに救われ、安堵した……さもなくばみな涙に溺れていただろう。

岩山の土の中でマリタは眠りに就いた。

土はそれを恥じ入らなかったが、草は恥ずかしさのあまり土の中に隠れてしまった。

不意に日差しが強くなった。まるで太陽の一部であったマリタが、また太陽に戻ったかのようだった。

人々は言ったものだ。マリタの死は山々を暗くし、国を空っぽにし、石を溶かし、岩山を打ち崩したと。

……

人々はそれを詩にして伝えた。マリタの魂は蝶のように飛んでいき、天使たちに鐘の音とともに迎えられたと。

「マリタがやってくる！」と告げる鳩が天に飛び立ったと。

あの世では、疲れ切ったマリタを金の椅子に坐らせたと。

マリア様が、「とてもお疲れのようですね。お掛けなさい。遠くから来たのでしょう」とマリタに言ったと。

キリストはマリタを生き返らせるため、その額を撫でようと懐から手巾《しゅきん》を取り出したが、マリタがあまりに美しかったので地上に帰すのが惜しくなり、常にそばに置くことにしたという。そして星になったマリタを今も隣にはべらせているのだと……

それから一年の間、全く雨が降らなかった……畑は干からび、葡萄畑もすっかり枯れてしまった。誰も角杯を濡らすことができなかった。

酒甕も搾り桶も空っぽになった。

それを人々はマリタを不当に死なせた報いだと考えた。村はマリタの命をいたずらに捧げたのだ。

村人たちが長い間このことを口々に言い合っていたのを私は憶えている。しかしそれもいつまでだったか……

冷たい時と冷たい土がマリタの面影をすでに消し去ってしまった。今や誰がマリタのことを憶えているだろう。

マリタを見たことのある者、記憶に留めている者だけが、あたかも現実味のない御伽話《おとぎばなし》のようにその姿と心の美しさを時折思い起こすくらいだ。それも私たちの間でだけ……

＊＊＊

この春の初め、私は村を訪れ、マリタの家の庭があった場所を見た。

あたりは何もかも押し黙り、マリタの家の壁の跡さえどこにも見当たらなかった。

マリタの生家が立っていた場所には麦わらが散らばり、一面、埃や鶏の羽毛にまみれていた。

「非情な世の荒波」が何もかも洗い流してしまっていた。

マリタの家の庭には一本の木すら残っていなかった。ただ、囲炉裏があったところに、おのずと生えた石榴の木が花をつけていた。

目の前で、火のような色をした、咲いたばかりの石榴の花が私に微笑んでいた。ちょうどマリタの顔のように炎に染まった花！

その明るい太陽の花を見つめていると、私はマリタがもうこの世を彩っていないことが信じられなかった。また、埃とごみにまみれたこんな場所に、輝くばかりの花をつけた木がひとりでに生い育ったことが信じられなかった。

いったい、美しさはどこからやってくるのだろう。そしてどこへ行くのだろう。どこへ消えていくのか、それともしばし姿を隠すだけなのか。

そんなことを誰が知っているだろう。

ノダル・ドゥンバゼ（一九二八〜一九八四）

Nodar Dumbadze

一九二八年、トビリシ生まれ。一九三七年、共産党員であった父親が大粛清に巻き込まれて処刑され、母親は十年間投獄された。そのためアブハジアで暮らしていた叔母に引き取られ、ソフミで三年間過ごした後、グリア地方の祖母のもとに移った。本書に収めた短篇「HELLADOS」と「ハザルラ」は、それぞれアブハジアおよびグリア地方で過ごした少年時代の回想である（ともに一九八一年に刊行された短篇集「クカラチャ」に収録されている）。

一九五〇年、トビリシ国立大学経済学部卒業。その頃より文学雑誌に詩や短篇を発表し始める。

一九六〇年に最初の長篇小説「僕とおばあさんとイリコとイラリオン」を発表。長篇として他に「太陽が見える」、「太陽の夜」、「母さん、心配しないで」、「白い旗」、「永遠の法則」があり、一部は映画化されている。短篇や詩も多数残した。

一九七〇年代にはグルジア作家同盟の書記長を務めた。

一九八四年没。トビリシ市内の偉人廟に葬られている。

ნოდარ დუმბაძე

HELLADOS

「ジェマルのヴァイオリン屋！」

「イアングリのちんぴら！」

「ジェマルの能無し！」

「イアングリのごうつくばり！」

「ジェマルの目くそつき！」

「ちびどもの大将！」

「ロバの頭！」

「ロバ引き！」

「女の御用聞き！」

「ごろつき！」

「トビリシのひよっこ！」

「お前の母さんを泣かすぞ、イアングリ！」

「イマナ・ス・イネ・プロスティカサ・イネカ、ジェマル！」

＊＊＊

イアングリは、ソフミに住むギリシア人フリスト・アレクサンドリドの息子だった。まるでかんな屑のように薄っぺらい体に広い肩、形の整った真っすぐな鼻、炭のように真っ黒の瞳、そしてサルのように長い腕をしていた。立っていても、ひょろりと伸びた手が膝に届いたほどだ。歳は十四歳で、同じ年頃の近所の少年たちから恐れられていた。けんかが強いといったらない。相手に手を動かす隙も与えず、二、三人にまとめて平手打ちを食らわすのだ。猫のようにすばしっこく、火打ち石のように頑丈で強健だった。一年じゅう、サテンの黒い上着の胸元をはだけてうろついていた。

イアングリはチャルバシ川のほとりのヴェネツィア通りで父親と二人で暮らしていた。小さいころに亡くなった母親のことは憶えてもいなかった。猫の額ほどの菜園がついた一家の土地で、牛と灰色のロバを一頭ずつ飼っていて、牛の乳やヨーグルト、香草を近所やソフミの市場で売って暮らしていた。イアングリは学校に通っておらず、父親の仕事を手伝っていた。ときにはロバと一緒に物売りに出ることもあった。仕事がなければ通りでぶらぶらしていた。踏切のそばに陣取って、学校帰りの少年たちのポケットをあさり、煙草や小銭、きらきらした小物、鎖、色鉛筆、万年筆などを力づくで取り上げるのだ。自ら差し出す少年たちもいた。次の日には、取り上げたものを同じ少年たちに安い値段で売りつける。それから少年たちのお金を賭けて、巻き上げ、ポケットをいっぱいにして家に帰る。

これが毎日繰り返された。

ヴェネツィア通りの少年たちはみなこの十四歳の独裁者の従順な下僕で、私の従弟のコカもそうだった。

一言で言えば、イアングリはガキ大将だった。

私たちは一九三八年の秋に知り合った。私がトビリシからやってきた翌日のことだ。叔母のニナが、両親のいない私にみじめな思いをさせまいと、ソフミじゅうに名の知れた音楽教師エレナ・ミハイロヴナ・ナヴロドスカヤのところに私を連れていって泣きついた。

「この子には両親がいないんです。母親はヴァイオリンを習わせていました。かわいそうな子です。どうかいい返事をください。他の子の倍払いますから、どうか教えてやってください」

エレナ先生はまず私の音感を試し、楽譜を読めるか確かめた。それから私の指を眺め、顎のタコを手でさすると、しばらく考えこんだ。その後、別の部屋からヴァイオリンを持ってきて、弦を緩めてから私に手渡し、「調弦しなさい」と言った。叔母はこわごわ私を見つめていたが、私が調弦を済ませると、ほっと息をついた。

「じゃあ、ベートーヴェンの『モルモット』を弾きなさい」と言って、エレナ先生はソファに坐り、私の演奏を聴こうと身構えた。ベートーヴェンと聞いて叔母はうろたえた。

「エレナ先生、もう少し簡単そうな他の作曲家を選んではどうでしょう」とお願いし、額に噴き出した汗をハンカチで拭った。

「『モルモット』は弾きませんか?」と、エレナ先生は驚いた様子で目を丸くして叔母に尋ねた。

今こそ、六歳のときに母に縛りつけられ、ひどく私を苦しめていた音楽の奴隷の軛《くびき》から解放されるときなのだと私は理解した。それまでの私の人生でずっと待ち望んでいた瞬間だ。「弾けません」という魔法の言葉を口にするだけで充分だったのだ。それですべてが終わったはずだった。しかし、叔母の悲痛な面持ちやエレナ先生の驚いた顔、さらに、十三歳の少年の底知れぬ功名心と得体の知れない何か別の力が、私の手に弓を取らせた。部屋は「モルモット」の単純かつ天才的な旋律で満たされた。

演奏が終わったとき、ニナ叔母さんは目に涙をためていた。エレナ先生の顔には満足そうな笑みが浮かんでいた。

……こうして私はエレナ先生の生徒になった。

家に帰る途中、踏切の近くまで来ると、イアングリが石畳に胡坐をかいて、煉瓦の破片で胡桃を割っていた。

私たちが通り過ぎようとしたとき、イアングリは「こんにちは、ニナ・イワノヴナ!」と叔母に挨拶した。

「こんにちは」と、叔母は短く返事した。

「コカはどこ?」イアングリが尋ねた。

「コカはあんたみたいに暇じゃありません。学校に行っているわよ!」

「そいつは誰だい?」

「あんたには関係ないわ!」と言って、叔母は私を前に押した。

イアングリは口笛を吹いていた。私たちは歩き続けた。

「へへ、ヴァイオリン!」不意に聞こえてきた言葉に、私は驚いて振り返った。

イアングリは片目を閉じて首を傾け、舌を出し、右手で左手をのこぎりで切るような仕草をした。ヴァイオリンを弾くのを真似て私をからかっているのだとすぐに分かって、怒りがこみ上げた。

「サルめ！」と叫んで、私はげんこつを振り上げて見せた。

「明日来いよ。今日は薪割りをしなくちゃいけないんだ！」とイアングリは笑いながら返事をした。

「あなたも少しはまともになったらどう？」と、叔母は不満そうに首を振った。

「あれは誰なの？」と私は尋ねた。

「ギリシア人よ。イアングリ。あの子のお父さんから牛乳を買っているの。付き合ってはだめよ。一日じゅう学校も行かずにうろついているんだから」

私はもう一度振り返った。イアングリは砕いた胡桃を選り分けながら、私を冷やかすように笑っていた。

＊＊＊

叔母が世話してくれた第十三小学校に通うには、踏切を越えなければならなかった。それで私は必然的に毎日イアングリと顔を合わせることになった。

一か月くらい、イアングリは私を無視していた。近所の少年たちのあいだに立って、いつも牌投げや「火事遊び」に興じていた。

ただ、私を目にするやいなや、こちらを横目で睨みながら、見せつけるように誰かの頭をはたいたり、蹴っとばしたりした。

私も、イアングリやその取り巻きには何の関心もない風を装って通り過ぎていた。しかし本当は、その少年たちのあいだに交じって、私の美点や才能をイアングリのように見せつけたい一心だった。でも、私はまだ新参で、友達も仲間もおらず、私のそばには従弟のコカのほかには誰も寄りつかなかった。それで私はその輪に入って行く勇気がなかった。ただ一つ感じていたのは、私たちの関係がまるで爆弾の導火線のように少しずつ燃え、短くなりながら、雷管へ向かっていたということだ。そしてある日、それは爆発した。

ちょうど一か月後のことだった。

エレナ先生が別の生徒を教えているあいだ、私は別の部屋で待っていた。

丸いテーブルの上に水槽があって、水草や美しい貝殻や石のあいだを、鰭《ひれ》を扇子のように広げた金魚が泳いでいた。金魚は口を滑稽にぱくぱくさせ、空気の泡を出していた。どういうわけか私は、金魚たちがひどく腹を空かせていて、そのせいでふらふらと泳ぎ回っているのだと考えた。私はすぐにポケットから、新聞紙にくるんだ黒パンとチーズを取り出し、細かくちぎって水槽に入れた。水の表面は黒パンとチーズの欠片でいっぱいになった。金魚たちは最初怯えて石や貝殻の陰に隠れたが、その後、あたかも私の善意を感じ取ったかのように、陰から出てきて、勢いよく餌を食べだした。

私はこの上なく満足して、入り乱れる金色の嵐を眺めていた。水槽の中は小さな海のように激しく波打った。金魚たちは我を忘れて動き回り、踊っていた。それから次第におとなしくなった。水槽の中は静かになった。腹を膨らませ重くなった金魚たちは、エナメルの貝殻や石のあいだをゆっくりと泳いでいた。代わるがわるガラスの壁までやってきては、私の目の前で尻尾をわずかに動かすさまは、まるで私に礼を言っているようだった。すると突然、一番大きな一匹が腹を上に向け、逆立ちして泳ぎだした。私はびっくりして、その異様な光景をじっと見つめていた。そのうちに他の金魚たちも真似を始めた。まるで水槽ごとさかさまにひっくり返したかのようだった。金魚たちはみな腹を上に向け、しきりにえらをばたばたさせていた……私は水槽に手を入れ、金魚たちの体の向きをもとに戻そうと試みたが無駄だった。金魚たちはすぐにまた腹を上にするのだ。怖くなった私は慌てて手を引っこめた。何か恐ろしいことが起こったのだ。まもなく水槽のなかは静まり返った。毒を食った金魚たちは生気なく水の表面に浮かんだ。恐怖におののいた私はヴァイオリンのケースをつかみ、逃げ出そうとした。しかし、不意に扉が開いて、エレナ先生が部屋から出てきた。私の前に来ていた生徒を見送りながら、何か指示を与えていた。

生徒を帰した先生は、「お入りなさい」と私に言った。私は身動きもできず立ちすくんでいた。

「お入りなさいったら！」先生は繰り返し、私の肩に手を乗せて、軽く私を部屋のほうへ押した。それでも私は動かなかった。

「練習していないの？」と先生は厳しい調子で私に尋ねた。それでも私が返事をしなかったので、先生はいぶかしげに私の視線の先を追った……それからの顛末は、まさに魚類学者にしか想像できないことだった。先生は力なくソファに倒れ込んだ。唇は蒼ざめていた。先生は震える声で私に尋ねた。

「あんたは何をしでかしてくれたの？」

「知らなかったんです。ただ、黒パンとチーズをやっただけで……」

「毒を食わせたのね！」先生は絶望した様子で声を絞り出した。そして手で顔を覆って、子供を殺された母親のようにわんわん泣き出した。私は憶えている。そのときしどろもどろになりながら言い訳し、なんとかして音楽教師を落ち着かせようとしたものの、すべてが無駄に終わったのを……先生は立ち上がって水槽のところへ行くと、死んだ金魚を一匹ずつ取り出し、口づけして水槽に戻した。こんな風に声をかけながら。

「私の可愛い金魚たち。毒を盛られて殺されてしまったのね」

それから先生はものすごい形相で私のほうに向き直った。顎は震え、目から涙が川のように流れていた。先生はいきなり手を振り上げ、私を思い切りひっぱたいた。私は倒れそうになるのをやっとのことでこらえた。

「私の家から出て行ってちょうだい。ここにはもう二度と来ないで！」

私は頬の痛みと涙を呑みこみながら、ヴァイオリンを脇にはさんで、静かに扉を閉じた。

私は家のほうへ歩いた。動揺と恥ずかしさで、生きた心地ではなかった。

踏切のところまでやってくると、イアングリとその取り巻きが「火事遊び」に興じていた。私は家に戻る気になれず、なんとなく彼らに引き寄せられた。わざとゆっくりと近づいて、途中で立ち止まってしゃがみ、靴の紐を直すふりをした。

「へへ、ヴァイオリン屋！」イアングリの声がした。私は体を起こして睨みつけた。

「何の用だ?」私は尋ねた。

「こっちに来いよ！」と言って、イアングリは指で私に合図した。

「用があるなら自分で来い！」と私は言った。イアングリは驚いた表情で、彼よりももっと驚いた顔の取り巻きたちを見た。それからゆっくりとした足取りでこちらに向かって来た。

「お前、俺が誰か知らないのか?」イアングリは誇らしげに私に尋ねた。

「知ってるさ」

「じゃあ、俺が呼んでいるのにどうして来ない?」

「僕を呼びつけるなんて何様のつもりだ?」と私は言い捨て、念のためにヴァイオリンを地面に置いた。イアングリは再び驚きのまなざしで取り巻きたちの顔を見た。少年たちは遊びをやめて、私たち二人の周りを取り囲んでいた。

「イアングリ、お前が誰か教えてやれよ!」その輪のなかから誰かが声をかけた。

「やっちまえ!」

「お前のびんたを一発食らわせてやれ!」

「まずこいつが何者か確かめてからだな」と言って、イアングリは私の頬に触れた。

「ふざけるな」私はそう言って顔をそらした。

「ほう」イアングリは驚いた様子だった。

「こっちを見ろ」と、私は言った。

「タバコよこせ」と、イアングリは不意に手を差し出した。

「僕は吸わない」

「金は?」

「持ってない」

「ポケットを裏返して見せろ」

「お前が自分のポケットを裏返せ」

少年たちがこそこそと囁き出した。イアングリは戸惑ったようだったが、それでも怯《ひる》まずにヴァイオリンのほうに身をかがめた。

「触るな！」と言って、私はヴァイオリンに手を伸ばしたが、イアングリのほうが早かった。イアングリはケースを開け、ヴァイオリンを取り出すと、私に差し出して言った。

「ほら、弾いてみろ。こいつらに聞かせてやれよ」

「弾かない」

「弾けないんだったらどうしていつも持ち歩いているんだよ？」

私は何も言わなかった。ヴァイオリンを奪い返そうとしたが、イアングリは後ろに下がり、ヴァイオリンを背中に隠した。

「おいペーチャ、ペマ、クルリク、パンチョ、ゲナ、ヴァイオリンの音を聞いたことがあるか？」イアングリは少年たちに尋ねた。少年たちは一斉に「ない！」と仔馬のように嘶《いなな》いた。

「ラジオでしか聞いたことない！」とペーチャも嘶いた。

「イアングリ、聞かせてくれよ！」

ヴァイオリンの音を真っ先に聞いたのは私自身だった。イアングリがヴァイオリンを軽く振り上げ、私の頭に向けて振り下ろしたのだ。ザルルル、ツルルル……といううめき声を上げて、ヴァイオリンは真っ二つに割れた。まるで腕がもげたように、割れた一方の部分がもう一方にひっかかり、しばらく嫌な音を響かせていた。少年たちは地面に倒れて笑い転げていた。私は心臓が止まった。頭にかっと血が上り、何も聞こえなかった。私の目には地面で転げ回る少年たちと二つに割れたヴァイオリン、そしてイアングリのやや出っ張った痩せた顎《あご》だけが映っていた。私はその顎に、ありったけの力でにぎりこぶしを叩きつけた。

再び音が聞こえ、気がついたときには、イアングリは石畳の上に坐っていた。びっくりしたような目で私を見つめながら、右手で顎をさすっていた。あたりは水を打ったように静かだった。私は何も言わずにくるりと背を向け、家に帰った。

夕方、近所に住むイアングリの右腕ペーチャが、ばらばらになったヴァイオリンとケースを家に持ってきた。ペーチャは玄関先にそれを置いて帰っていった。

叔母はまずペーチャを呪った。それからヴァイオリンを、イアングリ・アレクサンドリドを、私を、そして最後に私の母を。

今思い起こせば、叔母の言葉はだいたいこんな風だった。

「ペーチャ、ちびのろくでなし……イアングリ、あんたと草売りのあんたのお父さんに何をしたっていうの。このヴァイオリンがいくらすると思っているのさ。どうせストラディヴァリウスやパガニーニをどこかの木こりだとでも思ってるんだろうね……イアングリ・アレクサンドリドの首を絞めてやりたいわ。でも、ロバの鳴き声で育った仔ロバに音楽の何が分かるわけもないわね……首を絞めるべきは家にやってきたこの新しいちんぴらよ……ああ、可哀相なアニコ姉さん。こんなごろつきを私に預けてしつけろだなんて、私にほかに心配事がないとでも？　ああ、まったくなんでこんなことに……」

その日、私の音楽遍歴は幕を閉じた。そして、私の人生の次の時代——生存を懸けた闘争が始まった。

***

次の日、イアングリとペーチャは、校門で私と従弟のコカを待ち構えていた。どきっとしたが、私はあたかも前日に何事もなかったかのように、そばを通り過ぎた。

「よう、ヴァイオリン屋！」ペーチャの声だった。私は立ち止まった。

「話がある！」イアングリが近づいてきた。

「何の話だ？」と私は尋ねた。

「ここじゃなんだから」と言って、イアングリは学校から出てくる子供たちや教師に目をやった。

「じゃあ、どこで？」

「線路の向こう、橋の下だ」

「どこへでも行ってやるよ」と答え、私は彼らについていった。

イアングリが先頭を歩いた。その後を私とコカが、少し離れてペーチャがついてきた。おそらく私たちが逃げ出さないようにと考えたのだろう。

「もうだめだ！」と、怖気づいたコカが言った。コカは私より二歳年下で、すでに何度かイアングリの制裁を受けていた。

「心配するな！」と宥《なだ》めたものの、正直に言えば、私もびくびくしていた。線路の盛り土を下るとき、コカが逃げ出そうとしたが、私はコカの手首をつかんで思い切り握りしめた。

「こら、逃げるな。恥ずかしくないのか」

「イアングリを知らないからそんなことを言うんだ。僕たち二人ともこてんぱんにやられるよ」とコカは絞り出すように言った。

「それがどうした。殺されはしないだろう」と私は言った。コカはまるで屠殺場に向かう仔牛のような様子で私についてきた。

イアングリは橋の下で立ち止まり、周りを見回した。人っ子一人見えなかった。私たちも立ち止まった。

「さあ、来たぜ。何の用だ?」と私は尋ねた。イアングリは首を垂れ、しばらく何か考えていたようだった。

イアングリはにわかに顔を上げた。

「昨日お前は俺に恥をかかせた。一発で俺を倒した……いきなりだったから、俺は倒れた。立ち上がれなくて、お前をそのまま帰しちまった。立ち上がろうとしたけど、立ち上がれなかったんだよ」イアングリが落ち着き払って正直に打ち明けるのを聞いて、私は気勢をそがれた。「ここのボスは俺だ。これからも……」

「お前がボスだろうが何だろうが知ったこっちゃない!」と、私も率直に言った。

「お前が俺よりも年上なら放っておいたところだけれど、お前は俺よりも一つ年下だ。だからかたをつけなくちゃいけない。ボスが二人いる法はないから、お前か俺のどちらかが……」

「だから、ボスなんかどうでもいいんだ!」と私は繰り返した。

「いや、そういうわけにはいかない。喧嘩《けんか》で決めようじゃないか」

「やってやろう」と私も承諾した。

「正々堂々と戦うんだぞ」とイアングリは言った。

「正々堂々と？」私は驚いて尋ねた。

「ペーチャもコカもけんかに加わってはいけない。罵りもいけない。石は使わない。倒れた相手を殴らない」

「分かった」

「俺が勝ったら、明日あいつらの前でお前を殴る。お前が昨日俺を倒したときのように。それが済んだら放っておいてやる！」と、イアングリは言った。

「僕に勝ったらだ！」

イアングリは何も言わず、黒いサテンの上着を脱いで地面に投げ捨てた。私は悪い予感がした。イアングリの胸板は広く、左胸の上のほうに青いローマ字でHELLADOS*と刺青が彫られていた。それを見て私は身がすくんだ。

＊　ギリシア語で「ギリシアの」の意味。

イアングリはペーチャにギリシア語で何か言った。もぞもぞしているペーチャに、イアングリは命令を繰り返した。ペーチャはポケットから二つの大きな石を取り出し、不服そうにそれを捨てた。イアングリは今度はコカのほうを見た。コカは空のポケットを裏返して見せた。

「始めようぜ」と、イアングリが言った。

「始めよう」私は鞄《かばん》を地面に投げた。

喧嘩は二、三分間続いた。私はげんこつで戦っていたが、イアングリは手のひらを広げていた。私のげんこつは空を切る音を立てていた。一方、イアングリの平手打ちは辺りを震わせ、私の顎でバチン、バチンと大きな音を響かせていた。

ペーチャはギリシア語でイアングリを応援していた。コカはグルジア語で私に指示を与えていた。

「頭突きだ、頭突き、ジェマル！」

距離をつめて頭突きするのがいいことは分かっていた。しかし、上半身裸になったイアングリの腕を何度つかんでも、汗にまみれた腕はするりと私の手を逃れた。さらに平手打ちを食らった私は、鼻血が出たのが分かった。

鼻血を拭おうとするより早く、私は平手打ちをもう一発食らい、前日にイアングリが倒れたのとまったく同じような格好で地面に尻をついた。ただし、立ち上がれなかった前日のイアングリとは違って、私は立ち上がることができた。しかし、立ち上がったところで、何が変わるわけでもなかった。勝負はついていた。

イアングリは私がしばらく立ち上がらないのを見て、上着を取った。私は再びその胸に彫られたHELLADOSの文字を読んだ。

「じゃあ明日な！」とイアングリは言った。そのときになってはじめて、私はイアングリの上唇が腫れ、右の眉が切れているのに気がついた。

「じゃあ明日！」と言って、私は立ち上がった。

イアングリとペーチャは盛り土に上がり、線路に沿って歩いていった。私とコカは橋の下に残った。

「イアングリにもたくさん当たってたよ」と、コカは私をなぐさめた。

「どうでもいいさ。明日ぶん殴ってやる！」と、私は言った。

「鏡を見なくちゃ」

「すごく腫れてるか？」

「膨《ふく》れたパンみたいだ」と言って、コカは目をそらした。

「ちくしょうめ」

このときは、叔母は私を呪うことなく、顔に冷たい湿布を当ててくれた。翌朝、ちょうどイアングリが私の頭にヴァイオリンを振り下ろしたのと同じように、叔母はイアングリの父親フリストの頭でヨーグルトの瓶を粉々にした。そして、ピオネールの少年をひどい目にあわせたあんたの札付きのちんぴら息子は少年院行きだと断言した。

＊＊＊

喧嘩の翌日、私は傷のせいで学校に行かなかった。

その次の日、踏切は近所の少年たちでにぎわっていた。

私とコカが行くと、口笛で迎えられた。

「おいヴァイオリン屋、これで分かったか？」

「殺されたいのか？」

「ここはトビリシじゃないんだぜ」
みんな私が打ちのめされたことを知っていた。
イアングリだけがいなかった。私は誰にも答えず、かばんを石畳の道の上にほうり、その上に坐って
イアングリが来るのを待った。
「イアングリが来るぞ！」と誰かが叫んだ。
「サーカスが始まるぜ！」と別の誰かが言った。
「よう！」とイアングリはみんなに声を掛けた。そして、石畳に坐っていた私を見つけると、驚いて
目を丸くした。
「イアングリ、膨れたパンが自分からのこのこ来やがったぜ。食べちまえ！」とペーチャが言った。
「バターを塗ってやろうか、それともキャビアを乗せるのがいいか？」
イアングリは連中に注意を払うことなく、司令官さながらに手を挙げて、群衆を鎮めた。そして、部
族の酋長がするように、大げさな言葉で民に呼び掛けた。
「みんな！　ヴェネツィア通りの自由の子らよ。良く聞け、これはお前たちに選ばれたボス、イアン
グリ・アレクサンドリドの言葉だ！　今、お前たちの前に立っているのは、トビリシからやって来た顔
色の悪いひよっこと、その従弟で我々の裏切り者、売国奴、洟垂れのコカだ。このひ弱な余所者は、
我々の好意や寛大さをありがたがる代わりに、我々の土地や海や川や金銀を奪い取ろうとしている…
…」
「いい加減にしろ！」と、私は言葉をさえぎった。「かかってこい！」

イアングリは一旦言葉を止め、私を睨みつけてから、再び話を続けた。

「今から、このひよっこの挽き肉をつくってやるからよく見ておけよ……」

「ふざけるな、始めるぞ！」

「おい、洟垂れ」イアングリはコカのほうを向いて言った。「五分後に救急車が来るよう電話してこい。動けなくなったお前の従兄を運んでもらうようにな」少年たちから笑い声が上がった。

「今日、救急車に運ばれるのはお前だ」と言って、私は立ち上がった。

少年たちは輪になった。イアングリはまたペーチャにギリシア語で何か言った。ペーチャはおどおどしながらベルトを外し始めた。私はペーチャの指ほどの太さのベルトを、びっくりして眺めていた。

「ベルトで僕を打とうというのか？」という考えが頭をよぎった。

ペーチャはイアングリにベルトを渡すと、再び少年たちの輪に戻った。イアングリは誇らしげに見回して、こう宣言した。

「こんなひよっこと喧嘩するのに手は二本も要らない。今日は一本で充分だ。おいペーチャ、ベルトで片手を縛ってくれ！」

少年たちから歓声が上がった。私は愕然とした。イアングリは左腕を伸ばして腰のあたりにつけた。ペーチャはその腰に左腕ごとベルトを巻きつけ、力任せに縛った。

「恰好をつけるのはよせ。腕を出して喧嘩しろ！」私は声を絞り出した。

「お前と喧嘩するのにわざわざ二本も手を使うことはない」と、イアングリは言った。少年たちは再び歓声を上げた。

「じゃあ、喧嘩はしない！」と言って、私は鞄を拾い上げた。

「怖いのか？」と、イアングリが私に尋ねた。

「怖いんじゃない。喧嘩する気にならないんだ。いつでも殴ってやるけれど、まず腕を出せ！」

「俺と喧嘩しろ。さもないと殴るぞ！」と、イアングリは苛立って言った。

「やっちまえよ！」とコカが私に耳打ちしたが、私は頑《かたく》なに首を振った。そのとき、イアングリがそばにやってきて、私は平手打ちを食らった。熱湯をかけられたように顔が熱くなったが、私は何も仕返しをしなかった。イアングリは二度、三度と平手打ちをした。どうやらイアングリは本気で私をぶっているのではなかった。これでは喧嘩にならず、ただ私が一方的に打たれるだけだった。私がそれでも仕返しをしなかったので、イアングリは手を止めた。私はくるりと後ろを向き、少年たちの輪の外に出た。少年たちは何も言わず、誰も私に近づこうとはしなかった。

「おい、ヴァイオリン屋！」背後からペーチャの声が聞こえた。それから、バチンという大きな平手打ちの音が聞こえた。イアングリがペーチャの頬をぶった音だった。

私は振り返らなかった。私は泣いていたので、少年たちに涙を見られたくなかったからだ。ただ一つ私に分かったのは、イアングリは今日の喧嘩に負けたということだった。

＊＊＊

翌日の朝早く、私はアレクサンドリド家の門の前に立っていた。フリスト・アレクサンドリドが小屋のそばでロバに鞍をつけているところだった。イアングリもそれを手伝っていたのだが、私の姿を見とめると、ロバを残して門のそばにやってきた。

「文句を言いに来たのか？」そう私に尋ねて、イアングリは父親のほうに目をやった。父親はこちらに背中を向けており、私が見えていなかった。

「喧嘩をしに来たんだ！」と、私は答えた。

「誰だ？」と、イアングリの父親がこちらを振り返ることなく言った。

「友達だよ」

「イアングリは忙しいんだ。市場に行くんだから」と言いながらこちらを振り返ったフリストは、すぐに私が誰か気がついて、「仲直りしたのか？」と驚いた調子で言った。

「仲直りしたよ」と私は答えた。

「そりゃあ良かった。お前らはいい子だ」と、フリストは喜び、庭に入ってこいと私に言った。

「急いでるんだ」と返事してから、私はイアングリのほうに向き直って尋ねた。「市場からいつ戻ってくるんだ？」

「夕方だ」

「鉄道の橋の下で待ってるからな」と言い残して私はその場を後にした。

＊＊＊

夕方、私は橋の下で待っていた。イアングリはやってきた。黙ったままロバをアダミア家の塀に繋《つな》ぐと、上着を脱いでロバの背に掛けた。その広い胸に、再び魔法の言葉 HELLADOS が見えた。

今日の喧嘩の立会人はロバだけだった。喧嘩は長引いた。最初に私はイアングリの平手打ちを食らった。避けようとしたが間に合わなかった。私はちょっとふらついたが、倒れはしなかった。二発目は、私が頭を後ろに引いたので、その手は空を切って私の鼻をかすめた。手の勢いが余って、イアングリは体を止められず、私の目の前で横を向く格好になった。ちょうど最初の喧嘩のときのように、イアングリの顎は無防備になった。私はイアングリが向き直る前に、その顎へ力任せにこぶしを打ちつけた。

イアングリは顔から砂の上に倒れ込み、しばらく動かなかった。私はもう立ち上がれないだろうと思ったのだが、イアングリはやにわに飛び起きると、驚くべきすばしっこさで私のほうへ向かってきた。イアングリの平手と私のこぶしは同時に目標をとらえた。私は頭がくらくらして片膝をつき、無意識に手で顔を覆った。私が顔から手を離して目を開けると、イアングリもまったく同じ格好で膝をついて、裂けた唇の血を拭っていた。自分の手に目をやると、私も鼻血が出たことに気がついた。私は力を振り絞って立ち上がった。イアングリも立ち上がった。

私たちは長いあいだ無言で睨みあっていた。私はイアングリの深く重い息づかいを聞いていた。イアングリもまた私の息を聞いていたのだろう。私は次の攻撃を待ち構えていた。ところが、妙なことに、私は喧嘩を続ける気が失せてしまっていた。私はなにか満ち足りたような気分だった。明日からはもうイアングリが私をいじめることはないと分かったのだ。

「もう充分だ!」と言って、イアングリは腕を下ろした。

「充分だ!」と、私も答え、ほっと息を吐いた。しかし、念のために私は、「明日はあいつらの前で喧嘩するぞ」と付け加えた。

「喧嘩はもういい。お前は強いとあいつらに言っておくから。でも、お前にボスの座は渡さない」と、しばらくの沈黙の後、イアングリが言った。

「そんなものいらないよ」と、私は言った。

「二番目のボスにしてやってもいいぜ」イアングリは副ボスの地位に就くことを私に持ちかけた。

「いらないったら。放っておいてくれ」私は断り、イアングリに背を向けて歩き出した。

「待てよ！」と声がして、私は立ち止った。

「それじゃ具合が悪い。毎日喧嘩を続けるわけにはいかないだろう。じゃあ、明日からは罵り合いで勝負だ。勝ったほうがボスだ」

「それでいい」私も同意した。

＊＊＊

次の日、私とイアングリは再び少年たちの輪の中で向かい合い、汚い言葉をぶつけ合っていた。

「ジェマル、ロバの頭！」

「イアングリ、草売りのギリシア人！」

「トビリシのひよっこ！」

「ちんぴら！」

「洟垂れ！」

「ロバ引き！」

「ちびロバ！」

「胡瓜の漬物！」

「ヒラメ！」

「ハゼ！」

「くらげ！」

「うすのろ！」

「ヴァイオリン屋！」

言葉の蓄えはいつのまにか尽きてしまい、私は黙った。私の番だったので、イアングリは待っていた。

「何か言ってよ。じゃないと負けだよ」コカが私を肘で小突いた。

「もう無い」と、私は答えた。

「あいつの母さんを罵ればいいじゃないか」と、コカが助け船を出してくれた。

「それはだめだ」

「『母さんを泣かすぞ』でいいじゃないか」

「ロシア語でどう言うか知らない」

「グルジア語で言えばいい。どうせ分からないさ」コカの強情さが私を誤らせたのだ。

「イアングリ、お前の母さんを泣かすぞ！」と、私はグルジア語で言い、どきどきしながら返事を待った。

「イマナ・ス・イネ・プロスティカサ・イネカ、ジェマル！」と、イアングリが言った。

イアングリも私の母親を罵ったのは分かった。しかし、その響きがとても美しく、私の耳にはまるでアヴェ・マリアのように聞こえた。私は繰り返した。

「イアングリ、お前の母さんを泣かすぞ!」

「イマナ・ス・イネ・プロスティカサ・イネカ、ジェマル!」まるで歌うように、イアングリも繰り返した。

⁂

こうして半年のあいだ罵り合いが続いたが、興奮は次第に冷めた。私とイアングリはありとあらゆる罵り文句を使い果たし、会うと、あたかも挨拶するように、手を挙げて声を掛け合った。

「お前の母さんを泣かすぞ、イアングリ!」

「イマナ・ス・イネ・プロスティカサ・イネカ、ジェマル!」

⁂

晴れた日だった。私とコカは学校から帰る途中だった。踏切のそばまで来ると、イアングリはいつものように近所の少年たちと「火事遊び」に興じていた。私の姿を見るやいなや、イアングリは遊びを止め、私のほうへ向かってきた。私は先を越されてなるものかと、歩いてくるイアングリに罵り文句を浴びせた。

「イアングリ、お前の母さんを泣かすぞ!」するとイアングリは金縛りにでもあったように立ち止まり、私をじっと見た。私はずっと返事を待っていたが、イアングリは何も言わなかった。

「お前の母さんを泣かすぞ、イアングリ！」と、私は繰り返した。

イアングリはうつむき、私に背を向けた。そうしてゆっくりと歩いて行ってしまった。私は家へ向かうイアングリをあっけにとられて眺めていた。

「ほら見ろ、逃げていった。あいつのボスはもう終わりだ」と、私はコカに言った。

「終わったどころか、今始まったんだ」と言って、コカはぎこちない笑みを浮かべた。

「何だって？」

「あいつの勝ちだ」

「だって、罵り返せなかったじゃないか」

「昨日、訊かれたんだ。ジェマルの母さんはどこにいるんだって。いないって答えた。だからさっき何も言い返さなかったんだ」

私は愕然とした。

「ばか、どうして昨日それを言わなかったんだよ」

「だって……」と言って、コカはうつむいた。

「イアングリ！」私は呼んだ。しかし、イアングリはもう遠くにいたので、私の声は届かなかった。あるいは聞こえたけれど振り向かなかったのかもしれない。

その日から、イアングリは私にとって何倍も大きな存在になった。私たちのあいだに争いや意地の張り合いは一切なくなった。しかしそれでも、私とイアングリが親友になったわけではなかった。会えば手を挙げて微笑み、挨拶した。父親の代わりにロバを引いて牛乳やヨーグルトを届けに来れば、それらの値段や、あるいは彼の父親や香草やロバについて自然と立ち話をした。それ以上のことはなかった。


***

ある日、イアングリが牛乳を届けに来て、私は庭に出た。見ると、イアングリの顔はひどく腫れ上がり、目の周りに青い痣《あざ》ができていて、一見イアングリだと分からなかったくらいだった。

「どうしたんだ?」私は驚いて尋ねた。近所の誰かにイアングリがここまで打ちのめされるとは想像もつかなかった。大人の仕業に違いないと私は思った。

「何でもない」と答えて、イアングリは目をそらした。

「誰かにやられたのか?」

「何でもないったら」イアングリはにこりとした。

「誰にやられたのか言えよ。独りじゃ敵《かな》わないんなら、僕も一緒に行ってやるさ」

イアングリは首を振った。

「ロバはここに繋いで、すぐに行こうぜ」私は引き下がらなかった。牛乳の瓶を階段に置き、一緒に出かける支度をした。

「いいよ。敵う相手じゃないんだ」イアングリは苦笑いを浮かべた。

「誰なんだ? 二人がかりでも敵わないのか?」私は身を乗り出した。

「無理だ。ヴェネツィア通りの奴らみんなでかかったって……」

「そんな奴がいるのか？」私は唖然として尋ねた。

「父さんなんだ」と、イアングリが言った。

「お前の父さん？」

「そうだ、俺の父さんだ」

「どうしてお前の父さんがここまで？」私は驚いて尋ねながら、イアングリの腫れた頬に手を触れた。

「俺が悪かったんだ」

「何をしたのさ？」

「三日後に、ギリシアからソフミに船がやってくる。俺たちギリシア人がみんなギリシアに帰るんだ。父さんも……」イアングリは言いよどんだ。

「それで？」私は尋ねた。

「それでも何も、俺はついて行かない、行きたくないんだ……父さんは、向こうが俺たちの故郷だ。偉大なギリシアこそ俺たちの土地だ。祖先の血が呼んでいる。帰るのは義務だって……」

「どうして行きたくないんだよ？」私は素直に驚いた。

イアングリはうなだれ、何も言わず、ロバのぴんと立った耳を長いこと撫でつけていた。ロバの耳はイアングリが撫でるたびに従順に寝るのだが、妙な頑固さで再び起き上がり、ぴんと立つのだった。まるで、一言も聞き逃すまいと、私たちの話に聞き耳を立てているかのようだった。

「どう言ったらいいか……」イアングリはようやく口を開いた。「俺は母さんのことは憶えていない。父さんは一日じゅう畑にいるか、表を売り歩いている。俺はヴェネツィア通りで育ったんだ……俺にとってのギリシアは、故郷は、ソフミなんだ。ヴェネツィア通りやチャルバシ川、コカ、ペーチャ、クルリカ、ペマ……黒海、俺のロバ、鉄道の橋……」イアングリはそこでやや口ごもってからまた続けた。

「ミダ……それにお前も……」イアングリの口からミダという名前を聞いたのは初めてだったが、誰かと尋ねはしなかった。アブハズ人に嫁いだギリシア女の娘ミダについては、コカから聞いて知っていたからだ。ミダはソフミ一の美人で、イアングリはミダのことが好きだったのだ。

「分かったか？」と、イアングリは私の目を覗き込んだ。私の体に震えが走った。そんな言葉はそれまで一度も聞いたことがなかった。

「分かったけれど、じゃあ、これは何なんだ？」私はイアングリの上着の胸をはだけて、青く彫られたHELLADOSの文字を大きな声で読み上げた。

「ジェマル、これは刺青だ。故郷はもっと奥にあるもんだ。もっと中に……」と言って、イアングリは胸に手を当てた。私はにぎりこぶしくらいの大きさの玉のようなものが喉に詰まったのをぐっと呑みこみ、何か言おうとしたが、イアングリはロバの手綱を引いて庭から出て行ってしまった。


***

それから三日後の早朝、イアングリは私の家の庭にいた。手綱もつけずにロバを連れていた。

「父さんは牛も家も何もかも売り払ったけど、ロバは誰も買ってくれないんだ。お前たちの民族はロバを飼うのをばかにするけれど、ロバはすごくかわいい動物なんだ……よく働くし、癇癪《かんしゃく》を起こすこともない……外に置き去りにして行くわけにもいかないし、ギリシア人はみんな帰るから、誰に預けることもできない……世話はすごく簡単なんだ。ほんの少しの草で充分だ……」イアングリは途切れ途切れに話していた。ロバの首を撫でながら、涙を呑みこんでいた。

「行くのか？」

「ああ。こいつを預かってくれないか？」

「分かったよ」

「捨てないでくれ」

「捨てないよ」

「ニナおばさんにも捨てないように頼んでくれよ」

「うん、頼むよ」

「コカが手伝ってくれる。こいつの世話なんて大したことはないから……」

「大丈夫だよ、イアングリ」

「ほんの少しの草で充分だから」

「分かった」

「こいつ、アポロンっていうんだ」

「知ってるさ」

「撫でてやってくれよ」

「ああ」

「それじゃ行くよ。夕方に船が出るんだ」

「じゃあな」

「元気でな、ジェマル」

「港に行くよ」

イアングリは私を抱きしめた。長いこと私を放さなかった。それから急に腕を解くと、精一杯の速さで走り去っていった。イアングリは振り返らなかった。まるで何か恐ろしいものから逃げるかのように。

＊＊＊

夕方、ソフミじゅうの人々が港に集まっていた。

たくさんの花にオーケストラ、音楽に合わせて踊る人々、振られるハンカチ、ありがとう、さようなら、元気でな。しかし、もっとも多かったのはやはり涙だった。

ソフミの市民は自らの体の一部とも言うべき、血肉を分けたギリシア人たちを見送っていた。ギリシア人たちはすでに、雲のように真っ白なポセイドン号の船上にいて、そこから手を振りながら、ギリシア語やロシア語、あるいはアブハズ語やアルメニア語やグルジア語で私たちに叫んでいた……巨大な白いポセイドン号は船尾を岸壁につけて泊まっていた。海はわずかに波打っていた。船もそれに合わせて、まるで私たちに別れの挨拶をするかのように頭を揺らしていた。

私はほかの子供たちと一緒に桟橋の手摺りに体を押しつけ、目をきょろきょろさせて、船上にずらりと並んだギリシア人の中にイアングリを探していた。不意にイアングリの姿が見えた。いつもの黒いサテンの上着を着て、胸をはだけていた。イアングリは父親の前に立っていた。父親が彼の腕をつかんでいるように見えた。

「イアングリ！　イアングリ！」私は叫んで、腕を振った。

イアングリは長いこと群衆の中に私を探していたが、最後には声が聞こえたのだろう、私を見つけて両腕を挙げた。

「イアングリ、イアングリ、元気でな！」

「ジェマル、エゴ・アガポ・イ・マナ・ス！」

イアングリはギリシア語で「ジェマル、お前の母さんのこと好きだよ！」と言っていたのだ。私にはまたイアングリが歌っているように聞こえた。私はその声を聞いているのに、その姿を見ているのに耐えられず、船に背を向け、泣きながら家に帰った。

⁂

それから三日後、ケラスリ川の河口のあたりに、一人の少年の体が打ち上げられた。正確に言えば、古儀式派の漁師たちが死体を引き上げたのだった。漁師たちはその体を砂浜に寝かせると、誰の死体か尋ねるために、近くで泳いでいた私たちを呼んだ。少年の顔は見分けがつかなくなっていて、誰も分からなかった。それが誰であるか気づいたのは私だけだった。私はその広い胸に青い HELLADOS の刺青を見つけて戦慄した。

私は砂浜を、線路を、ヴェネツィア通りを、振り返ることなく一息に走り抜け、気がふれたように家に駆けこんだ……

驚いた叔母は、ぜいぜいと息を切らしている私に「どうしたの?」と尋ねた。

「ニナ叔母さん……イアングリが帰ってきた……」と私は言った。そして膝をつき、叔母の服に顔を埋め、大声を上げて泣いた。

ハザルラ　ხაზალური

木と初めて話をしたのは私が十四歳のときだった。木のほうは五十五、六十歳くらいの年寄りで、私のおばあさんくらいの歳だった。リンゴの木で、ハザルラという名前だった。

毎年、冬になるとおばあさんがその実をトビリシに運んできたのを覚えている。朝、村の匂いをぷんぷんさせながら鉄道駅からやってきたおばあさんは、私を抱きしめると、冷たくて不格好な、しなびかけたこぶし大のリンゴを私のベッドの上にいくつも転がして、言ったものだ。

「ほら、お前の家の庭のハザルラだよ。アルマスハナのダピノみたいに見てくれは悪いけれど、起き抜けにはこれに越したものはないさ。さあ、食べな……」

ハザルラのリンゴは本当にすごくおいしかった。

私は戦争のときに村に送られてハザルラと知り合った。土に埋められた葡萄酒の甕《かめ》のそばに立っていたハザルラは、ところどころうろができて、少し枯れかけていたが、それでも誇らしげで、美しく、力強く、腕を広げて大きな影をつくっていた。枝には柄杓や甕を磨く刷毛や小さな水差しをたくさんぶら下げていた。しかし、もう三年も花をつけず、もちろん実もつけていなかった。

一九四二年の春先、ある朝早くに私はおばあさんに起こされた。おばあさんは手に斧を握っていた。剃刀のように研ぎ上げられた斧の刃がきらきらと光っていた。

「僕を殺す気?!」私はわざと悲鳴を上げて、布団を頭からかぶった。

「ふざけていないで、早く起きて仕事するんだよ。私に寝床から引きずり出されないうちにね」と、おばあさんは腹を立てて言った。

「こんな朝っぱらから何の仕事?」と私はぼやいた。

「男手が要るのさ。女だと思ってバカにして、私が脅しても効きやしない」と、おばあさんはしかめ面をして言った。

「それはヒトラーのこと? それとも僕らの作業班長のこと?」

「そこから引きずり出されたいのかい?!」

「分かったよ。起きるよ。でも、いったい誰の話なのさ?」と言って、私は着替え始めた。

「ハザルラだよ。あの良心のかけらもない、ろくでなしの恥知らずさ。よりによって食べるものがないこんなときに裏切る奴があったものかい?」

「木の話をしているの?」私は驚いて尋ねた。

「木の話さ」

「リンゴの木?」私はまだ信じられなかった。

「リンゴの木にリンゴがならなくなったら、果たしてその木はリンゴの木なのかい?」おばあさんは私の質問に質問で返し、「今日からは薪になるんだよ」と自ら質問に答えた。

「それで、僕は何をしたらいいの？　切るの？」

「まずは脅かすんだ。それでも怖がらなければ、切るしかないね」

おばあさんはどうやってハザルラを怖がらせたらいいか私に説明してから、斧を枕のそばに立てかけて、部屋を出ていこうとした。

「ハザルラが僕の言うことを聞くって？」私は笑った。

「バカじゃないなら聞くはずさ」とおばあさんは言った。

「どこへ行くの？」と私は尋ねた。

「ハザルラに話すのは他の誰にも聞かれちゃいけない」と言っておばあさんは扉を閉めた。

私は立ち上がり、斧を担いで酒甕のそばまで行き、若枝の芽をはち切れんばかりに膨らませたハザルラの根元に立った。

「本当に木に人の話が分かるのかな」と考えて、私はおかしくなった。

私は斧を握り、力まかせに振った。しかし、途中で腕を止めて、木の根元にゆっくりと斧を当てた。

それから、さも考え込んだふりをして、「生きるべきか、死ぬべきか」とでも悩んでいるような調子で言った。

「切るべきか、切らずにおくべきか?!　切るべきか、切らずにおくべきか?!　切るべきか、切らずにおくべきか?!」再び私は考え込んだ。しばらく思い悩んだ後、あきらめたように手を振り下ろして、ハザルラのみならず、そばの酒甕の蓋の上の石にまで聞こえるような大きな声で言った。

「えい、ちくしょうめ、もう少し待ってやる。今年も実をつけなかったら、覚悟しろよ。来年は根元から切り倒してやるからな」

早い話が、私はおばあさんに言われた通りに芝居を打ったのだ。見上げると、ハザルラはぴくりとも動じることなく、平気な顔をして、昇ったばかりの太陽の光を全身で浴びていた。

私はまた笑った。今度はおばあさんではなく、私自身に。私はハザルラの根元に転がっていた丸太の切れ端に斧を突き刺して、家の中に戻った。

「うまくいったかい?」とおばあさんが尋ねた。

「脅かしてきたよ。ほら、かわいそうに、ぶるぶる震えてるだろう?」と私はおざなりに答えて、おばあさんと一緒にハザルラの方に目を向けた。私は噴き出した。ハザルラは全身をぶるぶると震わせていた……

村の中を東風が吹き抜けた。

***

成熟した春がグバゾウリ川の河原から我が家の庭にもやってきて、まるで蓮っ葉な女のように服の裾をまくり上げ、葉を伸ばしたばかりのホソムギの上を裸足で行ったり来たりし、牛たちも鳥たちも草木も何もかもを舞い上がらせた。あらゆるものがはじけた。

アーモンドの木が咲いた。トケマリ*も、スモモも、黒りんごも、桃も、梨の木も咲いた。アルチャまで咲いた……ハザルラはと言えば、まるで寝ぼけているかのようにただ睫毛をしばたたかせていただけだった。ハザルラが何を企んでいたのか、まだ誰も知らなかった。

＊　トケマリ、アルチャ　スモモの一種。

ある朝早く、私はまたおばあさんに起こされた。

「ほら、見てみな！」

酒甕のそばに、薄桃色のシャツでめかしこんだハザルラが、まるで働き者の気のいい老人のように笑顔で胸元を開け、誇らしげに立っていた。ハザルラはしたり顔で私たちを見つめていた。

「言っただろう？」とおばあさんが言った。

「まさか」と私は言った。

ハザルラは花を咲かせていた。花を咲かせていたどころではない。蜜蜂が群がっていた。それも群がっていたどころではない。ハザルラはたわわに実をつけていた。それも実をつけていたどころではない。リンゴが熟れていた。それも熟れていたどころではない。リンゴが鈴なりになっていた。それも鈴なりになっていたどころではない。私たちの家も、近所の家々も、とても食べきれないほどの干したリンゴや砂糖漬けにしたリンゴ、飲みきれないほどのリンゴのウォッカでいっぱいになった。我が家の歯の欠けた牛たちも食べきれず、私は近くに住むテオパネ・ドゥグラゼの牛に籠一杯のリンゴを毎日せっせと届けてやった。

「こら、もうよせ。牛が乳の代わりにリンゴのコンポートを出すまで食わせるつもりか？」と、とうとううんざりしたテオパネが怒って言った。

「ハザルラ、いったいどうしたんだ？　みんな呆れてるぞ」冬の初め、ツグミについばまれた最後のリンゴがてっぺんに残ったのを棒で落としながら、私はハザルラに尋ねた。

「リンゴの木ってのはこんなふうに実をつけるもんだ」とハザルラは答えて、年季の入った節々をきしませた。

その年を最後にハザルラは二度と実をつけなかった。どれほど脅かしても、どんなに頼み込んでも無駄だった。昔のハザルラはもういなくなってしまったのだ。

それから二年後、私が甕から葡萄酒をすくい出していたときのことだ。おばあさんは空を見上げ、それからハザルラを見て、不満そうに首を振ると、まるで私ではなく誰か知らない人に話しかけるような調子で言った。

「今夜は雪だよ。薪がないから凍え死んじまう。ハザルラを切るしかないね」

「今年も待ってやろうよ。また脅かしてみるから、切るのは来年にしようよ」

「もうだめさ。お前が私を脅かせないように、ハザルラだって何言っても無駄だよ」とおばあさんは悔しそうに首を振った。

「僕は切れない」私はきっぱりと断った。

「切れないってどういうことだい？　おばあさんの言うことが聞けないのかい？」おばあさんはむっとして言った。

「いくらおばあさんに言われても、切れないものは切れないよ」と私はさらに意固地になって言った。

「どうして？」おばあさんは驚いた。

「ハザルラが僕らの話を聞いてるって言ったのはおばあさんじゃないか！」

「年寄りのたわごとを真に受けるんじゃないよ。木どころか、人間だってお互いに分かり合えないいんだから。前線で食うか食われるかの戦いが続いているのはお前も知っているだろう？　冗談だったんだよ。本当だと思ったのかい？」おばあさんは私を丸め込もうとした。

「どうしても切れないよ。耳が聞こえるどころか、たぶん目も見えてるよ。ほら、目を逸らした」と言って、私はハザルラを見上げた。

「なんてこったい」と叫んで、おばあさんは頬を掻きむしった。「でも、これはお前のせいじゃない。お前の頭をおかしくしたこの私が何とかしないといけない。ああ、ご近所さんたちよ、助けておくれ。もう治らないなら、この子を鎖で縛りつけておくれ」と、おばあさんは村の人たちに泣きついた。

「ダレジャン、何事だ？　その子をあんまりいじめてやるな。今朝は天罰が下るように祈っていたばかりじゃないか」家の前をたまたま通りかかったアナニア・サルクヴァゼが、おばあさんに尋ねながら庭に入ってきた。

「アナニア、おととし、実のならないこのハザルラをこの子に脅させたんだ。今度は切れって言うのに、お願いしているのに、言うことを聞かないのさ。この木は耳が聞こえるんだって」と言って、おばあさんはアデサの葡萄酒がたっぷり注がれた杯を手渡した。

「平和な朝を。あんたにも、あんたの子々孫々にも神のご加護を」と言って、アナニア・サルクヴァゼは葡萄酒を飲んだ。あまりにおいしそうに飲んだので、私は蓋の開いた酒甕の前に立っていることを忘れて生唾を飲み込んだ。

「耳が聞こえるって？」と尋ねながら、アナニアは赤く染まった口ひげを手で拭った。

「耳が聞こえるだけじゃない、目も見えるんだってさ」とおばあさんがさらに言いつけた。「でも、それもこれも、私がおかしなことを吹き込んだせいだよ。私が首を括《くく》らないといけない」

「今朝、葡萄酒を飲んだか？」とアナニアが尋ねた。

「ああ、一、二杯飲んださ」と、心に望みの芽生えたおばあさんが言った。

「じゃあ、ダレジャン、もう一杯注いでくれたら、こいつがおかしくなったのはあんたのせいか葡萄酒のせいか教えよう」と言って、アナニアはにっこりとした。

おばあさんは葡萄酒を注いだ。アナニアは何も言わずにそれを飲み干すと、ひとしきり黙っていた。

「ダレジャン、俺が思うに、あんたと葡萄酒の両方のせいだ。ただ、もっとはっきりとした結論を出すためには、もう一杯注いでくれ」おばあさんは葡萄酒を注いだが、私がアナニアだったら飲むのをやめただろうと思うような目でじろりとアナニアをにらんだ。アナニアは再び無言で飲み干すと、今度は間を置かずすぐに発表に移った。

「間違いなく葡萄酒のせいだ。俺が今すぐ正気に戻してやろう。お前は木が目も見えるって言うのか？」とアナニアは私に尋ねた。

「うん」と私は認めた。

「石は？」

「石も！」

「川は？」

「川も！」

「よく言った。でも考えてみれば、ダレジャン、あんたがリンゴの木、つまりハザルラで、こいつが言うように、目も見えれば耳も聞こえるとしたらたしかに面白いな。たとえば俺みたいなバカな男がやってくるのが見える。斧を担いで、あんたを切ろうとやってくる。それが見えるのに、あんたはどこにも逃げられない。気が狂いそうにならないか？」アナニアはそう尋ねて、再び杯をおばあさんに差し出したが、おばあさんはすぐには注がなかった。

「注いでくれよ。ここからが一番大事なんだから」とアナニアが言って、おばあさんは葡萄酒を注いだ。

「おい、お前は町の子だけれど、そろそろ村の人間の考えかたにも慣れなくちゃいけない。村では次の三つは家に置いておかない。子を生まない家畜、実をつけない木、それに子のない……」アナニアは言いよどんで、おばあさんの方を見た。

「なんでこっちを見るんだい？　遠慮せず最後まで言いな。私に子供がいなかったら、孫はどこから生まれてきたんだい？」おばあさんは笑った。

「まったくだ。つまり、子のない女だ。お前のおばあさんのダレジャンは七人も子供がいたんだぞ」

「何が言いたいのさ？」私は尋ねた。

「どうして木を切らないいんだ？」アナニアは私に尋ね返した。

「かわいそうだから」

「木がかわいそうだって？　ロシアではお前くらいの男の子たちが戦車の下にもぐってるぞ」

「かわいそうなのはこの国だよ。ドイツを倒すのにこんなひよっ子たちを当てにするしかないなんて」

とおばあさんは今度は国の運命を嘆いた。

「それは言うな、ダレジャン」アナニアは腹を立てた。

「これが言わずにいられるかい？　鶏も仔山羊もさばけない、木も切れない。かわいそうだって。去年の正月のために去年この子に屠《ほふ》らせた豚を、今年やっとのことでインタブエティ村で捕まえたんだ。ナイフは首に刺さったままだったよ……どうしたらいいのさ？」

「本当か？」アナニアは私に尋ねた。

「本当だよ。何言われようが、ハザルラは切らない！」私はそれを認めて言った。

「かわいそうだって？」

「かわいそうじゃないの？」今度は私が尋ね返した。

「何がかわいそうだ、こんちくしょう。ダレジャン、もう一杯注いでくれ。明日の早朝にはあんたのハザルラは地面に転がってるさ。この家の庭は俺の手でめちゃくちゃに荒らしてやるからな。ただし今すぐは勘弁してくれ」

おばあさんが再び葡萄酒を注いで、アナニアはそれを飲んだ。

「ダレジャン、何かつまみはないか？」アナニアはふと思い出したような調子で尋ねた。

「そこの木の杭でもつまみにしたらどうだい？」とおばあさんが言った。アナニアは何も言わず庭を出て、上の方へ歩いていった。

「どっちに行くのさ？　さっきは下の方に行くところだっただろう？」とおばあさんがアナニアに道を思い出させた。

「下の方に用があったけれど、今から仕事をしてもろくなことにならないからな。そうなるのはコルホーズ長のブドウ畑だけでいい」アナニアは放っておいてくれとでも言うように手を振った。

「じゃあ、一つお願いだよ。シャクロの家の塀づたいに歩いておくれ。うちの塀はいつ崩れるか分からないから」アナニアはすぐに道の向こう側に移り、シャクロ・ミカベリゼの家の塀につかまった。それから一度振り返って言った。

「おい、ハザルラは目が見えるって？　分かるか？　何も見えないのはお前のハザルラじゃなくて俺の方だな……」アナニアはいひひと笑って、塀につかまりながら覚束ない足取りで歩いていった。

＊＊＊

少年は正しかった。葉を落として黙り込んだ木にはすべてが見え、聞こえていた。ハザルラは真夜中まで考えていた。真夜中過ぎ、胸が苦しくなり、根に力を込めた……張りめぐらせた根の間で甕がわずかに揺れた。それを感じとったハザルラはさらに根に力を込めた……甕の表面がところどころ欠けたが、内側は無事だった。それからハザルラはもう一度、網のように広げた根に力を込めてぐいと引っ張った。すると、甕にひびが入った。甕の中から赤い液体が少しずつ漏れ出し、根の表面の窪みに流れ込んだ。ハザルラはその赤い液体をおそるおそる吸い込んで味見した。奇妙な震えが体を走った……ハザルラはぞくっとした。震えは次第に謎めいた心地よさに変わり、ハザルラはさらにしっかりと甕を抱きかかえた。甕にはいくつもの割れ目ができて、まるで夏の日照りに降りだした恵みの雨のように、赤い液体がハザルラの根の上に勢いよく流れた。ハザルラは赤い液体をごくごくと飲んだ。自分の根の間にもう六十年も宝物のように埋まっていたこの驚くべき赤い液体を、ハザルラはこれまで何も知らないまま、その周りに根を張りめぐらせ、うやうやしく守っていたのだ……赤い液体は割れた甕からとめどなく流れていた……ハザルラは甕を締めつけ、まるで喉をからからにした者が飲むように、得体の知れない赤い液体をごくごくと飲み続けた。次第に体は温かくなり、ハザルラは喜びに、これまで経験したことのない心地よい身震いに、興奮に、恍惚に浸った……ハザルラは酩酊し、不意に世界が明るくなった。

以前、若かった頃、ハザルラはとても不思議に思っていた。彼のように地面に根を下ろさずに人間がどうやって生きているのか、彼の周りを、あちらこちらをどうやって動き回っているのか。しかし、いつのまにかハザルラはそれに慣れ、考えることをやめてしまった。それはハザルラには理解できない、説明のつかない疑問だった。その疑問に答えを与えてくれる者は誰もいなかった。しかし、今日、奇跡が起こった。甕が空っぽになり、最後の一滴を吸い込んだとき、ハザルラは人間と驚くべき液体の秘密をにわかに理解した……ハザルラにとってそれはもはや不思議ではなかった。人間たちがなぜ互いに口づけを交わしていたのか。なぜ杯を手に泣いていたのか。なぜ追いかけ合い、喧嘩していたのか。なぜ笑い、腕を組んで歌っていたのか。彼の周りをなぜ踊っていたのか。なぜ甕を一所懸命に洗い、この驚くべき赤い液体をあれほどうやうやしく注いでいたのか。それをすべて理解したハザルラは、自分でも歌い、走り、抱き合い、口づけし、泣き、踊りたくなった。しかし、どうすることができただろう。ハザルラは人間ではなく、木だった。ハザルラにできたのは、朝まで体を揺らし、うなるような音を立てることだけだった……朝、ハザルラは脇腹に鈍い衝撃を感じた。しかし、痛みはなかったので気に留めなかった。もう一方の脇腹にも同じく鈍い衝撃を感じたが、それも気に留めなかった。その衝撃は一時間以上も続き、最後にハザルラは左から右に押されるのを感じた。強い力だった。それからぎいときしむ音が響いて、ゆっくりと体が傾いた後、勢いよく地面に倒れた。ハザルラは腕や肩や関節がばきばきと折れる音を聞いた。しかし、それでも何の痛みも感じなかった。ハザルラはただ目を閉じ、心地よい、すこぶる心地よい、深い眠りについた。

***

「起きな。今朝、アナニアがハザルラを切ってくれたみたいだよ」

朝早くにおばあさんは私を起こし、「ほら、この斧で枝ぐらいは落としておくれ」と言い残して台所の方へ出ていった。おばあさんの勘は当たった。夜に雪が降って、美しくなった村はさながら白いベールをかぶった結婚式の花嫁を思わせた。しかし、我が家の庭だけは葬式のようだった。枝も折れ、ずたずたに切られたばかりの巨大なハザルラがまるで死人のように酒甕の上に横たわっていた。私はしぶしぶそこまで行き、小枝を落とす作業にとりかかる前に、まず木の切れ端に腰掛けた。坐ったままぼんやりと木を眺めていると、木の断面から血のような赤い液体が流れているのが目に留まった。

「おばあさん！」私は慌てて叫んだ。

「どうしたの？」おばあさんが顔を出した。

「ちょっと来てよ」

「何事だい？」

「早く、自分で見てよ」

おばあさんがやって来た。

「これは何だい？」おばあさんは驚いて私に尋ねた。

「たぶん木が血を流しているんだよ」私は怖気づいて答えた。

「そんなバカな。まだ一月だ。草も木も眠っているはずさ。木に水が通いだすのは二月になったらだよ」と言って、おばあさんは木から流れている赤い液体に触れ、手を顔に近づけてそのにおいを嗅いだ。それからびっくりした様子で私の方を見て、「甕を開けな！」と命令した。私は急いで甕の蓋を開けた。私とおばあさんが一緒に中を覗き込むと、甕は空っぽだった……

「信心の優れたる器、神の御母、正義の鑑、聖マリアよ、我らを救い給え、我らを迷わせることなかれ」と、おばあさんは両手を天に伸ばして声を震わせながら言って、へなへなと膝をついた。

＊＊＊

ハザルラは寒さにぶるっと体を震わせ、目を開けた。いつもとは違った状態のハザルラは、世界がひっくり返って見えて驚いた。最初は全部あの赤い液体のせいだと考えた。しかし、自分の切れ端の上で体を縮こまらせ、顎を斧の柄に乗せて坐っている少年と、蓋の開いた甕のそばで白い雪の中に膝をつき、天に手を伸ばした黒い服の老婦人が見えたので、ハザルラは自分がもはや生きていないことを悟り、再びゆっくりと目を閉じた。ハザルラは二度とその目を開けることはなかった。

グラム・ルチェウリシヴィリ（一九三四～一九六〇）
Guram Rcheulishvili

一九三四年トビリシ生まれ。トビリシ国立大学歴史学科卒業。一九五七年に文芸雑誌『ツィスカリ』（明星）に掲載された幾つかの短篇にて評価を得る。

一九六〇年、二十六歳の時にアブハジアのガグラにて海水浴中の事故で夭折。翌年、「唖のアフメドと命」、「アラヴェルディの祭」などを収録した短篇集『笛』が刊行された。

活動した期間はきわめて短く、残した作品も少ないものの、現代ジョージア文学に大きな足跡を残した。

「アラヴェルディの祭」は一九六二年に映画監督ギオルギ・シェンゲラヤにより映画化された。

გურამ რჩეულიშვილი

唖のアフメドと命　მუნჯი აჰმედი და სიცოცხლე

海の上に月のない澄んだ空が広がり、砂浜に穏やかな波の音がかすかに響いていた。波は浜の少し奥に散らばった岩に砕けて音を立てていた。水の中に星の光が宿っていた。その淡い光の中を、夜闇にランプのほのかな灯りがいくつか見える浜に沿って、小型の船が一艘進んでいた。海は静かだった。船の甲板では水夫が静かにハーモニカを奏でていた。船は朝までそうして波に揺られた後、港に入って食料を積み込み、昼にはまた海へと戻っていった。夜になると、浜では静寂の中で再び灯りがちらほらと見え出した。明るく輝く光もあれば、おぼろげな光もあった。船から見える灯りは他にはまったくなかった。浜辺から遠く離れた光は船まで届かなかった。カーテンが閉じられた家の囲炉裏で辛うじて燃え残っている炎など、船からは見えるはずもなかった。

その浜辺では、ほとんど消えかけた火のそばに年老いた漁師、唖のアフメドが坐っていた。痩せて肉のこけ落ちた肩と弱々しいその体で、アフメドは囲炉裏に命を吹き込んでいた。半分焦げついた小枝を囲炉裏の奥に差し込むと、炎は高く上がった。沖の船からは他の灯りにまじってその炎の光も見えた。炎はそれから再び灰に隠れ、灰の下でようやく生き長らえた。アフメドは消えかかった燠火《おきび》をもう一度吹き起こした。炎が固く閉じられた彼の口元や皺《しわ》だらけの顔を照らした。彼が息を吹きかけようと唇を突き出すと、その唇も炎に照らし出された。火のそばには小犬が寝そべっており、飼い主の冷たい足の上に頭を乗せてまどろんでいた。飼い主は小犬のぬくもりを肌に感じていた。彼は水差しを口につけ、ごくりごくりと重い音を立てて水を飲んだ。そこにセダという名の老婆がやってきた。アフメドが年老いてから居候させるようになった彼女は、炎のそばに坐るとうとうとし始めた。二人の頭の中には何もなかった。アフメドの記憶には黒いもやがかかっていたし、そもそも思い出すべきことは大してなかった。もし何か思い出せたとしたら、昔持っていた大きなボートや、荒い海から命懸けで救い出した者たちの水膨れした顔を思い出しただろう。あるいは漁を教えてくれた父親を思い出したかもしれない。そのほかにも彼は少なくとも何かを憶えていた。それは思い出というよりもむしろ痛みに似ていた。それはリリの記憶だった。彼の妻となったリリは海からの贈りものだった。

あらゆる思い出の中から、今、老人の心に残っているのはただ音も色もない感覚だけだった。前は、ずっと前は、ここに坐っている老いぼれたアフメドとは似ても似つかぬ、若々しい力にあふれたアフメドがいた。そして彼にはリリがいた。

アフメドはリリと二人で海岸を歩いた。彼が肩で波を切って泳ぎ、水に潜ると、長いこと水から顔を出さないので、不安になったリリは膝まで濡らして水に入った。するとアフメドは岸に近づいてリリの足をつかみ、水の中へ引きずり込んだものだった。

それから二人はまた海岸を歩いた。半分裸のアフメドはつぎはぎだらけの古いズボンしか身に着けていなかった。彼はその大きな手をぎこちなく揺らし、時々リリの肩に置いた。リリの肩はその力に服し、抗うことなく彼の腕の重みに垂れた。二人は砂浜に腰を下ろし、波が次第に高まるのを眺めながら互いのことを考えていた。リリは、アフメドのような漁師はどこにもいない、アフメドのようなたくましい腕はほかの誰も持っていないと思った。彼女は知っていた。アフメドはいわば小舟の上で生まれ育ったも同然だった。彼の髪は海水のせいで長く広がった巻き毛になって額に垂れていた。その髪に触れるのは実に心地よかった。一方、リリは五年前に彼女が恐れていたある男に捨てられたのだった。リリがユリアおばさんと呼んでいた女性が波にもまれて船に頭をぶつけて死んだのがきっかけだった。そのときリリとその男は海の上にいた。男は防水布の袋に女のなきがらを入れ、海に流した。リリはひどく泣いた。岸に近づいてから五日経って、男は不意に姿をくらました。小舟の上には空腹のあまり気を失った少女が一人残された。ちょうどその近くでアフメドが父親とともに漁をしていた。空の小舟が波に揺れているのを最初に見つけたのはアフメドだった。彼が泳いでいくと、小舟の底で少女が動かなくなっていた。アフメドは浜で少女になんとか息を吹き返させた。少女はリリと名乗った。

アフメドは少女よりも三、四歳年上だった。それまでの彼には、自分に父親がいて、小屋があって海があることが自分の世界の全てだった。魚がたくさんとれたときには海は「いいもの」だった。彼は肉体的に早熟で、すでに十五歳のときには遠く沖に出たまま夜を明かしていた。彼にとっては海は大地と同じだった。いや、生活の糧である魚をもたらしてくれる分、海は大地以上のものだった。彼にとって海は美しくもなければ醜くもなかった。海のない生活など想像することさえできなかった。同い年の少年たちが浜辺の茂みで遊んでいるとき、漁の時期でなければ、アフメドは沖に出て小舟の底に寝そべっていた。こんもりと筋肉のもりあがった肩を陽射しが焼き、彼はその心地よさに浸ったものだった。

前の年の晩秋、リリを見つける少し前、大波で網がぼろぼろになり、小舟も壊れてしまった。冬の長い夜、アフメドは火のそばに坐って新しい網を編んでいた。海なしではアフメドは退屈だった。小舟がなくては海も彼を喜ばすことはなかった。網を編むのに疲れると、アフメドは憂鬱《ゆううつ》な気分で一人で砂浜を何時間も歩いた。冬の終わりのある日、海は壊れた小舟を岸に打ち上げた。漁期が始まるまでにその小舟を直すと、彼は網を張りに一人で海に出た。長いこと海から離れていたというのに、水に入っても彼の心に大きな喜びが沸き起こることはなかった。彼の肉体はそれをただ当然のこととして受け止めた。海なしでは彼は存在しえなかった。網は最初から魚で一杯になって引き上がった。浜ではあまり魚が出回らなくなっていたので、とれた魚は良い値段で売れた。それでアフメドの心には、次の漁期までに大きめの新しい帆船を買えるかもしれないという希望が生まれた。彼は海を信じていた。海は彼に食べものを与えてくれたし、古い小舟も返してくれた。その小舟の上で彼はたくさんの魚をとり、新しい帆船まで買わせてくれるのだ。ある日、網が何度も魚で一杯になったとき、海はアフメドにリリをくれた。少女はひ弱だった。その体にわずかに宿っていた命を、アフメドが呼び覚ました。アフメドはリリを小屋の中に温かく寝かせ、蓄えてあった金で彼女のために食べものを買ってきた。彼の持ってくる食べものはたいてい魚だった。海がくれるものはすべて良いものだと信じていたからだ。リリも海が彼に与えてくれたのだ。少女は間もなく立てるようになった。彼女は小さく、痩せていて、まだほんの十二歳だった。やぶれかぶれの服を着た彼女の肩に豊かな巻き毛がかかっていた。リリはアフメドと並んで海岸を歩いた。アフメドの大きな足跡が砂に深く残ったのに対し、リリの足跡はかすかで、まるで足を地面につけずに歩いているかのようだった。リリはアフメドと一緒に漁を始めた。彼女は小舟の端に坐って裸足の足を水につけながらよく歌を歌った。リリはどこかで聞いたことのある歌をおぼろげに憶えていた。彼女の声は海風のせいでしわがれ、歌はいつも調子外れだった。櫂《かい》を動かすアフメドのたくましい腕に筋肉が小山のようにもり上がった。彼はリリの歌に合わせて顔を動かした。少女はアフメドが網を引き上げるのを手伝い、岸に揚げた魚を市場に売りにいった。アフメドは海辺に坐り、リリを連れてきた小舟を直していた。彼は一人きりで海を見つめていた。彼は海を愛してもいなければ嫌ってもいなかった。海はただ彼の存在にとって欠かせないものだった。海は彼が望むものを全て与えてくれた。彼の漁を手伝い、歌を歌い、アジを市場で売ってくれる小さな友人リリさえ彼に与えてくれたのだ。

時が経つにつれアフメドは、海が彼に与えてくれたのはただ漁を手伝ってくれるだけではないもっと大切な存在だと感じていた。彼はそれをぼんやりと感じ取っていたが、その贈りものを何と呼ぶべきであるのか、アフメドは知らなかった。

今、二人は水際に坐っていた。波が高まりつつあった。アフメドはこっそりとリリの腹を盗み見ながら、全てがあっという間に起こったことにあらためて驚いていた。一年前の漁期のことだった。リリは裸足の足を水に浸して歌っていた。アフメドは網を引き上げていた。途中からリリもその作業を手伝った。網を引き上げるたびにリリの胸がアフメドの腕に当たり、彼の体の中に心地よいぬくもりが流れた。アフメドがわざとゆっくり網を引き上げるので、魚が網から逃げていったが、それも彼にはもはやどうでもよいことだった。アフメドは網がもっとずっと長くなればいいと思った。リリもその膨らんだ胸を半分露わにしたままアフメドのほうにさらに体を寄せた。魚がまた網から逃げた。前にも似たようなことは何度かあったが、そんなときはアフメドが気持ちを抑え、リリも彼の腕から胸を離し、二人で魚でいっぱいの網を引き上げた。リリはただアフメドの手伝い役であった。

アフメドの心の中ではリリは手伝い役以上の存在だった。しかしその余計な部分を何と呼んでいいものか、青年は知らなかった。

二人は今、わざとひどくゆっくり網を引き上げていた。アフメドが手を離したので、網はばらばらと海に落ち、魚は逃げてしまった。リリは「あっ、魚が」と言って後ずさりした。やぶれかぶれの服の裾から、陽に焼けた脛が見えた。アフメドはリリの太腿に手をかけて彼女の体を持ち上げ、強く抱きしめた。リリはアフメドの髪の毛をつかんで思いきり引っ張ったが、やがて力を失い、華奢な指は髪の間に留まった。二人とも立ったまま海に落ちてもおかしくないほど小舟は揺れた。アフメドはリリを慎重に小舟の底に寝かせた。二人は長いこと横になっていた。太陽が雲の合間から照りつけていた。小舟は波に揺れ、その揺れは二人をいっそう心地よい気分にさせた。リリがようやく椅子に坐ったとき、その目は涙に濡れていたが、喜びの色を浮かべていた。彼女の背中には船底に敷かれた平らな板の区切り目の跡がついていた。櫂を重そうに動かすアフメドはすでに知っていた。海が、漁の手伝い役だけではなく、彼の父親にとっての彼の母親のような妻も彼に与えてくれたことを。アフメドは母親のことをよく憶えていた。母親は彼をぶつこともあったが、時には膝に乗せて甘いものをくれたりもした。

これはすべて一年前に起こったことだった。

今、アフメドはリリのとなりに坐り、次第に高まるばかりの波を見つめていた。彼の視線の先では、大きな波が起こり、黒い雲が地平線の上に横たわり、水面は陽の光を浴びてところどころ赤く輝いていた。アフメドはリリに何か言いたいと強く思った。彼は海を愛していた。そして海よりももっと、海からの贈りものである彼の妻を愛していた。しかし、アフメドはその感情を表すすべを知らなかった。彼は、何かに喜びを感じたときも、それが何よりも大きな喜びであったときでさえ、その感情の名を知らなかった。アフメドは自らの考えを妻に伝えられないことに鈍い痛みを感じた。彼は立ち上がり、小舟を力強く押して海に出た。アフメドが櫂をひと漕ぎすると、小舟は一つ目の波を越え、さらに二つ目の波も乗り越えた。リリは水際で彼に手を振りながら大きな声で笑っていた。アフメドは左手を挙げ、笑い声の代わりに大きな白い歯を見せてリリに応えた。彼は幸せだった。海の上のアフメドの気持ちは彼の妻にも伝わった。

夕方、リリは小屋の中で一人坐っていた。囲炉裏で湯が沸いていた。彼女はアフメドの赤い上着を縫いつくろっていた。それを着るとき、夫はいつも満足そうな表情を浮かべて腕に力こぶをつくって見せた。

日が暮れる頃、アフメドと父親は網を張り終えた。リリと一緒でなければ、海に長く残っていてもアフメドはもはやうれしくなかった。漁が終わるとすぐに浜に向かってせわしなく櫂を漕いだ。そんなときアフメドは目を大きく見開き、歯ぎしりしながら、膨らんだ鼻の穴から大きく息を吐き出した。リリが小屋に一人でいるときはいつも急いで漁から帰った。アフメドは恐怖が何であるのかも知らなければ、勇気の何たるかも知らなかった。それでも、海がくれた贈りものが何かに奪われてしまうかもしれないことを、見えない力が彼に教えていた。

アフメドは小舟を勢いよく浜につけた。リリは小屋の戸口に立っていた。アフメドは顔を上げ、リリに歯を見せると、彼女に背を向けて小舟をゆっくりと浜に引き上げた。不安はもう何もなかった。アフメドの父親のジャンベグは裸足を水につけ、それから小屋に入って網を床に投げた。

「ほら、この魚、こんなに大きくて肉づきがいいぞ」と言って、ジャンベグは手のひらに乗せた魚をリリに見せた。

「その魚なら知ってるわ。網にかかったんでしょう?」リリは笑顔を浮かべた。

「いや、こいつはアフメドが釣り上げたんだ。おい、皮を剥いでくれ」と言って、父親はアフメドの方に魚を放り投げた。アフメドはそれを受け取ると、ベルトにぶら下げている小さなナイフを取り出して、魚の腹を切り裂いた。

「あなたが釣ったのね」と言いながらリリはアフメドのそばへ行った。アフメドは白い歯を見せた。リリはアフメドの髪の毛をつかむと、彼の頭を自分の方へ引き寄せた。

「ねえアフメド、私のこと好き?」

「好きに決まってるじゃないか」ジャンベグはベッドに横になり、壁のほうを向いた。「前はいつもしかめ面だったのが、今じゃ話ができないことも忘れちまったみたいだ」

アフメドは微笑んでいた。魚のうろこが火のそばに散った。落ちたばかりのうろこが炎に触れてぱちぱちと音を立てた。アフメドは木の枝を削って串をつくると、魚をそれに刺してリリに見せた。

「じゃあ焼いて」とリリが言った。

アフメドはしゃがんで囲炉裏の底を掻き回してから、さも愉快そうに首を振りながら、熾火の上に串を置いた。

「そいつは焼くとすごくうまいぞ。昔はよく食ったもんだ」とジャンベグが壁のほうを向いたまま言った。

「アフメドも大好きみたいね」と言いながら、リリは再び夫の髪に触れた。

「ああ、もちろんだ。こいつはその魚で育てたようなもんだ。だからこんなにたくましくなったんだ」

「アフメド、あなたってたくましいの？」と言って、リリはアフメドの髪を引っ張った。

「こいつほどたくましい奴はいないさ」

「たくましいわよね？」リリは再びアフメドの髪を引っ張った。

アフメドは魚を裏返した。

「話せないの？」と、リリはまるで初めてそれを知ったかのような口ぶりで言って、アフメドの髪から手を離した。

ジャンベグは何も言わなかった。アフメドはリリが以前とは変わり、物憂げになったように感じた。アフメドははにかんだ微笑みを浮かべてリリの顔を見上げた。リリはかがんでその小さな鼻をアフメドの頬にこすりつけた。

「髭を剃らなくちゃね」と彼女は言った。

「明日、金を渡して一緒についていってやろう」と、ベッドの上で身を起こしたジャンベグが言った。彼は薪の上の身の裂けた魚に目をやってから、その視線をリリのぽっかりと膨らんだ腹に移した。「魚の代金も受け取ってこなくちゃいけない。早くしないとお客さんがやってくるからな」

アフメドは顔を上げた。リリは長持のほうへ歩いていき、中から小さな赤いシャツを取り出して夫に見せた。アフメドの目が輝いた。ジャンベグは満足げに言った。

「お前が縫ったのか？　いい出来だ。次はズボンだな。生まれてくるのは男の子に決まってる」

リリは長持の中から緑色のズボンを取り出した。

「ほら、これも……」

アフメドはうれしさのあまりいつも閉じたままの顎を緩めて口を開け、リリの腹の上におそるおそる指を乗せた。

「そう、そう」妻はうなずいた。

いくつもの夜が明けた。

アフメドの心は絶えず喜びに満たされた。ありあまる力が両腕にみなぎるのを感じ、その力で櫂を漕いだり、リリをまるで子供のように抱え上げたりした。そうして妻を連れて歩くのがアフメドのお気に入りになった。両腕の上に寝かせた妻を揺らしながら砂浜を歩き、彼女の膨らんだ腹を見つめた。彼の心に新たな力が沸き起こり、腕の力こぶがますます盛り上がった。「これからは、今まで以上に魚をたくさんとらなくちゃいけない。それに、今住んでいる小屋は、近くの村の家々と比べるとあまりに小さくて見栄えがしない」とアフメドは考えた。それらの家ではどこでも、ちょうどリリがつくって見せてくれたような服を着た子供たちが走り回っていた。アフメドは夕方になると一人で市場へ行った。リリはもはや歩くこともままならず、横になってひどくつらそうな表情をしていた。アフメドは妻が苦しんでいるのを見ていられなかった。

その時分にはすでに市場は閉まっていたが、アフメドはそれでも市場の方に向かった。道すがら彼は小さな家々を眺めて回った。それらの家は木の長い脚の上に乗っていて、木の階段で地面と繋がっていた。ある時、そうして散歩していた彼を大きな漁船の船長が家に招き、食卓に坐らせた。アフメドはそこで葡萄酒を飲んだ。温かい液体が体にしみわたり、アフメドは繊細な優しい気持ちになった。日ごろ酒を飲みつけないせいでたちまち酔いが回ったアフメドは、目を大きく見開いて、壁に掛かっている華やかな色の大きな織物を物欲しげに眺めた。その中心には白いレースの飾りのついた薄い布がついていた。それから、船長の妻が食べものを取り出した戸棚のほうに目をやった。船長は笑いながらアフメドの肩を叩き、彼に何かを言っていた。アフメドは分かっていた。船長は、古いベッドに臥せって子供の誕生を待っているリリが元気であるように祈ってくれているのだと。アフメドの頭に不意に妻の顔が浮かんだ。妻に会いたくていても立ってもいられなくなったアフメドは立ち上がり、挨拶もせずに木の階段を駆け下りていった。船長もその後を追って外に出た。

「帰ったのかい?」船長が家に入ると、となりの部屋から妻が大声で尋ねた。

「帰ったよ。きっと海のそばにいたくなったんだろう」夫は笑顔で答えた。

アフメドは波打ち際を走った。足の下で押しのけられた細かい砂がこすれて音を立てた。沖のほうに月の光がこぼれていた。その周囲の波の上を雲の影が漂っていた。月が雲に隠れると、遠くから浜へ向かってくる船の灯りが見えた。アフメドは海のほうを見やってから更に足を早めた。小屋は真っ暗だった。中にとびこんだアフメドの背中を、雲の間から顔を出した月の光が照らした。リリは頭を後ろに倒していた。その生気のない顔は月の光の中で一層蒼ざめて見えた。アフメドはベッドに腰掛けようとした。しかし、そのときリリがにわかに体を起こし、力なくアフメドを押しのけると、毛布の切れ端にくるまれた何かを胸にかき寄せた。アフメドは暗がりの中に立っていた。リリの長く垂れた髪と乾いた虚ろな目、そして毛布の切れ端にくるまれたその何かを、月の光が照らし出していた。毛布の中からしわくちゃの顔だけが覗いていた。女はそうして長い間坐っていた。月明かりで乾ききった目の奥に光が差し込んでいた。月の光は瞳孔を広げ、自らの世界に女を引き込んでいた。母親は丸く赤い月を呆然と見つめていた。アフメドは身動き一つせず立ちつくしていた。彼は何か悪いことが起きたのだと体で直感していた。海がざわめいていた。黒い雲が波立った水面の上を行き交い、月を覆い隠したので、アフメドの小屋の中はすっかり真っ暗になった。暗闇の中で女のすすり泣く声がした。赤ん坊の上に覆いかぶさった母親がすすり泣いていた。母親は毛布をほどいて、子の体に顔をこすりつけ、生み落とされたばかりの消え入るような小さな体を髪で覆った。アフメドは無意識に囲炉裏に火をつけた。まず小枝がくすぶり始め、次第に大きくなった炎がぼんやりと小屋の中を照らした。母親の体の下に、へその緒が首に巻きついて動かない赤ん坊の体が横たわっていた。赤ん坊は生まれてくる前に息が詰まって死んでしまったのだった。

ジャンベグは夜遅く小屋に帰ってきた。黙ったままほとんど火の消えかけた囲炉裏のそばへ行くと、そこにずっと坐っていたアフメドの肩に手を乗せた。アフメドは父親が戻ってきたのに気がついていなかったので、びくりとわずかに体を震わせた。老父はアフメドのとなりに腰を下ろした。リリは泣きやんでいた。彼女は赤ん坊の上に覆いかぶさって動かなかった。

「お前たちはまだ若いんだ」とジャンベグがぼつりと呟いた。リリはまたしゃくりあげた。アフメドは暗がりの中で妻の肩が震えるのを見て胸がしめつけられた。彼の体は空気の中に死や孤独のにおいをかぎとった。彼は生まれて初めて泣きたいと思ったが、できなかった。慰めるためにリリのそばに行くこともできなかった。

「まだ……」とジャンベグは再び言った。「しようがない。お前たちは若いんだ」

リリは神経質に首を横に振った。その目から大粒の涙がこぼれ落ちた。

「アフメド、こんな姿で生まれてきたのよ。分かる？　死んでいたのよ！」リリはしゃくり上げた。夫にそばに来てほしいと、体を撫でてもらいたいと、これまでに一度もなかったほど強く思った。しかし、アフメドはじっと坐っていた。死が横たわっているところに――小さくとも恐ろしく得体の知れないもののところに――行くことはどうしてもできなかった。

翌日、赤ん坊は小屋のそばに埋められた。アフメドが摘んだ花をリリが供えた。

時が流れた。

誰もその死を思い出すことはなかった。しかし、それはあらゆるものの中に見えていた。リリは寡黙になった。アフメドは海で長い時間を過ごし、まるで後ろめたいことでもあるかのようにおずおずと妻の顔を見るようになった。ジャンベグの声だけが小屋の中に小さな生をもたらした。アフメドの心は苦しんでいたが、何も言うことができなかった。ただその肉体だけが変わらずたくましかった。その腕で櫂をこぎ、大きな網を一人で引き上げた。夜は古いベッドの上に横になり、太い腕の中のリリのまぶたに口づけしては彼女をなだめた。アフメドは妻とともに過ごす夜が永遠に続くようにといつも願ったが、朝がその永遠に終わりを告げ、彼を妻から引き離した。アフメドはリリが傍らに横になるひとときを一日じゅう思った。以前は、そのひとときが永遠ではないことを彼は知らなかった。しかし今、それを悟ったアフメドは無意識のうちに怯えた。この発見は彼を狼狽させた。これまで悲しみはひとえに赤ん坊の死から始まったのだと思っていた。これは一面ではその通りだった。赤ん坊が死んでからというもの、アフメドはいつもとらえどころのない恐怖とともに朝を迎えた。

その感情は朝ベッドから起きるとき、リリを一人残して小屋を出るときに始まった。それは漁をしている間も、網を編む間も絶えず彼につきまとい、夜になり、そのたくましい両腕の中に妻の存在を感じるときに消えた。

ジャンベグだけが一人ひっそりとしていた。リリは、アフメドと話したいときにはお互いになんとかして意思を伝え合うことができたが、声を出して話をしたくなったときには老父と話した。ジャンベグもその役回りに慣れていた。二人は夕食時にぽつりぽつりと話した。リリがアフメドに寄りそって横になり、小屋の隅に敷いた毛皮の上でジャンベグがまどろんでも会話は続いた。そんなときアフメドは良い気分だった。二人の会話はまるで彼のものであった。会話はリリの恐怖をかき消した。ぼろぼろの小屋の中で、恐怖は静けさの中から生まれた。恐怖は海からも、陸地の奥でざわめく森からもやってきた。そのような恐怖の時間、真夜中に二つ頭の鬼や悪魔が高笑いをしながら壁の隙間から忍びこんでくると、囲炉裏の火が勢いづき、薪が赤く光った。幽霊たちが炎を囲んで踊り、首にへその緒が巻きついた赤ん坊の体を食らった。怯えたリリが目を開けると、彼女の体はアフメドの両腕にきつく抱きしめられていた。しかし、更に大胆不敵になった幽霊たちは櫂に飛び乗り、海に出て、小舟や高価な宝をさらい、アフメドの腕から彼女をもぎとろうとした。リリは震えていた。

「ジャンベグ、ジャンベグ、もう朝でしょう?」

「もうすぐ陽が昇るさ」年老いた漁師はしわがれた低い声で答えた。

幽霊は人の声に怯えて逃げていった。小屋の中は空っぽになり、外では波が騒いでいた。陸のほうからは木々のざわめきや犬の吠え声が聞こえていた。夜明けに鶏が鳴いた。彼女の体にしっかりと巻きつけられたアフメドの両腕は再び頼もしい守り神になった。

冬にジャンベグが体をこわした。ジャンベグは熱にうなされてうわごとを言った。その声は一晩じゅう幽霊たちと戦い、最後には幽霊たちを打ち負かした。すると小屋は空っぽになり、リリも休めるようになった。

それから数日間、ジャンベグの声は次第に弱々しくなっていった。雲がすっかり月を覆い隠してしまった夜、ジャンベグは息も絶え絶えになった。

幽霊たちは彼の意味のないうわごとをもう怖がらなくなり、小屋は幽霊でいっぱいになった。リリが叫んでも老人は応えなかった。もはや高熱も、孫が死産したことも、唖の息子を一人この世に置いて行くこともジャンベグを苦しめることはなかった。

朝になっても老人は眠ったままだった。そして一日じゅう起き上がらなかった。

二人は二日後になきがらを葬ることを決めた。その間にアフメドが古い小舟の板で棺桶をつくった。作業は夜まで続き、彼は棺桶を小屋の隅に立てかけた。リリはベッドの上で小さくうずくまっていた。それから音も立てずに立ち上がると、わずかに残り火の燃える囲炉裏のそばに行き、火のついた長い細枝を取って、それでランプを灯した。ランプは小さな炎を少しずつ大きくし、古い小屋の壁を照らし出した。紐で繋がれたたくさんの干し魚と重い漁網が天井から吊り下がっていた。網は水に浮くように浮きが取りつけられていた。梁には二本の長い櫂が突き刺さっており、その上に漁具や折れた櫂が載っていた。アフメドのつぎはぎだらけの服も掛かっていた。アフメドは扉の閂の下に坐り、端の焦げついた小枝に時折火をつけていた。次の薪をくべるまでの間、炎はしばらく静かになった。

リリは外に出た。扉がきしんだ。再びリリが小屋の中に入ってきたときも扉はまたきしんだ。彼女は水をためた鍋を持ってきて、それを囲炉裏の上にぶら下がった鉤に掛けた。今度はリリが囲炉裏に小枝をくべた。炎は再び小屋の古いきれいな壁を照らした。リリはほうきを手に取り、炎に照らし出された蜘蛛の巣を払ってから、魚のはらわたを取った。それを済ませると、疲れた様子でアフメドのとなりに腰掛けた。炎が弱くなった。アフメドはリリの体に腕を回した。リリは華奢な肩をアフメドの胸に押しつけた。リリは震えていた。小屋の中の静寂を怖れていた。リリは努めてランプの方を見ないようにしていた。ランプの下にはアフメドの死んだ父親が毛布をかぶって横になっているのだ。二人はしばらくそうして坐っていた。それからアフメドは立ち上がって斧を握り、棚から釘を取った。彼は朝に用意した木の板で棺桶の蓋をつくる作業に取り掛かった。リリは板を打つ音に力づけられ、誰かと話がしたいと思った。しかしジャンベグはすでに死んでいた。身振り手振りでアフメドに伝えられることには限りがあった。それに、夜になると、アフメドとそうして話すことは彼女をさらに怯えさせた。

アフメドは棺桶の蓋をつくり終えると、再びリリのとなりに坐って彼女の体に腕を回した。囲炉裏の火はすでに消え、鍋の中の魚が煮上がっていた。小枝をくべる者は誰もいなかった。棚に置かれたランプだけがぼんやりと光り、その下には毛布を掛けられた男のなきがらがあった。リリの目に映る小屋はただ恐怖と空虚さに支配されていた。明かりが灯っている限り、リリはアフメドの両腕に守られていた。ランプの油が切れかけていた。そのとき、アフメドにとっては恐怖も空虚さも存在していなかった。彼が巻きつけた腕の中で震えているリリだけがいた。

一晩じゅうひっきりなしに幽霊がやってきた。鬼たちの体は前よりももっと大きかった。小さな悪魔が小屋の中のあらゆる鉤に取りついて、気味悪く笑いながら舌を出しておどけた顔をして見せた。小屋の隅に黒く立っている棺桶から百本足の男が這い出してきて炎の中で踊った。男の長い両腕はねじれ、今にもリリの顔に触れんばかりだった。小男たちが背中に箱を担いで小屋に入ってきて、その中からへその緒を首に巻き付けた赤ん坊が刺さった串を取り出した。小男たちはその体を焼き、がつがつとむさぼった。それを食い尽くすと、小男たちは別の大きな体を取り出して焼いた。肉が臭いを放った。それは老人の体で、ジャンベグの頭がついていたが、魂は宿っておらず危険だった。

「ジャンベグ、ジャンベグ!」とリリが叫んだ。

ジャンベグは何も言わなかった。鬼たちは魂のない体を食らい続けていた。一人の女の声など怖がる風もなかった。返事のない叫び声に、悪魔たちは更に大胆になって走り回った。

「ジャンベグ、ジャンベグ!」リリはあらん限りの声を張り上げて再び叫んだ。

目を覚ましたアフメドは力こぶをつくり歯ぎしりした。今やアフメドまで悪魔のようだった。リリはベッドから飛び降りようとしたが、アフメドの両腕がそれを許さなかった。

「助けて、助けて!」と、リリが絶望的な悲鳴を上げると、幽霊たちは不意に消えた。リリは目を大きく開けたままベッドの上に坐っていた。アフメドは木の棒を手に握っていた。小屋の扉が開いていて、戸口に生きた人間の影が見えていた。その後ろには白く静かな海があった。

「俺だよ、アフメド」と、その影が言った。アフメドはそれが大きな漁船に乗っている見知った若い漁師だと気がついた。

「こっちに歩いてきたら、リリ、あんたの叫び声が聞こえたから」

アフメドは背中を向けて再びベッドに横になった。男は立ち去った。人間の声に怯えた幽霊たちは朝まで二度と出てこなかった。

朝は静かで、陽がさしていた。

アフメドの心は波立った。夜は過ぎた。リリと一緒に眠る日がまた一つ過ぎていった。夕方までリリの姿を見ることはない。アフメドは沖に向かって櫂を漕いでいた。その間、彼は恐怖についても、リリのことも考えていなかった。彼の心の中にはただ得体の知れない不吉な律動があった。妻とともに過ごした夜が明けると、次の夜も彼女と一緒に過ごすことができるのかどうか、アフメドにとってそれはもう確かなことではなかった。ちょうど夜に代わって別れの朝がやってくるように、妻と一緒のこの暮らしに代わって、別の暮らしがやってくるかもしれないとアフメドは感じていた。この思いは父親を葬ってからアフメドの心をより強く捉えるようになった。リリと話すことでジャンベグが埋めていた役目にぽっかりと穴があき、アフメドはその空虚さを怖れた。その空虚さは、アフメドが妻に対してこれまで通りに振る舞おうとするのを邪魔した。平穏を最初に乱したのは死であった。その死は赤ん坊のものだった。平穏は再び死によって——小屋の裏に埋められたジャンベグの死によって——乱された。

これらの出来事を経てリリは暗鬱になった。陽気さは消え、アフメドを優しく愛撫することもなくなった。夜ごと彼女は恐ろしい夢にうなされ、震え、叫んだ。そして、これらの死の後、ある日、アフメドが漁から帰ると、小屋には誰もいなかった。

リリはもうそこにいなかった。アフメドは冷たく小さな小屋の中に独りきりで坐り、何も言わずに出ていった彼女が戻ってくることはもう二度とないだろうと感じていた。ただ海だけが変わらず彼に忠実だった。激しい風や波の音がする夜、女の叫び声が聞こえた気がすると、アフメドは血相を変えて外に飛び出し、水を掻き分けて泳いだ。自らの命も顧みず、水でむくんだ人間の体を海から引き上げ、その体から水をしぼり出して、命を吹き返そうとした。

漁の後、アフメドは半裸のままよく浜に寝そべって、壊れた古い小舟を待っていた。その小舟の底には海からの贈りものが横たわっているはずだった。毎晩、彼の心は痛みに満たされた。一人ぼっちで眠る彼にはただ朝が来ることだけが望みだった。朝が小舟を運んできて、彼にリリを返してくれるのだ。アフメドは朝日が昇るまでに舟に乗り、鋼鉄のような腕で櫂を漕いで沖へ出た。彼にはその力だけが残っていた。力は全てを埋め合わせた。その力のない暮らしなど、彼の肉体は想像することさえできなかった。

時が流れた。

アフメドはその力で貧しい者たちに魚をやり、旅人に一夜の宿を与え、時にはおぼれかけた者を波の間から救い出した。命を救うことを妨げるものは何もなかった。たった一人残されたアフメドは、死というものを誰よりもよく知っていた。死が彼からリリまでも奪っていったのだ――アフメドはそう考えた。

再び時が流れた。

アフメドは年老いた。海の水のせいで彼の目も衰えた。何が善いことで、何が悪いことか、そんな感覚さえもはや心の中にはっきりと浮かび上がることはなくなった。アフメドは老いさらばえた。昔の悲しい思い出も忘れ、人を助ける喜びも忘れてしまった。

さらに時が流れ、アフメドは彼の唯一の望みであった力も失くしてしまった。そんなアフメドのところに、セダという名の老女と見捨てられた小犬が住みついた。セダは市場からやってきた少し気のふれた女だった。

夜になると小犬は扉のそばでくんくんと鳴いた。それから暗がりで怒り狂ったように影に向かって吠えた。アフメドは腰を曲げて火のそばに坐り、焼けた小枝を掻き回しながら、熾火に息を吹きかけていた。今でこそ弱々しい骨にしぼんだ肉がついただけの体も、かつては大きな力こぶが炎に照らされて赤銅色に映えたものだった。頭がふらふらしていたが、彼はもはや自らの無力を嘆くこともなければ、もうそんなことを感じることさえなかった。

外では小犬が吠えていた。小犬は尻尾を振りながら小屋の中に飛び込んできて、再び出ていった。アフメドはもうすぐセダが入ってくることが分かっていた。セダは年老いた漁師の横に水の入った水差しを置くと、火のそばに坐った。炎がしぼんだ腿を照らした。セダは首を垂れてしばらくうとうとしていたが、やがて温かい土の上に横になり、眠りについた。アフメドは再び火を掻いた。セダの破れた服の裾からしぼんだ腿が白く赤く覗いていた。アフメドの足のそばでは、小犬がくんくんと鳴きながら、熱い舌でアフメドの手のひらを舐めていた。年老いた漁師の心の中で、ある女から感じたことのある感覚がかすかに目を覚ましかけた。その女のことをアフメドは知っていたが、女は彼の頭がもう思い出すこともできないほど遠くにいた。そんな感覚が消えてしまってからすでに長い年月が経っていた。彼の中に残ったのは、ただ、いつかリリの裸体を見た時に湧き起こった本能的な衝動だけだった。今はもうほとんど色を失ったその経験は、古い思い出の中から、愛情や失望、そして死に対する嫌忌《けんき》の鈍い痛みとともに彼の心に残っていた。

彼の感覚はかすかに掻き乱された。あれからこんな風に女の体を見たことはなかった。いつか経験した衝動がアフメドの老いた肉体をぼんやりと興奮させた。小犬が彼のしょっぱい手のひらを舐めていた。その温かさは心地よいものだった。アフメドはゆっくりと立ち上がると、這うようにして老女のとなりに移り、腰を下ろした。彼は再び火を掻き、しばらく女の肌を見つめていた。何かがアフメドに、よりはっきりとそれを感じ取るべく手を触れるよう促した。アフメドは皺だらけの指を女の足の上に置き、腿をつまんだ。目を覚ましかけた感覚はどこかに消え去ってしまった。その腿は冷たく、何の感覚も引き起こすことはなかった。外に飛び出した小犬が再び影に向かって唸っていた。アフメドはゆっくりともとの場所へ坐り直した。もう女の肌は見えなかった。彼はただ喉の渇きを覚え、水差しに口をつけた。アフメドがごくりごくりと重い音を立てて水を飲み込むと、彼の体を形のない命が支配した。冷たい水が喉を通り、胸の上にこぼれた。彼の体は生を感じた。その命はぼろぼろの小屋の中で、脇で老女が眠る消え残った火のそばに坐っていた。その命は感じていた。外で吠えている小犬が戻ってきて、また彼の手のひらを舐めるだろうと。小枝をくべた際に消えかけた火がまた炎を上げるだろうと。そしてその炎が女の腿や小犬の舌や壁に掛けられた網を再び照らし出すだろうと。

（一九五七年）

アラヴェルディの祭　ალავერდობა

今年の春はずっと雨が降っていた。夏もそうだった。人々は雨合羽や薄いコートを着て表を歩いていた。秋には雨が上がるだろうと誰もが期待していたが、九月に入って雨はますますひどくなった。グルジアを初めて訪れた者だけが、それでもここの天気は北よりもずっとましだと自らに言い聞かせながら、乱れた髪に白いシャツでずぶぬれになって歩き回っていた。氷結する海に注ぐオーデル川の河口のリイスクからやってきた人々は——向こうでは海で泳いで肌を焼くそうだが——「それでもコーカサスの天気はなんと素晴らしいのだろう」と興奮して話していた。グルジアでは雨が降り続いていた。しかし、ここではいつも天気が良いとされているので、旅行者たちは雨を信じようとしなかった。

そんな話をするまでもなく、テラヴィに着いたときは私も、葡萄の収穫が始まろうとしているカヘティ地方でこれほど物憂げで味気ない、冷たい天気が続いているのがどうにも信じられなかった。

それから三日間ずっと雨が降っていた。二十七日はアラヴェルディ*の祭りだった。二十六日の夕方に雨がやみ、湿った太陽が横に長い光の筋を放ちながら一時間ほど雲の上に顔を出した。その雲の重さは、水を吸って膨らんだ山々もやっとのことで支えていたほどだった。太陽が沈みゆくにつれ、雨上がりの大気の中に、コーカサス山脈に沿って緑色に横たわる草原がくっきりと姿を現した。それまで誇らしげにそびえていた山々は宵闇とともにいつの間にか後ろに退いた。その美しさはあたかも全く別の摂理に支配されているかのようだった。山並みの真っ直ぐな線は平地の限りない広大さと奇妙に混ざり合った。

＊　東部カヘティ地方の修道院。十一世紀に建立され、十五世紀に改修された大聖堂は近年まで国内で最も高い教会だった。

一つになった果てしないアラザニ平原が前にせり出し、広がり、周りのすべてを覆っていった。最後の光は、後に残したコーカサス山脈の雪とともに、栗色や赤味がかった秋の森も闇に埋めた。太陽が沈んだ。

光に慣れた目には弱々しい小さな星たちが映らないひと時。巨大な闇が立ちはだかり、その闇のなかに限りなく奥のほうからこちらへ続く茫漠たる草原が見えた。いや、それは見えたのではない。人の目が直感で感じたのだ。カヘティの男の肉体がその存在を感じとったのだ。夜のように広大で果てしないものだけがこの闇を理解することができた。

知らぬ間に目は暗さに慣れてしまった。その暗がりの中から、にわかに星たちが不思議な力で噴き出してきて、カヘティの空をすっかり征服してしまった。そよ風が吹いた。風は、木がぽつんと生やした葉の上で、まるで露のしずくのようにいったん立ち止まると、葉をわずかに揺らして引っ張った。その力が衰えたかと思うやいなや、次の穏やかな波がやってきて、ほとんど消えかけた最初のそよ風に調和して力を添え、他の葉にも風の存在を知らしめた。弱々しい秋の葉は陰に隠れたが、無害な涼しい西風の撫でるような心地よさに、ほとんど抗うことなくその身を委ねた。大きな木々がカサカサと音を立てた。シナノキもざわめいた。千年を数えるテラヴィの菩提樹も静かにさざめいた。ツィヴィの山々の裾野からアラザニ川の河原へと下りてきた歌は、密やかな、無害な声で響きわたった。

宵闇に包まれるとともに、城壁の高い塔の上に腰掛けていた男の目は悲しみを帯びた。男はその感情のままに孤独の涅槃の中におぼれようとした。しかし、夜のその時間の自然は人間のいかなる感情よりもはるかに強力だった。悲しみはまるで最初の葉のざわめきのように散り失せてしまい、男の肉体は周囲の子供じみた祝祭性とひとりでに融け合った。一瞬、男は最初の創造者のもとに立ち戻り、同じようにざわめき、同じ言葉で話した。男の心は自らの言葉で呼びかけたいとの願いに満たされた。その願いはもとの調和を乱し、人の声を伴って新たな調和を生み出した。その声はまず音のない感情に始まり、やがて音として顕れて歌となった。

男は塔の上に独り坐りながら、自然の力によって歌っていた。男は自然について歌っていた。自身の音にすっかり埋もれて歌っていた。息を吸う合間にだけ、自分がどこか見知らぬ場所へ自然から遠ざかっていくのを感じた。その感覚は奇妙に彼の声から自然の重みを奪った。すると声は悲しげになり、どっとあふれ出て途切れず続いた。森の声も、風の声も、ざわめこうとするアラザニ平原の願いも全く理解できぬ無力さから時には泣き声にさえなった。孤独な声はこの宿命的な不調和について語るべき同類の仲間を探していた。

男の歌が途切れ、再びそよ風と木の葉と、草の茂った河原のざわめく調和した音楽がすべてを支配した。塔の根元に隠れていたコオロギが鳴き出した。蛍がぼんやりと光りながら草むらの中に紛れた。塔の上に坐った男の心はどこからともなく押し寄せてきた誇りで満たされた。不調和がもたらした悲しみに代わって、彼をこの暗闇から、絶え間ないざわめきから切り離すその人間的な力が新たに確信的な勝利を得るのを感じた。男は坐ったまま再び歌い始めた。声はその肉体に更に大きな力を与え、男を立ち上がらせ、あらん限りの声で歌わせた。男は自らの声で歌っていた。自然は自らの音でざわめいていた。そしてようやく今、真夜中に、アラザニ平原に果てなき一つの祭りが打ち立てられた。

河原から飛び出してきた白鳥のように白いアラヴェルディの聖堂が、二十七日の夜を徹して祭りを祝っていた。

風変わりな転調

「古くは宗教的祭礼であった祭りはその本来の意義を失い、今や酔漢や無為徒食の輩たちによる束の間の騒ぎと狂乱の場となり果てた」――新聞より

九月の終わりにアラヴェルディで催される伝統的なキリスト教の祭りは、秋の実りの大部分の収穫に関係している。そのため、祭りはことのほか多民族的な性格を帯びる。これはグルジアで珍しいことではない。この祭りで夜を明かそうと、ディド人[*1]やトゥシ人[*2]、レキ人[*3]にツォヴァ人[*4]、大勢のキスティ人[*5]、まばらにチェチェン人も、つまりここまでたどり着くことのできるカヘティじゅうの農民がやってくる。それにカラジャラのアゼルバイジャン人、いわゆるエリたちも。宴に興じる者の十分の一ほどが常にエリである。彼らは子供でいっぱいのおそろしく小さな荷車でやってきて、城壁の端に陣取り、そこで飲

み食いして夜を明かした後、ひっそりとそれぞれの家に帰っていく。一方で、巨大なパパヒ[*6]をかぶった大きな三角形の頭のディド人たちは、酔いが回ると、荷車の間をうろうろとぶらついては、何か諍いが起こった途端にその場にキスティ人を残し、自分たちは城壁の陰に隠れてしまう。

＊1 ダゲスタン系の民族。カヘティ地方にも少数が暮らす。
＊2 カヘティ地方北部のトゥシェティ地方の住民。民族的にはグルジア人。
＊3 ダゲスタン系の民族。カヘティ地方にも少数が暮らす。
＊4 トゥシェティ地方およびカヘティ地方に暮らす、チェチェン・イングーシ人に近い人々。
＊5 カヘティ地方に暮らすチェチェン系の人々。
＊6 羊の毛皮の帽子。

敬虔な者も、その場限りに神の力を畏れる不信心者も、めいめいが好き勝手に夜通し祈り、神を讃え、歌い、酒を飲む。女が男をもてなし、夜には一定の秩序の中でどこか家庭的な雰囲気に包まれる。神と労働を尊ぶ慎み深い農民たちは、夜が明ける前に幌つきの荷車に家畜を繋ぎ、陽が昇る頃には教会を後にしている。

騒ぎの場所に残されたのは葡萄酒と宴席の天幕と、何の考えもなしに、家族もなく無粋に居坐った酔いの醒めた人々である。その中心にレキ人たちが入ってきて、交じり合い、一緒になって飲み、別れては、再び交じり合う。酔っ払った主人を目にした馬たちが興奮して荒い鼻息を鳴らす。あちこちから「ウオッカで迎え酒だ、迎え酒」という声がする。

夜の色が密やかに失われていく。太陽が昇り、雨のない、葡萄にとっては恵み豊かな、濃密な暑い朝が始まる。紛れもなくカヘティらしい一日だ。太陽が大地の中心に照りつけ、あらゆる涼しさを、朝露の跡さえ吸い取り、地面から蒸気とともに砂ぼこりが立ち上る。

大きなパパヒと、羊飼いらしい暖かい毛皮の上着を身に着けたトゥシ人たちが、城壁の内外をまるで間抜けな幽霊のように奇妙にうろついている。レキ人たちは鍔《つば》のついた端正な小さな帽子をかぶっている。髪を刈り上げたカヘティの村の気取り屋たちはベルボトムのズボンと踊ってぼろぼろになった靴をはいて、大きな毛皮の上着に包まれた人影を挑発するように見つめている。

道の上には四方とも、やはり幌つきの荷車がずらりと並んでいる。荷車は誠実で勤勉な農夫たちでいっぱいで、夜を明かした彼らはそれぞれの家へと帰っていく。宴の跡を離れようとしないのは、無為な者やここで一仕事しようと残った者、あるいは祭りの役回りがまだ抜けきらない者たちだけだ。隣村からやってきた葡萄酒の売り子が懐を温める。棒の先についた赤いべっこう飴や飴玉、レモネード、由来の怪しい組合の品々が太陽に照らされ、雫となってしたたり落ちる。笛太鼓の音がそれらすべてをまとめ上げようと甲斐なくむやみに鳴り続けている。何人かのトゥシの男がエリに交じって、音楽もなしに日なたで酒を飲みながら、時にグルジア語で、時にアゼルバイジャン語でぶつぶつと話し、祈り、悪態をついている。騒ぎが収まり、宴が眠りに就こうとしたまさにその時、ここで夜を明かした人々に、十分な眠りをとってやってきたテラヴィの商人や運転手たちの新たな一団が合流する。太鼓やアコーディオン、笛にチアヌリ*が新しい力を得て鳴り響く。並び合って笛太鼓を奏でるいくつかの集団が新参者たちを盛んに踊らせる。彼らは城壁を通って中へと入っていく。さらに欲を出して教会の中に入る者もいる。肩の角張った服を着た、田舎じみた娘たちがどこからともなく現れる。彼女たちは男がどういうものか近くで見たこともないくせに、ここでは気晴らしに、自らを気高く、それでいて程よく淫らに見せようと、笛の音に合わせて仔豚のようにせわしなく動き回る。男女の踊りはまるで調和せず、そのうちに一つになったかと思いきや、葡萄酒や逃れようのない暑さが再び二人を引き離してしまう。しかしながら、踊りの興奮はその無意味さゆえにますます熱を帯び、一番の高みに上りつめる。この巨大な酔客の集合体は奇妙な無関係性によって共に宴に興じているのである。夜を明かした者たちは、やってきた踊り手たちにいかなる感興も関心も示さず、ひたすら酒を飲み続けている。商人や運転手や村の気取り屋たちが好き勝手に踊っている。一方では、城壁の方を向いて、火を囲んだ宴席がずらりと並んでおり、ところどころに天幕が張られている。宴席はヒンカリや羊肉、牛の頭や脚、一度蒸留したウオッカや二度蒸留したチャチャ、酒の詰まった革袋や空の革袋などであふれ返っている。奇妙にもそれらの自然な付属物の体を成しているのが、厚着した山岳民のキリスト教徒やムスリムたち、毛皮や軍服を着た人々である。この一キロメートルほども伸びた静物画に平行して、幅二、三メートルばかりのやわらかい砂地の道が走っており、その道の反対側は、笛太鼓が鳴り響く中、ほかでもないあの熱狂的な動きが支配している。この相対する両側の間を驚くべき素早さで人々が行き来し、彼らは行った先の完全な一員になってしまうのである。太陽が昇るとともに踊りもますます勢いづく。肩の張った四角い小さな頭の青年と、若者よりも若々しい風采のすらりと背の高い老人の二人が、朝に始まった踊り合いを相変わらず続けている。二人の踊り手は夜が明けるやいなや投げ銭をたんまりと得た。身を翻すたびに二十五ルーブルや五十ルーブル、百ルーブル札が入る。周りを取り巻く人々は三時間ほどもそのリズムに合わせて手を叩いていた。やがてリズムは乱れ、手拍子も鳴りやみ、四角い頭の太った青年と背の高い老人の観衆は散り散りになった。笛太鼓もこっそりと立ち去り、他の場所で演奏を始めた。二人の踊り手は、周囲で起こったあらゆる事態の無意味さに唖然となりながらも、いよいよ狂ったように回り続けていた。一度火のついた熱狂は冷めることがない。本当は疲れ果てた両足にどこからか更に大きな力がみなぎってくるのを感じ、際限なく動き回る。急に砂利道の上に膝をついては、叫びながら飛び上がり、互いにけしかけ合う。この孤独に興にふける人々に感じるのは、奇妙な空虚さとそこに発する持続的な不変の力である。

＊ 民族楽器の一種。胡弓のような擦弦楽器。

音楽も観衆もなしに踊り狂う二人を見ている男の心に、下唇を突き出したような後悔混じりの皮肉と悲しみが生まれる。男は思う。これはもはやアラヴェルディの祭りではない。この宗教的祭日はもはや滑稽なまでに至った惰性に過ぎないのだ。昨日の宴の幕切れは見るに堪えない悲喜劇のようで、あまつさえ本来その日は歴史的にも祭りの最後の日であった。キリスト教の教会の中で、至聖所を仕切る壁の下に首のない雄鶏や羊の頭や脚が転がる日が来ると、いったい誰が想像しただろう。教会の隅で慎ましく身をすくめ、熱心に神に願いを訴える黒衣の祈禱者はまばらに見えるのみだ。

アラヴェルディの祭りにもはや救いはない。今になってトビリシからたどり着いた、道中の暑さに当てられてくたくたの見学客たちも、立派な身なりの学者たちも救いにはならない。学者たちは宗教的な笑みを微かに浮かべてあらゆるものをうやうやしく見物している、彼らは長期間にわたる学業を一日休み、奇異な体験を求めてやってきたのだ。とりわけ奇妙で、涙を誘うほど滑稽に見えるのは、毛皮の上着を着た山男たちの暗い色に交じったロシア娘である。彼女たちは旅行者らしく胸ぐりの深い袖なしの服を着て、鼻は日に焼けている。しかし、これほど対照的な身なりにもかかわらず、彼女たちは誰の目にも留まらない。ここまで必死の思いで苦労してやってきた見物客たちは、宴に参加するつもりでいたのに、たどり着くやいなや、彼らを迎えた人々との間にいかなる繋がりも見出せないことを思いもよらぬほどはっきりと、落胆とともに感じるのである。トビリシやロシアから来た者にとって、あるいはテラヴィからやってきた者にとってさえ、ここにいる人々は、売り物として大量に運ばれてきたのに買い手もなく放置された黒いガウンや沸かしたレモネード、ベルト、鞍などとたちまち同じになってしまう。一方で、「ここの」人々にとっては、訪問者たちはおそらく棒の先についた赤いべっこう飴ほどの価値も無く、誰一人そちらに顔を向けようともしない。

抑えがたいむやみな情熱と一体化した、奇妙な無関心が辺りを支配している。音楽も観衆もなく取り残された、すでに馴染みの汗だくの踊り手二人は、さながらあらゆるものを舞台監督の主要な着想として引き立てているかのようである。車から飛び降りたばかりの我らが物語の主人公は、踊り手たちを眺めながら泣きたいような気分になる。何かを為さねばならない。どうにかしてこの人々を揺り動かさねばならない。彼は二人の踊り手に無言でゆっくりと拍手を送るが、やがて手を止め、笑みを浮かべる。彼のその試みはあまりに馬鹿げているのだ。

彼は長いあいだ太陽に頭を向けて立ったまま、二人の踊り手の自由気ままな律動を、彼らが走り、飛び跳ねるさまを見つめている。二人の掛け声が聞こえて、彼の心は怒りに満たされる。観衆も注意を向ける者さえいないままに、これほどの力が、これほどの思いが費されているのだ。それを眺めていると、不意にどこからかまるで生命を思わせる陽気な音が聞こえてくる。彼はようやく目が覚めたかのように、満面の笑みを浮かべ、馬鹿笑いをする。彼の前で奇妙な一幕が始まる。宴に興じる黒い群衆を割って伸びる白い道の上で、ロシア娘たちが輪をつくり、手を叩きながらレキの歌を歌う。腕を露わにした二人――若い娘と婦人が飛び跳ねながらレキの舞いを踊り、笑い、心の底から楽しんでいる。その輪に加わったカヘティの青年が手拍子を合わせる。青年たちの数が増え、誰かが太鼓やアコーディオンの奏者を連れてくる。そして我らが主人公がいったい何を目にしたのか！――輪のそばで口をぽかんと開けて立っていた、毛皮の上着を着たレキの男が数人、手拍子に乗る。人々は彼らのほうに動いていく。さて、これでやっと本当の気晴らしが始まり、疲弊したあらゆる宗教的な惰性が終わるのだ。宗教的惰性は、たとえ信仰心を失っても、アラヴェルディの地に暮らす人々の間に自然と存在する。あたかもその人々は、自分がここに来た真の意味を、この余所者たちから理解するかのようである。しかし、今にも覚醒しようとするそのとき、他人の気晴らしを眺めたがる者は誰もおらず、すべてが再び止まる。

白昼、宴の中のアラヴェルディは、削り出された動く石でいっぱいの生きた墓場の様相を呈する。ロシア人たちはめいめいにトラックに乗って、あまりに長いあいだ互いに慣れ親しみ、互いに顔を見飽きた連中を後に残し、アラヴェルディを去っていく。

これほどの酔客がいてもいかなる争いもない。喧嘩をする者もいなければ、腰にぶら下げられたままみじめにも忘れ去られた短剣を振り回す者もいない。軽い言い合いさえ起こらない。相も変わらず、甕の底からすくい上げられた秋の最後の葡萄酒と照りつける太陽、そして酔いの回った人々がいたずらに入り交じり合う。

エキセントリックで、生来の酔狂さにあふれた芸術家にとって、この一部始終を眺めているのは容易なことではない。男はあえて情熱を昂《たかぶ》らせ、他の人々のように酔おうと葡萄酒をあおる。そうすれば彼らに見えている何かが、ここに来たことを正当化してくれる望ましい何かが見えるかもしれない。甕の風味を帯びたカヘティの酒の心地よい温かさが彼の体の中で膨らみ、留まることを知らず人々の中を駆けめぐり、誰も彼もに広まっていく。誰と話そうが、話を聞かせることもできず、もはや何も聞こえない。しかし、彼にとっては、ほんの一瞬であれ変化をもたらす何かをやり遂げることが不可欠だった。それなしでここを去れようか！　この状況では彼のような性質の人間は何をしでかすか分からない。このような瞬間、彼は自らの考えを実行すべく驚くほど狡猾で、愚かなまでに大胆になる。すべてを芸術の舞台となし、たちまちのうちに何か一つの事件によって、一つの目的によって、一人の運命によって観客の興味を惹きつけることのほかに、彼にとって意味あるものは何もない。周囲のすべての人々に何か一つの関心の対象を、一つの目標を与えんとの芸術家の本能に、彼はすっかりとらわれている。彼の内面は打ち震えている。思考をすでに満たしている感覚は、ただひたすら幕が上がるのを、最初の着想を求めている。いったん始まってしまえば、役者は自らの役に入り込み、興奮した人々は彼に拍手を送るか、あるいはあらゆるゴミを投げつける。役になりきった役者はもはやそれについて考えることもできない。

グラムは狩りに向かう猫の足取りで、荷車の陰に坐って延々と葡萄酒を飲んでいるトゥシャやレキたちの一団に忍び寄る。その中からは、「しようがない、もう一杯飲もうじゃないか……」というトゥシの呂律の回らない声が絶えず聞こえていた。

酔っ払った馬主たちは、グラムが胸の広いムティウレティの馬を放したのに気がつかない。グラムはほとんど誰の目にも留まることなく馬を人々の輪の外に連れ出し、裸の背に飛び乗った。

グラムは喧騒を後に残し、上の森を目指して砂地の道を馬で駆ける。情熱にとらわれた男は早駆けで馬を走らせる。馬を駆けて再び人々の中に飛び込み、衝突させせんとの思いにかられている。何かが、決定的な何かが起こるのだ……しかし、彼はもはや感情にのみ突き動かされており、それについてもう思考することができない。草原のほうにのびた森の端、そこからはもうアラヴェルディも人々も見えない。辺りは不自然に静まり返っている。森のすぐそばを涼しげな小川が流れており、ちょうどそこで折れて茂みの奥に消えていく。一人きりになったグラムは妙に身をこわばらせる。耳をぴんと立てた馬が小川の中に立って水を少し飲んでいる。わずかな物音さえも聞こえない。グラムは周囲から完全に隔絶して立っている。この静けさの中で、漠然とした願望が一つの偉大な交響曲となり、非現実性により何倍にも増幅されて聞こえてくる――どこで始まったのか？　どこで終わるのか？　何が起こらねばならないのか？　聞き手は何も分からない。これはすべての音が、すべての要素がそろった完全な一つの音楽である。その音楽から身を守るたった一つの方法は、動かないこと、抵抗しないことだ。すると突然、交響曲に伴われることなく、一つの音が銃弾のように驚くべき素早さでどこからか飛び出す。蚊の羽音だ。グラムはやにわに涼しい場所から暑い草原の上へ躍り出て、馬を引く。蚊の羽音はばらばらに分かれて千の音となった。乾いた草がぽきぽきと折れ、粉々になった。熱せられた空気が幾つもの輪となって後をついていく。グラムの体が火照った。後から追いついた馬がグラムに並ぶと、二つの体は瞬く間に一つの塊と化した。

「馬がいないぞ」用を足しに荷車の裏に行ったアゼルバイジャン人が言う。

「ああ、そいつは最高の馬だ。昨日は競馬に勝ったんだぜ」酔っ払ったトゥシの男はそう答え、馬が繋がれていない荷車のロープをぼんやりと眺めている。

「俺の鞍はここにある」やぶにらみのアゼルバイジャン人はきょろきょろと辺りを見回している。

「あれ、馬はどこだ?!」我に返ったトゥシの男が不意に叫び、両腕を振り回す。その声に何人かが頼りない足取りでその場を離れていく。おそらく、これだけ酔ったからにはそろそろ喧嘩をしてもいいはずだとでも考えたのだろう。

「ほら、谷川の方に下りたようだ」

「何だって?」

「そこに足跡が見えるじゃないか」

トゥシの男はそれを見る。

「馬はどこへ行った?!」男は更に正気に戻って声を張り上げる。

動きに飢えていた者たちはたちまち騒ぎ出し、悪態をついた。そして、馬を捜すためか、それとも眠るためか、散り散りになりかけたまさにその時である。森の端からまっすぐにのびる道の上に、理性を失い狂気と化したムティウレティの馬が見知らぬ騎手とともに飛び出してきた。怒りやその他の興奮にかられた集団は、一歩も動くことなくそれを見つめている。

騎手にはその集団は見分けられない。遠くから人々はあたかも城壁の延長のように見える。彼が感じるのはただ狂った疾駆のみ。火のついた馬を止めることはもはや不可能だ。彼の前で、あらゆる教会の中で最も美しく、最も大きなアラヴェルディがまるで巨大な白い船のようにますます大きくなる。船は、海の霧の中から突然現れた小舟の上の一人の男のほうに宿命的に近づいていく。船をすぐに止めることは誰にもできない。グラムも馬を制止できず、アラヴェルディは彼を呑み込まんとさらに大きくなる。外から見ればすべてはすぐれて詩的で、男はそれを内側から二重に味わっている。不意に、狂乱の絶頂の最中で、彼の前で草原は裂けて峡谷となり、その端で男は口をぽかんと開けた人々を一つの塊と認識する。白い教会は宿命的な素早さで失われる。

立ち上がって黙り込んでいた者たちは一斉に「おお」と声を漏らす。人々は馬が騎手とともにまるで転がる岩のように谷に下りていくのを見た。

あちらこちらから何倍もの大きさで「おお」と聞こえてくる。谷から飛び出した無傷の騎手が、さらに大きな力で人々の真ん中へと馬を疾駆させる。思いもよらぬほどにさまざまな顔がほとんど馬の蹄《ひづめ》の下から目にも留まらぬ素早さで逃げていく。ズボンをはかず性器も露わな子供、黒衣の女性の年老いた鼻、踊りをやめた娘のお下げ髪と太い腰、ぷっくりと頬の膨らんだ笛吹きに痩せっぽちの太鼓叩き——太鼓は手から滑り落ち、石の上で大きな音を立てて割れた。レキの男が四角形の体で家族をかばって前に立ちふさがる。こちらを向いたその頭がまるで尖った断崖の縁のように大きくなる。手に握られた短剣が光っている。稲妻のように迫り来る馬に向かって男が踏み出した二歩により、疾駆は一段と速度を増す。グラムはレキの男の顔がひどく歪むのを見た。その顔は大きくなり、たちまちさらに四倍になり、十倍になり、電光石火の素早さで脇に飛び退いた。

グラムの体の下でふううと馬がしぼむ。馬の膨らんだ肺にレキの男が短剣を突き刺したのだ。数秒間グラムは宙に浮いた後、地面の上で二度転がってから駆けだした。倒れた馬がレキの子供にぶつかり、その父親がグラムの後を追いかける。馬の持ち主のトゥシも、その友人たちも、他の男たちも後を追う。グラムは教会の庭に飛び込み、自分の足で走る。口を開けた無数の間抜けな顔の森が目の前で大きくなる。それらの顔は馬の行く手を開けたのと同じように脇に退き、後から追いかけてくる。すぐ前で、奇妙に無表情な顔が地面から伸びてくる。口が耳まで裂けた鉤鼻のテラヴィの商人だ。この瞬間に不調和なその存在をグラムは強烈な頭突きで打ち倒し、上を飛び越えていく。抑えがたく表現しようもない奇妙な思いを頭の中に抱えながら、狂気じみた衝動に突き動かされるままに教会の中に駆け込む。教会の中の静寂は人々の叫び声よりも大きいが、次の瞬間には追っ手の足音が尖塔の下のアーチを満たす。レキやトゥシ、エリ、カヘティの男たちが喚きながら追いかける。アラヴェルディの名高い折れ曲がった階段の上、小さな聖母像の前で老女がうつむいて祈っている。「婆さんよ、彼らに祈りを。我が身は自分で何とかしよう」。理由もない喜びがこみ上げて、グラムはただ唇を動かすのみ。二十段の明るい階段を四歩で駆け上がると、曲がった暗い階段に消えていった。その暗がりの中でグラムは奇妙に満たされ、大いに愉快な気分になる。背後に怒りのこもった息荒い足音を感じ、彼はさらに子供のように浮かれる。

高さが狭まり、階段の天井のアーチは次第に低くなる。前は暗く、背後からの光は息を荒げたレキの大きな毛皮の帽子に遮られている。グラムは上へと続く階段を駆け上がる。後ろからかすかに聞こえる低いしゃがれ声の壁が、ほんの少し前に通った道をふさいでいる。

グラムは少年のような興奮にまかせ、他に何を表現しようもなく、疲れた追っ手に当てつけてひゅうひゅうと口笛を吹く。

「階段が終わる！　捕まえるぞ」。希望と怒りの混じった声が背後から聞こえる。声は通路に常に横たわる狭い暗闇の中をこだまとなって前に進んでいく。不意にカヘティの大地から打ち上げられた太陽のまぶしい光が目を刺す。小さな明かり取りのそばまで駆け上がって、彼は急に立ち止まる。階段はそこで終わり、通路は尖塔の付け根に出る。尖塔の傾斜は急で、表面がつるつるしている。彼は息を切らしながら、今になってようやく真の危険を感じる。短剣を握ったレキの男の酒臭い息づかいが聞こえる。

グラムはブリキの屋根にドンドンと足を打ちつける。短剣を握ったレキの体が明かり取りを離れ、強い光がそのまま狭い通路に差し込む。これまで暗がりの中にいたレキの男の前で、光の差す明かり取りを遮るものが不意になくなり、何かが転がる音が響く。

「ああ！」短剣を持つ手は動かない。「落ちるぞ！」その突き刺すような声は千の声に分かれ、階段を伝っていつまでも繰り返される。ドシンドシンと足音を立てて男たちが逃げ下りる。怖気づいたレキの男はまるで木から落ちた熊のように下りていく。ちっぽけな想像力の地平が広がったレキは、アラヴェルディの神が遣わした聖ギオルギが腹を立て、白馬に乗って後を追いかけてきたと思い込んだのだ。「アラーの神よ！」と叫んだその瞬間、男は階段を踏み外して転げ落ちる。恐怖におののき、ムハンマドの教えに失望した男は、逃げながら大声で「キリスト様よ、どうかこの通り」と我らが神に懇願する。

首を伸ばして上を見上げた踊り手が、爪先立ちのまま動きを止めた。尖塔の張り出した部分の上をグラムが両手を広げてバランスをとりながら歩いている。グラムは立ち止まり、人々のほうを眺めた。笛を吹いていた男たちも見上げて、演奏をやめた。人々はその幻影を目にした。若者たちはグラムの企てに胸を高鳴らせた。老人や女たちは気を揉んだ。人々は何を祈るべきか考えぬまま祈る者の表情で、尖塔から目を離せない。尖塔の張り出しに人が立っており、いつ落ちて死ぬか分からないとの話が城壁の外に、そして谷の向こうにあっという間に広まった。人々が城壁の中に流れ込んだ。「おおう！」とグラムは叫んだ。人々は変わらずその場に立っていた。その高さから声は下までほとんど届かない。

最初のうちその効果は完全だった。グラムは、もはや言葉ではその名前も憶えていない何かしら願望のようなものを達成したと思った。しかしその瞬間、彼の一連の行動の山場において、果てしない情熱と化した願望はどこかに失われてしまった。余計な感情の消えた思考は予期せぬ鮮明さを取り戻し、ことのほか馴染みのある、重たい何かが心の中に流れ込んだ。どこかで再び笛が吹かれたが、彼はもはやその音に注意を向けなかった。

ツィヴィ・ゴンボリの峰に立ち、アラザニ川の河畔から突き出たアラヴェルディを未だ見たことのない者は、カヘティを知らない。自らの足でアラヴェルディのてっぺんに駆け上り、大いなる豊かな村々がどこまでも続く葡萄棚に埋もれてひしめき合い、限りなく広がるさまを尖塔から見たことのない者は、カヘティの抑え難い情熱の激しさを味わったことがない。

その視界に入る途方もない空間には、創造者の祝福を受けぬ場所は一片も無い。歴史の深奥から今日に至るまで、人が感謝を捧げず、労働によって物質的あるいは精神的に強く尊いものを生み出したことのない場所は一点として無い。森の端で一気に押し寄せてくるのを聞いた、書かれたことのない交響曲のように、古い砦や教会や塔、そして今の時代に築かれた橋が、真っ直ぐでこの上なく整然としたアルヴァニ村とともに目の前にあふれる。その整然さから、生命力を持った新しい何かが光のようにとめどなくやってくる。その見知らぬ力が教会の尖塔の上に立つ男の肉体を支配する。新しい力は認識を超えた法則に則り、気の遠くなるような無言の労働と一体である。男は、この生命力はいったいどこからやってくるのかと考え、自ら答える。それは俺自身の中にある。それは下で騒いでいる人々の中にある。しかし、我々は、労働から得られる真の創造の楽しみを新しい力によって味わうべく、二日間だけ取り乱した。創造物を愛でることではなく、創造の中にこそ情熱の激しさがあるからだ。

男の足の下に、人の大いなる情熱によってつくりだされたアラヴェルディがそびえる。自身は……尖塔の上に残った男は微笑を浮かべる。人々の注目を浴びてそこに立っているのが馬鹿げたことに思えてくる。下を見下ろす男の微笑は笑いに変わる。地上では人々はすでに散り散りになり、男はその危険な場所に独りぼっちである。アルヴァニ村に光の列が灯る。頭絡《とうらく》のない見捨てられた馬の死骸だけが、地上に下りてきた男に無意味で無目的で無益な自身の企てを思い出させる。

光の数は増える一方で、その光は静けさに包まれたアラザニ平原と驚くべき調和をなして混ざり合う。その平原を男はアルヴァニ村のほうへ歩いていく。

（一九五九年）

アラヴェルディ修道院　撮影：児島康宏

ゴデルジ・チョヘリ（一九五四〜二〇〇七）

Goderdzi Chokheli

　一九五四年ドゥシェティ地区チョヒ村生まれ。トビリシの国立演劇大学（映画監督科）を卒業。

　作家として、一九八〇年に初の短篇集「トウヒの木への手紙」を刊行。その後、二〇〇七年に没するまで、「赤い狼」（一九九〇年）など数本の中・長篇小説と、数多くの短篇を残した。

გოდერძი ჩოხელი

　映画監督としても活動し、十本以上の映画を製作している。「復活祭」でオーバーハウゼン国際短篇映画祭グランプリ（一九八二年）、「楽園の鳩たち」でアナパ映画祭グランプリ（一九九七年）を受賞。一九九一年に広島で行なわれた第七回「世界テレビ映像祭」では、「罪の子ら」がヒロシマ平和賞・審査員特別賞を受賞した。

　生まれ故郷のチョヒ村は、グダマカリ渓谷と呼ばれる谷の奥の山村であり、彼の小説や映画の多くはその辺境の谷や周辺の山々を舞台にしている。彼は山村に生きる人々を通して、人間の悲哀や愚かさを風刺をこめて寓話的に描いた。

「チャグマ！　チャグマ！」

「うるさい！　あんたの声なんて嗄《か》れちまうがいいさ」と言いながら、痩《や》せた郵便夫の前に、チャグマの妻が勢いよく出てきた。妻の顔は蒼ざめていた。郵便夫は凍《こご》えてその場で固まっていたが、しばらくして我に返ると、慌ててかばんの中の何かを探し始めた。

「いい加減にしてちょうだい。あんたの声にはもううんざり。チャグマのせいでただでさえ心配事が尽きないのに。こんな年寄りが気苦労ばかりで身が持たないよ。これでもまだ足りないかい？　あんたは毎日やってきて私をもっと怒らせる。チャグマ、チャグマって、あんたも一緒にくたばったらいいさ。こんな話があるもんかい。代わりに私を死なす気ね。何度言ったら分かるんだい？　チャグマは生きているから、もう持ってこないで。あんたの目は節穴かい？　生きているのが見えないのかい？　金輪際ここに顔を見せるんじゃないよ。そんな紙切れを持ってくるんじゃないよ。さもないと、神様なんて知ったこっちゃない、どうなるか分かってるんだろうね。これ以上私を怒らせないで！」

郵便夫は戸惑い、呆然として朽ちた杭のように雪の中に突っ立ったまま、電報を手に口ごもった。

「サロメさん、しようがない。持ってこないわけにもいかない。持ってこなければ、あんたはいいかもしれないが、俺がまずいことになる。届くんだからしようがない。いったいどうしろと。俺だって好きこのんでこの雪の中を歩いているわけじゃない。送られてくるから……」

「こんなものを送ってくる奴らに罰《ばち》が当たりますように。チャグマの命がよっぽど心配でたまらないんだろうね。どこからだい？　何て書いてある？」

郵便夫は鷲鼻に眼鏡を乗せて、電報をひと文字ずつ読み上げた。

サロメ、元気か？　チャグマは大丈夫か？　生きているのか？　俺たちに秘密にするんじゃないぞ。
ボルニシ村、ギオルギと家族一同より

「チャグマはどこだい？　家か？」と郵便夫がサロメにさりげなく尋ねた。

「あそこにいるよ。朝出て行ったままだ」

「何か持っていったか？」

「ああ、持っていった。雪を掻いてくるって」

「じゃあ俺も行ってこよう」と言って、郵便配達夫は出発する用意をした。

「チャグマもあんたもあそこからもう戻ってくるんじゃないよ。まったく、私が身代わりにされちまう。この死にぞこない！」と、サロメは悪態をついて、墓場に向かう郵便配達夫を見送った。

＊＊＊

七十歳になったチャグマは、冷静沈着さにかけてはブナの枯れ木といい勝負だった。しばしば村のはずれに立つブナの枯れ木のそばに坐って、何かを小声で話しかけていた。木も彼の話に耳を傾けていた。チャグマは働き者だった。白いひげがよく似合っていて、どんなに腹を立てた者でも、チャグマの人の好さそうな顔を見れば機嫌を直したものだ。いつも毅然と胸を張って歩き、いたずらに誰かの世話になることを好まなかった。チャグマの村は辺鄙な谷にあり、最近は数えるほどしか住人がいないようになっていた。

それでも毎年、夏になると、平地に移り住んだ村人たちが牧草地に羊や牛を連れてきて、人が増えた。彼らは秋まで村に留まった。

その夏は誰も彼もが村を出ることを決めた。チャグマの息子たちも悲観して町に移ってしまった。息子たちはチャグマも一緒に町に行くよう何度も勧めたが、チャグマは祖先の地を離れることはできなかった。

ある日、チャグマはブナの枯れ木のそばに坐って考えに耽《ふけ》っていた。冬が来るのは当分先のことで、村にはまだ人がたくさんいた。チャグマは村人たちに腹を立てていた。とりわけ自分の息子たちにははらわたが煮えくり返っていた。

よく考えた末、家に戻ったチャグマは、よそ行きの服を着ると、何も言わずにどこかへ出かけた。見慣れぬ男を連れて村に戻ってきたのは次の日だった。小屋からシャベルと鶴嘴《つるはし》を取り出して、その男を墓場に連れていった。墓場の中で平らな場所を選んで長さを測り、男にそこを掘るよう言いつけて家に戻った。

その時、人々は大人も子供も山の牧草地へ行っていた。村人たちは山の牧草地で草を集め、秋になると干し草をトラックで運んだ。

チャグマも大鎌を肩に担いで牧草を刈りに行った。誰にも何も言わなかった。暖かい日で、人々とともに一日じゅう和《なご》やかに過ごした。

夕方、牧草地から村に戻ってくると、墓場に村人たちが集まっているのを見てチャグマはにんまりとした。ブナの枯れ木のそばに腰を下ろし、「見てろよ、面白くなるのはこれからだ」と独りごちた。

墓場で騒ぐ人々の声はブナの枯れ木のところまで聞こえていた。

「おい、お前は誰だ？　誰の墓を掘っているんだ？」

「知らないって言ってるだろう。ほうっておいてくれ。チャグマと名乗る爺さんに雇われたんだ。爺さんがここまで俺を連れてきて、長さを測って、墓穴を掘ってくれって言うから掘っているだけだ」

「嘘をつくな！」とチャグマの息子がびっくりして言った。

チャグマは穴掘りの男が気の毒になって、人々に声を掛けた。

「いい加減にしてやれ。そこは俺の場所だし、俺の墓を誰に掘らせようと俺の勝手だ」

チャグマはいつものように大鎌をブナの枯れ木の枝にぶら下げてから、墓穴までやってきた。人々は仰天して誰も口を利けず、あっけにとられてチャグマを見つめていた。

チャグマは口髭を捩《ねじ》ってから墓穴の中に飛び降りた。シャベルと鶴嘴を掘り返した土の上に並べ、穴の中に仰向けに横になった。穴の大きさはちょうど良かった。チャグマは胸の上で両手を合わせ、人々の顔を見回した。

墓穴から出てくると、チャグマは「いい穴だ」と男を褒め、胸のポケットから金を取り出して手間賃を支払った。男は帽子をかぶり、靴についた土を草にこすりつけて落とした。そして、立ち去ろうとしながら、「俺は何も悪くないぜ」とでも言うように人々の前で肩を竦《すく》めて見せた。

「行くのか?」

「ああ、チャグマ、俺は行くよ」

「待て。今晩は帰さないぞ。二人で俺の弔い酒を飲むんだ」

チャグマは男と連れ立って家へ向かった。男は呆然としている人々のほうを再び見て、もう一度肩を竦めた。

⁂

「気が狂ったのかい?」とサロメがチャグマに小声で言った。

「俺は正気だ」

「かわいそうに、頭がおかしくなったんだね。考えてみなさいよ。生きているうちに自分の墓を掘る人間なんてあんたのほかに聞いたことがない」

「誰も掘ったことがないが、俺は掘った」

「どうして? 何のために? 死ぬつもりかい? いったい何があったのさ?」

「お前に分かるもんか。そうとも、俺は死ぬつもりだ」

「悪魔がやってきて教えてくれたのかい？」

「悪魔じゃない。夢を見たんだ」

サロメの顔がさっと青くなった。その時になってチャグマは、村人たちが家の周りを取り巻いて、夫婦の会話に耳を欹《そばだ》てているのに気がついた。

「そうだ、夢を見たんだ」とチャグマは話を続けた。

「どんな夢？」

「『天使の夜』の日だった。ろうそくを灯すときになって、俺はブナの枯れ木にろうそくを立てようと考えた。少しは体を温めてやろうと思ってな。だけど外に出て、見ると、ブナがもう立っていないんだ。真ん中でぽっきり折れていた」

「それがあんたと何の関係が？」

「これは、つまり、天使の夜に俺も死ぬってことだ」

「どうして？」

「そうだと言ったらそうなんだ」

「だいたい天使の夜はまだずっと先じゃないか。こんな早くから穴を掘らせるなんて」

「たしかにまだ先だ。でも、秋になればこの村は空っぽになる。冬になったら頼める人もいない。雪に埋もれる前に今のうちに掘っておこうと思ったわけだ」

「おい、チャグマ」

「おう」

「ブナが真ん中でぽっきり折れていたって?」と、チャグマと同じくらいの歳の男が外から尋ねた。

「そうだ」

「いいか、それは死ぬしるしじゃないぞ。死ぬしるしだったら、根元から折れていたはずだ」

「アクマクの言う通りだ。根元から折れていたはずだ」ほかの人々もその意見に賛成した。

「遠くから見たときには真ん中で折れていた。でも、その後でちょうど根元から倒れたんだ」

「そうか。じゃあ、そうなんだろう」と言いながら、人々はだんだんと家に帰っていった。

＊＊＊

翌日、チャグマは墓穴に覆いをかぶせて、牧草地に行った。すると人々は、「見ろ、チャグマが働きに来たぞ」と騒ぎだした。チャグマが気になるあまり、我慢できず、しつこく尋ねる者もいた。

「おいチャグマ、もうすぐ死ぬっていうのに、まだ働くのか?」

「神様が人間を創《つく》ったのは、人間が働くためだ。死ぬためじゃない」とチャグマは答えた。

「本当に天使の夜の日に死ぬのか?」

「絶対にそうだとは言えない。ひょっとしたらそれまでに死ぬかもしれない。でも、天使の夜を生きて越すことはないだろう」

こうして人々はチャグマが死ぬ運命であることを受け入れていった。

＊＊＊

秋の終わり、チャグマはブナの枯れ木のそばに坐って、木に話しかけていた。

「お前が折れた話をでっち上げたのを怒らないでくれよ。お前は孤独ってものを身をもって知っているから、俺のことを分かってくれるはずだ。知っての通り、誰が何と言おうと俺はここを離れることはできない。だから俺とお前が死ぬつくり話をしたんだ。もしかしたら息子たちが俺を置いていけなくなって、この冬は町に行くのをやめるかと思ったんだ。俺と婆さんを二人きりにしないようにな。こんな年寄りがうまい嘘をついたもんだろう？　それでもあいつらは町へ行くんだ。

気を悪くするなよ。本当にあんな夢を見たわけじゃない。仕方がなかったんだ。この村に人がたくさんいた頃をお前は憶えているよな？　賑《にぎ》やかだったなあ。いつもどこかで騒ぎ声がしていたもんだ。あの頃は夏も良かったし、冬には冬の良さがあった。

誰もいなくなったら、俺だけじゃない、お前もさびしいだろうと思ってな。だから、ぽっきり折れたお前を夢に見たって言ったんだ。俺たちはまだしばらくこの世に生きているさ。孤独にな。誰もいなくなって……でも、ここを捨てるわけにもいかない。

俺たちが死ぬことをみんなよくすぐに信じたもんだ。春に村にやってきて俺たちがまだ生きているのを見たらと思うと笑っちまう。

しようがない。俺たちは孤独に耐えるしかない」

村は空っぽになった。息子たちは町に一緒に来るようチャグマを何度も説得したが、チャグマは頑として聞かなかった。

＊＊＊

村にはチャグマとサロメの二人だけが残った。サロメは息子たちのところに行くことも考えたが、チャグマを一人にするのはかわいそうで村に残った。「私は村に留まることにした。もし本当にチャグマに何かあったら知らせるから」と息子たちに言った。

はじめのうち老夫婦は静まり返った村に慣れなかったが、それから次第に馴染《なじ》んでいった。雪が降るまでは何の苦労もなかった。二人きりでいることに慣れて、チャグマは自分の墓のことをすっかり忘れてしまった。二人はいつも囲炉裏端に坐って話をした。

ある日、村に郵便夫がやってきて、「チャグマ、チャグマ」と叫んだ。

「誰だ?」とチャグマが答えた。

「チャグマ、お前宛ての電報だ」

「よく来たねえ」と言って、サロメは凍えそうな郵便夫を出迎え、家の中に招き入れた。

「町からの電報だ」と言って、郵便夫は鷲鼻に眼鏡を乗せた。

母さん、元気ですか? 父さんは無事ですか? 何かあったら知らせて。

ミハとシャクロより

「ありがとうね。私たちをこんなに喜ばせてくれて」と呟《つぶや》きながら、サロメはチャグマと郵便夫の食事の用意をした。

翌朝、チャグマはブナの枯れ木に、息子たちの電報が届いたと知らせた。それから小声で古い思い出話をした。

その日の朝も郵便夫がやってきた。

「チャグマ、チャグマ」と呼んで、隣人の電報を届けた。

アハルツィへに移った隣人の電報には、「チャグマが死んだら私たちに隠さないで」と書いてあった。

郵便夫とチャグマは自家製のウオッカを一瓶《びん》空けた。

ほろ酔いの郵便夫は上機嫌で帰っていった。チャグマはシャベルを担いで墓場に行った。自分の墓の雪を掻いてから家へ帰る途中で、ふと「俺は本当に死ぬんじゃないだろうな」と考えた。その疑いを紛らわすため、ブナの木のところに行って話をした。

その日から、郵便夫が毎日のように隣人たちの電報を届けにやってきた。どの電報にも、「サロメ、チャグマが死んだら私たちに隠さないで」と書かれていた。

サロメの目に入る郵便夫は次第にありがたみが薄れ、挙句の果てにサロメは郵便夫を目の敵にするようになった。電報を届けに来た郵便夫が声を震わせておずおずと「チャグマ、チャグマ」と呼ぶと、よりによってチャグマが墓場に出かけていれば、サロメは大声を上げて当たり散らした。

すると郵便夫は、「チャグマはあそこか?」と言って、墓場に向かった。

チャグマはだんだん死を恐れるようになり、ブナの枯れ木と話すのもやめてしまった。天使の夜まであと何日かと数え、電報の送り主たちにいつも判で押したような返事を送った。チャグマは読み書きを知らなかったので、郵便夫に書かせた。

俺はまだ生きている。隠さないから安心しろ。死ぬときには二日前に知らせてやる。

チャグマより

ブナの枯れ木はチャグマが急に冷たくなったことに驚き、本当に何かを夢に見たのではないかと疑った。

サロメは郵便夫の声を聞くたびに暗い気分になった。

天使の夜が近づいていた。郵便夫はますます頻繁に村を訪れた。積もった雪を掻き分けて通ううちに、牛ぞり二台が楽に並ぶくらいの道ができた。

「ご苦労さん」と郵便夫がチャグマのもとにやってきて言った。チャグマは雪掻きの手を休めて、「新しい電報か？」と尋ねた。

「ああ、ボルニシからだ。『私たちに隠さないで』って」

チャグマはシャベルを脇に放り投げた。二人は隣の墓石に腰を下ろした。

「本当にそのつもりなのか？」

「ああ、もちろんだ」

「本当に夢に見たのか？」

「本当だとも」

「それで、いつなんだ？」

「慌てるのはまだ早い」

「お前は慌てていないかもしれないが……」

「何だ？」

「つまり、その、もし本当にそのつもりなら、頼むから早くしてくれ。俺がまいっちまう。毎日毎日ここまで歩いて死にそうだ。きっと俺もお前に連れていかれるだろう」

「俺がお前に何かするものか。お前はお前の仕事をしていればいい」

「俺は俺の仕事をしているさ。サロメはもう持ってくるなって言うけれど、届けなかったら、後で困るのはお前たちじゃなくて俺のほうだ」

チャグマは瓶のウオッカを注ぎ、ぶるぶる震えている郵便夫にコップを渡した。

「神様がお前の魂を天国に連れていってくれますように。お前は思い悩むことはない。心配するな。どうせみんな死ぬんだ。神様のお赦しあれ」と郵便夫が乾杯した。

「お前に神様のご加護を」

「一つ言わせてくれ。知っているだろう？　先延ばしにした仕事は悪魔のものだ。もし本当にそのつもりなら、ぐずぐずするな」

郵便夫が震えているのを見て、チャグマはかわいそうに思い、着ていた羊の革の上着を郵便夫にかけてやった。

「寒いのか?」

「そりゃ寒いさ」

「次はお前の乾杯だ」と言って、チャグマは二杯目を手渡した。

郵便夫は自分の乾杯も飲んでから、帰る用意をした。

「行くのか?」とチャグマが尋ねた。

「ああ、しようがない」

「もし具合が悪いなら、村まで来なくていいぞ。俺は気にしない」

「ずっと来ないわけにもいかない」

「せめては何日かは休め」

「じゃあ少し休もう……チャグマ、もしその日がはっきり分かっているのなら教えろよ。お前の子供たちに誓って、隠しごとはやめてくれよ」

「はっきりとは分からないが、天使の夜を過ぎることはない」

「それじゃ」

「たまには顔を見せろよ」

「ずっと来ないわけにはいかないさ」

「じゃあな」

郵便夫はチャグマに別れを告げて、雪の斜面をよろよろと下りていった。

＊＊＊

郵便夫が村に来なくなって数日が経った。

夫婦は退屈した。村の道をサロメが眺めたり、チャグマが眺めたりしたが、郵便夫の姿は見えなかった。

あたりは孤独に包まれた。

「サロメ、ちょっと見てこい。来ないか？」

「あんたのせいよ。何か言って怒らせたんでしょう。もう来ないわよ」

「何が俺のせいだ。ここまで通わせるのが気の毒になって、しばらく休め、来なくていいって言っただけだ」

「そんなバカな話があるかい？　もう来るなって言っておいて、来なくなったのは俺のせいじゃないなんて。あんたって人は」

「みんな俺たちのことを忘れてしまったんだろうか？」

「それより、あんたは本当にそのつもりかい？」

「サロメ、俺も分からない。明日は天使の夜だ。なんだか変に怖いんだ。あの男まで俺たちを見放して来なくなった。とにかくお前は準備してくれ。俺が本当にどうにかなったりしないように」

翌朝、サロメは準備に取りかかった。チャグマは長持ちの中から念入りに鉋《かんな》をかけた板を取り出して作業を始めた。

夕方、二人はかわるがわる村の道を眺めたが、郵便夫の姿は見えなかった。

とうとう天使の夜がやってきた。

チャグマとサロメは大きなろうそくを灯した。

二人は真っ青な顔で、燃え尽きるまでろうそくをじっと見つめていた。

真っ暗闇になった。サロメは落ち着きを失って、しきりに夫に尋ねた。

「あんた、大丈夫かい？」

「まだ何ともない」とチャグマは答えた。

外では凍りついた月が空を泳いでいた。

＊＊＊

翌日、「チャグマ、チャグマ！」と叫んだ郵便夫は、戸口に出てきたサロメを見て、いつものように慌てた。

「サロメさん、調子はどうだい？」

郵便夫の姿を見て、サロメは喜びのあまり取り乱して声が出なかった。郵便夫はその沈黙を悪い知らせだと受け取り、不満げに言った。

「どうして知らせてくれなかったんだ？」

「いや、あそこにいるよ。郵便夫が来たら寄越してくれって」

「何か持っていったか？　それとも……」

「ああ、一瓶持っていった」

郵便夫は墓場への道を歩いた。

「どうしてこれまで顔を見せなかった?」とチャグマが詰《なじ》った。

「体を壊していたから来られなかった。怒らないでくれ。チャグマ、電報は全部かばんに入っている。今すぐ一つ一つ読んで聞かせてやろう……それはそうと、天使の夜を越すことはないって言っていたのはどうした?」

「ああ、そう言った。でも、気が変わった」

「どうして気が変わったんだ? ここに通い続けて俺はもう死にそうだ。今日は上り坂をひいひい言いながら上ってきたんだぞ……もうすっかりやめたのか、それとも……」

「いや、すっかりやめたわけじゃない。昨夜は気が乗らなかったから……」とチャグマは言い訳した。

それからウオッカを注いで、郵便夫にコップを差し出した。

「神様がお前の魂を天国に連れていってくれますように。心配するな。みんな土から生まれたんだ。死なない人間はいない。でも、前にも言ったが、もう一度言うぞ。先延ばしにした仕事は悪魔のものだ……チャグマ、もし本当にそのつもりなら、後回しにするな……自分の体を気にして言っているんじゃないぞ。そうじゃない。俺は俺の仕事をするだけだ。電報を届けなかったら俺がまずいことになる……お前に神様のお赦しあれ」

郵便夫はウオッカを飲んだ。それからまるで熱病にかかったかのようにがくがくと震えだし、姿勢を保っていられなくなって、チャグマの胸に倒れこんだ。

「どうした？」

「大丈夫だ。たくさん歩いた後によくこうなるんだ」

チャグマは自分の服をかぶせた。郵便夫は震えながら、喉から絞りだすように言った。「本当にそのつもりなら早くしてくれ。俺がまいっちまう」

郵便夫はもう一度、喉から声を絞りだした後、息絶えた。

⁂

チャグマにどうすることができただろう。郵便夫に墓を譲るのは気が進まなかったが……数日前から強い風が吹き荒れ、ぐっと冷え込んでいたので、「俺は死なないかもしれない。春まで俺の墓に埋めて、それからこいつの家族に任せればいい」と思い直した。

チャグマは郵便夫の亡《な》き骸《がら》を埋めた。

丘の上にブナの枯れ木が立っていて、恐ろしい雷が鳴っていた。風がびゅうびゅうと吹き、枯れた枝をぱきぱきと鳴らしていた。

「ブナの木よ、許してくれ。こんな年寄りが罪つくりな嘘をついたばっかりに。

俺がどうして嘘をついたか、お前は知っているだろう？　俺はこんなことを望んだわけじゃない。嘘をついたらどんな不幸なことになるのか分かっていながら、それでも嘘をつくなんて、恥知らずのすることだ。

俺たちはお互いがいなくては生きていけない。愛し合っているから孤独に耐えられない。一緒にいるとその愛情に気づけないけれど、一人になるとお互いが恋しくてたまらなくなる。どうして俺たちは……どうしてお互いを騙し合うんだろう……分かってくれよ。お前だって一人ぼっちになったから枯れたんだ……」

チャグマはブナの枯れ木に話しかけていた。木もそれを聞いていた。話を聞きながら、チャグマの言葉が胸にしみて、枯れた枝をぱきぱきと鳴らしていた。

（一九七七年）

ハフマティの月　ხაზმატის მთვარე

夜、ハフマティの山に満月が出ると、谷に押し込められた村がぼんやりと照らされる。ここにやってきた余所者は月に叫びたい気分になる。

「悲しげな月よ、どこから来たのか？　こんなに美しいお前はどこから来たのか？」

月はこの世に一つだが、さまざまだ。どの村にもそれぞれの月がある。

月は憶えている……どれだけのことを憶えているだろう……

月はすべてを憶えている。月は欠け、満ちるが、それでも憶えている。何も忘れることはない。始まりから今日まで何もかも知っている。月はすべての村の昔を知っている。誰が誰を好きだったか、誰が誰を嫌いだったか。この大地を一度でも踏みしめ、土になった者をすべて憶えている。月は記憶そのものなのだ。

グルジアの月がこれほど美しいのは、美しい女をとてもたくさん憶えているからだ。

あなたの村で醜い月を見たことがあるだろうか？

ハフマティの月を見たことがあるなら、アパレカ・チンチャラウリに尋ねるといい。彼はこう言うだろう。「こんなに美しいのは、タマル女王がハフマティにやってきたのを憶えているからだ……」

＊＊＊

夕方。まだ月は昇っていなかった。バティラがトラックに積まれた小さなステレオをつけ、平屋根の家々にぼんやりと明かりが灯ったばかりである。そのおぼろげな明かりを数えれば、一分もかからぬうちにハフマティ村に家が何軒あるか分かる。八軒、あるいは九軒……ヘヴスリ＊の人数を数えるのももはや訳はない。今日、ギギアには牧草を刈る手伝いの男たちがいたので、その全員が一枚の盆の周りに坐っている。ヘヴスレティの盆はそれほど大きくない。だが、そこにいるヘヴスリたちを数えるなかれ。ヘヴスレティではヘヴスリが一人でもいれば少なくないのである。ヘヴスレティの盆も小さく思うなかれ。ただ悲しみだけを胸に残せばいい。過去の悲しみを。月は憶えている。ハフマティの月、人の消えた家々の上に出た月。

＊　ヘヴスレティ地方の住民。

そのヘヴスリたちに加え、我々がハフマティの冬の客である。「撮影隊が通ったところは三、四年は草が生えない」と誰かがギギア・アルダウリに吹き込んだせいで、男はヘヴスリたちの家に滞在しているが、女は村の上のほうのコテージにいる。「町の女は家に入れるべからず」。そのすぐそばの村の外れに生活用の列車の廃車両が置かれており、私と映画の美術監督はその中で暮らしている。毎晩、バティラがステレオをつけ、狭い谷に音楽を流すと、私はまるで列車に乗ってもう三か月もずっとどこかへ向かっているような気分になる。だが、どこへ行くのか。ヘヴスレティはどこへも行かず、変わらずそこにある。行けるとすれば過去だけだ。ヘヴスレティの麦酒のようにぐつぐつと沸き立つ過去へ。ハフマティの祠で当番の村人たちがアテンゲノバの祭の麦酒を沸かすとき、平地に移ったヘヴスリたちが祭りのためにに上ってきて、彼らのもとの家々を訪れる。それから彼らは祠に参り、蝋燭の煙に煤けた石のそばにひざまずいて地面に三度口づけし、ホップの効いた麦酒を飲む。そうして何かを忘れ、遠い過去に思いを馳せる。

それは夏の話で、今は冬だ。ギギアの家では盆の周りに坐った五人ほどのヘヴスリが地酒で次第に酔い始めている。一日の労働に疲れた者たちの体を大麦のウオッカの心地よいしびれが駆けめぐる。彼らは大柄ではないが、まるで拳のように体が引き締まっていて、全員がシャベルのような大きな手をしている。

外は月が出ており、ギギアの家の庭には、白樺の木で柵をした小さな囲いの中に白い馬が立っている。周囲は雪をかぶった岩山だ。ところどころ雪は解けているが、まだ二月である。また雪が降るだろう。

馬は悲しげに岩山を見つめながら立っている。この村では皆それぞれの仕事がある。男たちは朝早くに牧草を刈りに出かけ、日暮れに家に戻る。女たちの家事にはきりがない。朝、家畜の小屋を掃き、干し草をやり、仔牛に乳を吸わせ、それから水を飲ませる。

馬は来る日も来る日も夜遅くまでその小さな囲いの中に立っていて、周囲にそびえる岩山を悲しげに見つめている。夕方、ようやく日暮れ頃にギギアが山から戻ってきて、馬を放し、水を飲ませに泉に連れていく。馬は長い時間をかけて休み休みゆっくりと鉱泉の水を飲む。それからギギアは再びあの小さな囲いに馬を連れていき、閉じ込める。

俳優たちははじめのうち馬の美しさに感激していた。囲いのそばに立ち、馬を見ながら、馬について知ることを互いに語り合った。馬も、ちょうどギギアの家の二階の壁に掛かっている無用な剣のように、あるいは谷の際に取り残されて悄然と立っている古い砦のように、またあるいは挽くものもないのに水の流れのせいでいたずらに回り続ける、川に沿って並んだまま打ち棄てられた水車のように、このヘヴスレティの古い華を競馬に連れていく者ももはやいないので、無為にじっとたたずんだまま、馬について誰が何を知っているのか聞いている。今もヘヴスレティに死はあるが、一頭きりの馬では競馬にならない[*]。結婚式に出かけるのも馬一頭では恥ずかしい。ギギア一人が馬に乗り、残りの者が徒歩や車でついていくというわけにもいかない。

＊　ヘヴスレティには人が死ぬと弔いのために競馬を催す習慣があった。

ハフマティの周りの山の斜面には、まるで刀傷のように小道が刻まれている。何百年もの間、ハフマティの人々はその細い道を通って隣の村々と、親しい者たちと行き来してきた。また、襲来する敵をその道で追ってきた。そして、その同じ道を通って、馬に乗った女や男が祠に参ってきたのである。今、ギギアが隣村の親しい者に会いに行こうとすれば、本当ならば馬一頭にパンや菓子を運ばせ、自分も馬に乗り、妻や子供たちはそれぞれ別の馬に乗せなければならない。そんなわけで、馬一頭で行くくらいなら、どこにも行かないほうがましなのである。

真夜中、月が次第に空を昇っていく。ギギアの家ではまだ宴が続いている。まるで打ち棄てられた教会の燭台にくっついた一本の蝋燭のように——周りの蝋燭はすべて燃え尽きたのにその一本だけが残っていて、風が火を消したのか、蝋燭を立てた者がマッチを忘れたのか分からないが、誰かがそれを立てた後、訪れた者がいないか、あるいは誰か来たけれど火を忘れたと見えて、長いあいだ燭台にぽつんと立ったままの蠟燭のように、月明かりに照らされたヘヴスレティに馬が立っていた。ぴくりとも動かず、大きな目で岩山を見つめながら立っている。馬の頭の中など分からないが、もしかしたらその小道を上へ下へ駆けていた日々のことを思い出しているのかもしれない。あるいは、仔馬だったころ、いつも追い抜こうとしていた母馬のことを考えているのかもしれない。それとも、山の向こうでこんこんと湧いているいずれかの冷たい泉のことを思っているのか。競馬に向かうときには、疲れた胸を冷まし、それから再び切り立った崖を矢のように飛び越えるため、その泉にたどり着くのを待ちきれなかったものだ。

山の上にハフマティの社と呼ばれる祠がある。ヘヴスリたちは七月にその祠でアテンゲノバの祭を祝う。その日、酔いが回る前に、長老が宝箱の中からタマル女王に由来する杯を取り出し、ヘヴスリ全員が過去を讃えてその杯を空ける決まりである。ホップの効いた麦酒で満たされた杯が手から手へと渡され、若者たちは誇らしさのみなぎる声で杯に刻まれた言葉を読み上げる。「我、諸王の王タマル、この杯をハフマティの祠に捧ぐ」。その杯を口につける者は、飲み干すまでに、麦酒の中に、白馬に乗った女王タマルがハフマティの細い道を上がってくるさまをはっきりと見る。道のあちらこちらに塔が立ち並ぶ。王に敬意を表し、どの塔にも火が灯っている。ハフマティの祠の祭りの日だ。王は祠の広場に決して馬では乗りつけない。境界で馬から降り、歩いて祠に向かう。女は祠に近づいてはならない決まりだが、タマルは神そのものであり、天から降り立ち、地を歩く光の柱である。今、ヘヴスリたちはその神の姿を見る。祠の入口のそばに麦酒の桶が置かれている。長司祭は麦酒の杯を王に差し出したいが、立ちすくんでいる。タマルが大臣に目配せすると、すぐさま宝石で飾られた金の杯が王に手渡される。

王はその杯でヘヴスレティのしきたり通りに客人のための麦酒を飲み、杯を長司祭に渡す。それから杯は手から手へと移り、ヘヴスレティ訛りの声がひとしきり聞こえる。「我、諸王の王タマル、この杯をハフマティの祠に捧ぐ」

不意に王の白馬が後ろ脚で立ち上がり、いなないて、山の斜面を矢のように駆けていく。王の従者たちもヘヴスリたちもその後を追うが、どうしても馬を捕まえることができない。疲れ果てた追っ手は斜面を上るだけで精一杯である。一方、王の馬はまるで鳥のように山から山へと飛び回る。タマル女王は膝を折って言う。「ハフマティの祠よ、その馬をお前のより良きしもべに捧ぐ」

馬はにわかに立ち止まって引き返し、自ら一人のヘヴスリのもとへ行く。

翌日、王の馬丁が葦毛の馬を女王に渡し、タマル女王はハフマティを立ち去った。

ハフマティの祠に集うヘヴスリたちは今日もその杯で麦酒を飲む。そして、ギギアの家に繋がれている白い馬は、タマル女王の白馬の末裔なのである。諸王の王が自らの馬を与えたヘヴスリはギギアの先祖であった。その先祖もギギアという名前だったらしい。それ以来そのギギアの子孫は豊かに暮らしてきて、白馬の血統も絶やさなかった。しかし、ヘヴスレティは次第にさびれ、往時の砦も崩れ落ち、まるで美しい夢が消えるように、人も馬もいなくなってしまった。馬の通る道も見えなくなり、ただの土に還ってしまった。ハフマティに残ったのは「王由来の」白馬だけである。馬は立ったまま、月明かりの中、町の俳優たちが茂みに隠れたウサギを捜すのを眺めている。銃声が響くたびに馬は体を震わせる。

家の中ではヘヴスリたちが大麦のウオッカを飲みながら、昔を偲んでいる。

「タルハナウリのガガがいただろう?」と誰かが思い出す。

「ガガは物知りな男だった」とアパレカが言う。

「何でも事細かに見通したそうだ。これはこうなる、この年のこの月にこれが起こると。コルシャ村に立派な屋敷が建つ……すわ大変だ、オルツカリに女子供が大声で泣きながらやってくると。コルシャ村の上で剣と剣がぶつかり合う時、この世の終わりが来ると。未来に何が起こるかはっきり見えていたようだ。ある時、籠を編んでいた息子に言ったらしい。『もう先の短い我が息子よ、苦労して編むことはない。この世でお前は余命いくばくもない』と。それから二、三日して本当に息子が死んだという。教会が壊された時にはこう言ったそうだ。『私はもう長くない。私は炎の中に寝て、焼かれる』と。そのとき八十歳だった。その後、なぜ蝋燭を灯すのかと責められ、家に閉じ込められて焼かれたそうだ」

外は月が出ている。周りは雪をかぶった山々である。庭に白い馬が繋がれている。村の外れで三人の男がウサギを追っている。川向こうには塔が立っている。一度崩れた片側を別の石でつくり直してある。

ズラブ・エリスタヴィの兵が打ち壊したのだ……

ズラブ・エリスタヴィは塔の向こうの草原に陣取っていた。塔から放たれた矢を足に受けたズラブは矢を引き抜き、それを一瞥して言った。

「この矢を放った者は、傷を負っているか、あるいは女だ」

ズラブ・エリスタヴィの騎兵隊が塔を取り囲み、打ち壊し、砦から二人の女を連れ出した。一人は砦の主の母親で、もう一人は妹であった。砦の主はギギアの先祖で、タマル女王から馬を賜ったあのギギアの子孫であった。

ズラブ・エリスタヴィは和議のためにアナヌリにヘヴスリたちを呼び出した。ヘヴスリの精鋭たちがほぼすべてそろった中には、砦の主もいた。ズラブはヘヴスリたちを宴卓に招き、剣を外すよう求めた。ヘヴスリたちはズラブを信用したが、砦の主だけは剣を外さなかった。葡萄酒に眠り薬が混ぜられており、丸腰のヘヴスリたちは皆殺しにされた。生き残ったのは、剣を外さなかったギギアの先祖、この打ち壊された砦の主ただ一人であった。今、その砦は月に照らされ、崩れた壁の間に狩人たちから逃げたウサギが隠れている。ギギアの先祖を救った剣は、ギギアの弟であるギオルギの家の壁に掛かっている。俳優たちはハフマティに残る古いものを手当たり次第に買い取ろうとし、その剣についてもギオルギに掛け合った。

「何をおっしゃる。私に孫がいないとでも!」ギオルギはむっとした。

兄弟二人のうち、一人は先祖伝来の白馬の末裔を、もう一人はその剣を受け継いだのだ。この宝の持ち主たちはここから平地へ移ることなど考えもしない。

今、ギギアとギオルギはハフマティのほかの男たちと一緒に盆のそばで大麦のウオッカを飲んでいる。外は月が出ていて、月の光はハフマティの過去についてヘヴスリたちの記憶からさまざまな話を引き出す。周囲は雪をかぶった山々であり、馬はどこへ行くこともない。

ある夕方、まるで山から勢いよく落ちてくる雪崩のように、谷に春がやってきた。ダトヴィスジヴァリ峠から温かい風が吹いた。山から落ちる雪崩が何度も大きな音を立てた。その日、バティラは小さなステレオをいつもより早くつけた。馬はやはり囲いの中に立ち、春の訪れに興奮していた。

暗くなった。その晩、月が出るのが遅かった。谷の入り口のあたりで空に奇妙な声が響いた。その声は次第に近づいてきて、村の上をぐるぐると回りだした。誰かが「鶴だ」と叫んだので、狩りをする俳優たちが銃を持って外に飛び出した。

銃声がハフマティの谷に轟いた。鶴は夏を北で過ごすために渡っていたようだ。谷のあたりで日が暮れ、ハフマティに明かりが見えたので、村の上を回っていたのだろう。銃声で鶴たちは次第に遠ざかり、雪山のほうへ行ってしまった。暗くて何も見えなかったが、鳴き声で飛び去ったのが分かった。突然、その暗闇の中で、馬が稲妻のように光ったかと思うと、上から村を駆け抜けた。たてがみを広げて斜面を飛ぶように走る姿が長い間見えていた。その晩、月が出るのがずいぶん遅かったので、暗がりの中、馬を追おうとする者はいなかった。

翌朝、砦の壁のそばに銃に撃たれた鶴が横たわっていた。ヘヴスリたちは馬を捜しに出かけていった。私たちは撮影場所で何をすることもなくずっと坐ったまま、太陽が雲に隠れるのを待っていた。そのような時には現場がしんと静かになったものだ。不意に、静寂を鶴の鳴き声が乱した。雪山から戻ってきた一羽の鶴が我々の頭上を回っていた。どうやらあの死んだ鶴を捜していたようだ。死んだのを知らなかったのだろう。鶴は長い間ぐるぐると飛び回っていた。ほかの鶴たちはもう遠くに行ってしまったはずだ。しかし、この鶴は死んだ友を捜していた。この山々をひとりでは越えられなくなると考えもしなかったのだろう。鶴は互いの後を追って遠くへ渡っていくものだ。

鶴は我々の頭上を長い間ずっと飛び回っていた。静寂の中で誰かがぽつりと言った。

「恋人だったのだろう。あの死んだ鶴が、この鶴の恋人だったのだろう。だから捜しに戻ってきたんだ」

空には次第に雲が集まり、一羽だけ取り残されたその鶴も雲が隠してしまった。

夕方、険しい谷の奥で倒れた馬が見つかった。ギギアが真っ先に馬のもとに行くと、馬はギギアの目を見て、立ち上がろうと体を起こしかけたが、立つことはできなかった。後ろの脚が折れていて、力なくぶら下がっていた。馬はもう一度立ち上がろうとしたが、やはりくずおれた。谷の奥深くで、そこから馬を引き上げるのは難しかった。

ギギアと数人のへヴスリは馬の周りを長い間うろうろした後、馬をその場に残し、顔をしかめて無言で立ち去った。

ギギアは再び馬のもとに戻り、短剣を抜いて、その場で馬の苦しみを終わらせてやろうとした。しかし、どうしても思い切れず、短剣を鞘に収め、家に帰った。

馬は涙を流していた。

暗くなった。

馬は独り残された。

三週間、馬は空腹に耐え、骨と皮ばかりになった。昼はカラスが、夜はキツネやジャッカルが馬を苦しめた。

その谷の出口は一つだけで、岩山伝いに滑り下りるしかなかった。馬は立ち上がることはできなかったが、ゆっくりと滑り下りた。別の場所で再び体を岩にぶつけ、今度は背中が裂けた。頭だけは岩にぶつけないよう避けていた。馬は頭が一番弱いのである。

馬はとうとう谷を出た……

飢えた馬は生えたばかりの草をがつがつとむしり食った。

いつのまにか折れた脚は固まり、馬は立ち上がった。

馬の脚は一度折れると、再び繋がることはなかなかない。

馬は三本の脚で立つのにひどく苦労した。ギギアがときどきやってきて、折れた脚にありとあらゆる薬を試したが、打ち傷の肉が膿んでそこに蠅がたかった。その姿があまりに痛ましく、ギギアは足が遠のいた。

そうして夏が過ぎた。

とうとう馬は独りきりで残された。ギギアも家の仕事で手いっぱいだった。

山の頂に雪が降った。それから雪はだんだんと下に下りてきた。

ある夜、鶴の一団が再びハフマティの上を飛んだ。今度は冬を越すために暖かい国へ渡るのだ。

馬は沼地の草を食みながら、鶴の一団を悲しげに見やった。

雪が降った。

空が晴れた。

谷は凍てついた。

月の夜、馬は立ったまま震えている。

どこかで狼が吠えた。馬の痩せ細った肩がいっそう震えた。

再び狼が吠えた。

続いてほかの狼たちも吠えた。

月は丘の向こうに隠れた。

朝、太陽が昇った。

昨夜、馬が立っていた場所には、黄味がかった骨だけが散らばっていた。まるでその場所も凍えているようだった。まるでヘヴスレティじゅうが凍え、身をすくめ、縮こまって震えているようだった。ふと私は、この骨を目にしたグルジアじゅうの山々や野原が凍えているように、寒さに身をすくめているように思った。そして、縮こまった山々や野原がほかの誰かに見られたらと考えて怖くなった。それで私は、奮い立たせるためにアパレカの言葉を繰り返した。「我がグルジアよ、お前は大きい。敵の目に小さく映るなかれ！」

ヘヴスレティでは冬が始まろうとしていた。

淡い太陽に照らされた空に、まるで過去の記憶のように月がぶら下がっていた。


（一九八四年）

あとがき

本書は、二十世紀初めからソヴィエト連邦時代にかけてのジョージア（グルジア）文学を代表する六人の作家を取り上げ、それぞれの作家の短篇小説を二篇ずつ訳したものです。六名の作家は生年順に並べてあります。

本書を手に取っていただいた方にはあらためて説明するまでもないかもしれませんが、ジョージアは黒海とカスピ海にはさまれたコーカサス（カフカス）地方に位置する小国です。北はロシア、南はトルコ、アルメニア、アゼルバイジャンと接しています。

ジョージア文学の歴史は古く、文字で書かれたジョージア語の記録は少なくとも五世紀初めにさかのぼります。それ以降、ジョージア語は独特のジョージア文字によって現在に至るまで連綿と綴《つづ》られ続けてきました。十二世紀末から十三世紀初めにかけて詩人ショタ・ルスタヴェリによって書かれた叙事詩『豹皮の勇士』はジョージア文学の金字塔とも言うべき作品です。

時代は下って二十世紀の初め、ジョージアはロシア帝国に支配されていました。ミヘイル・ジャヴァヒシヴィリの「悪魔の石」やギオルギ・レオニゼの短篇はその時代を舞台にした作品です。その後、一九一七年のロシア革命を経て、一九一八年五月にジョージアは民主共和国として独立を宣言します。しかし、独立は短命に終わりました。一九二一年二月にボリシェヴィキの赤軍の侵攻を受け、ジョージアはグルジア・ソヴィエト社会主義共和国としてソヴィエト連邦に組み込まれました。本書に収録したコンスタンティネ・ガムサフルディアの短篇はその時代の大きな変わり目を生きた人々を描いています。

その後は一九九一年にソヴィエト連邦が消滅するまで、ジョージアはソヴィエト連邦の一部でした。ソヴィエト連邦時代は、厳しい検閲が行なわれるなど思想的な制約がありながらも、作家たちは独自の豊かな文学世界を生み出しました。ノダル・ドゥンバゼやグラム・ルチェウリシヴィリ、ゴデルジ・チョヘリらの短篇はその一端をうかがわせるものです。

この六人の作家を選んだのは訳者の独断であり、当然ながら、二十世紀のジョージアで活躍した優れた作家はほかにも数多くいます。また、これ以後の現代に続く作家たちも含め、ほかにも多様な素晴らしい文学作品が生み出され続けているので、今後もできる限り日本に紹介していけたらと思います。

本書の刊行までにさまざまな形で協力を賜ったニノ・メラシヴィリ（ゴデルジ・チョヘリ夫人）、マリネ・ルチェウリシヴィリ、ケテヴァン・ドゥンバゼ、ツィラ・チクヴァイゼ、はらだたけひでの各氏および未知谷の飯島徹氏と伊藤伸恵氏に謹んで感謝を申し上げます。

二〇二一年一月

トビリシにて　訳者

こじま やすひろ

1976年福井県生まれ。東京大学大学院修士課程修了（言語学）。日本学術振興会特別研究員、東京外国語大学アジア・アフリカ言語文化研究所特任研究員、在ジョージア日本国大使館専門調査員などをつとめる。東京外国語大学非常勤講師。著書に『ニューエクスプレスプラス・グルジア語』、訳書に『僕とおばあさんとイリコとイラリオン』『祈り―ヴァジャ・プシャヴェラ作品集』。

20世紀ジョージア（グルジア）短篇集

2021年8月15日初版印刷
2021年8月25日初版発行

編訳者　児島康宏
発行者　飯島徹
発行所　未知谷
東京都千代田区神田猿楽町2丁目5-9　〒101-0064
Tel. 03-5281-3751 / Fax. 03-5281-3752
［振替］　00130-4-653627

組版　柏木薫
印刷所　ディグ
製本所　牧製本

Publisher Michitani Co, Ltd., Tokyo
Printed in Japan
ISBN 978-4-89642-643-4　C0097

ノダル・ドゥンバゼ
児島康宏 訳・解説

僕とおばあさんとイリコとイラリオン

1959年に発表されるやロシア語訳、映画化と圧倒的な支持を受け、特異なユーモア作家の地位を不動のものにした著者の半自伝的作品。空へ抜ける少年の笑い、街灯に浮かぶ青年の微笑――本邦初のグルジア語からの翻訳。ユーモア小説。

978-4-89642-095-1　288頁本体2500円

未知谷